근방에 히어로가 너무 많사오니

근방에 히어로가 너무 많사오니

장강명 ★ 김보영 ★ 임태운 ★ dcdc
구병모 ★ 이수현 ★ 곽재식 ★ 듀나

황금가지

차례

알골

장강명

DC의 슈퍼맨보다 제대로 날 줄도 모르던 「엉터리 슈퍼맨(The Greatest
American Hero)」의 과학선생님 랄프 힝클리를 더 좋아했다.
20대에는 하이텔 과학소설동호회, 천리안 멋진신세계에서 활동하면서
《과학동아》, 《베스트셀러》 등의 잡지에 SF 단편과 평론을 실었다. 《월간
SF 웹진》을 만들어 운영하기도 했다. 지금은 월급사실주의 소설가.

월면(月面)연합은 고요의 바다 전역을 폐쇄한 이유가 원자력발전소 고장으로 방사능 누출 사고가 일어났기 때문이라고 발표했다. 중국령 소행성대 자치정부는 세레스에서 일어난 대규모 폭발이 운석 충돌 때문에 빚어진 것이라고 밝혔다. 화성 산업관리 당국은 올림포스 산 일대에서 일어난 '로봇들의 반란' 사건이 실제로는 소프트웨어 업그레이드 오류로 인한 단순 오작동으로 드러났다고 설명했다.

그 세 사건이 17년 전, 일주일 사이에 일어났다. 우주탐사 역사에서 가장 피해가 큰 사고 세 건이 같은 시기에 발생했다. 그 기이한 동시성에 주목하고 입방아를 찧는 이들은 물론 있었지만, 대개는 초점이 엉뚱했다. 우주식민지 개척 주체들의 조급함과 무분별한 확장주의가 비판받았다. 진상을 정확히 아는 사람은 50명도 채 되지 않았다.

진상을 부분적으로 아는 이는 100명 남짓 되었다. 그들은 17년 동안 500명 정도의 연구자에게 그 진상의 일부를 제시하고 분석을 맡겼다. 연구자들은 물리학자, 뇌과학자, 심리학자, 전파공학자, 로봇공학자들이었으며, 심령술사와 초자연현상을 연구하는 사이비 과학자도 일부 있었다. 그러나 용역을 맡은 학자 대부분은 자신들이 뭘 다루는지도 몰랐다.

아주 일부만이 자신들이 어떤 현상을 분석하는지 눈치챌 수 있었다. 그들은 비밀 서약을 몇 번이나 했고, 정보기관의 감시까지 받았다. 의뢰인들은 연구자에게 연구 대상인 세 사람의 이름조차 알려주지 않았다. 연구자들이 보고서에서 그 세 사람을 불러야 할 때에는 각각 알골 A, 알골 B, 알골 C로 지칭하게 돼 있었다. 페르세우스자리에 있는 삼중성계(三重星系) 별의 이름을 딴 것이다.

아무도 그 코드네임의 유래를 설명하지 않았으나, 의미심장한 작명이었다. 동양에서도 서양에서도 예로부터 알골은 거대한 비극을 예고하는 별이었다. 알골이라는 이름 자체가 아랍어로 악마라는 뜻이다. 고대 중국인들은 알골을 '적시성(積屍星)'이라고도 불렀다. 알골이 나타나면 큰 재난이 벌어져 시체가 쌓이게 된다고 믿었기 때문이다.

내가 쓴 보고서는 진상을 아는 사람들의 주의를 끌었다. 그들은 내게 정보를 몇 조각 더 던져주고는 새 정보에 근거한 두 번째 보고서를 요구했다. 내가 두 번째 보고서를 제출하자 만나자는 제안이 왔다. 첫 번째 만남은 지구의 정보기관 아지트에서, 두 번째 만남은 지구궤도의 군사시설에서 있었다. 그때마다 내가 알게 되는 정보의 양도 늘어났다.

알골 A, 알골 B, 알골 C는 한날한시에 출현한 초인들이라는 것. 모두 우주에서 태어난 사람들이라는 것. 그들이 처음에 힘을 억제하지 못해 달과 소행성대와 화성에서 참사를 일으켰다는 것. 자신들이 저지른 짓을 보고 놀란 그들이 스스로 힘을 봉인했다는 것. 그들은 처음 2년 동안은 과학자들의 조사에 응했으나 어느 순간부터 거부했다는 것, 이후에 지구연방이 '우주에서 태어나는 아이들은 심각한 기형아가 될 가능성이 있다'는 가짜 연구결과를 발표하고 지구 밖에서의 임신과 출산을 금지했다는 것.

여러 차례 보고서를 고치고 새로 썼다. 세 번째 만남은 고요의 바다에서 가졌다. 풍화가 없는 위성의 개척도시는 17년 전과 마찬가지로 쑥대밭 같은 모습이었다. 자연 방사능 외에 다른 방사능은 전혀 없었다. 나는 건물이 무너지고 철골이 뒤틀린 모양을 유심히 관찰했다.

고요의 바다에서는 이 문제에 몇 년 이상 매달린 군인과 실무자들을 만났다. 그들은 세 초능력자를 가끔 고전 문학 속의 대마법사 이름으로 불렀다. 알골 A는 프로스페로, 알골 B는 멀린, 알골 C는 메데이아였다. 초기 코드네임이 그랬는지, 아니면 조금이나마 인간적인 느낌을 주는 애칭이 자연스럽게 생긴 것인지는 알 수 없었다. 나는 메데이아라는 이름을 듣고 알골 C가 여성이 아닐까 하고 추측했다.

다른 연구자들은 달의 사고를 일으킨 사람이 알골 A, 소행성대의 사고를 일으킨 사람이 알골 B, 화성의 사건을 일으킨 사람이 알골 C라고 믿는 것 같았다. 연구자들은 알골의 힘이 점점 강해지고 있다고 믿었는데, 내 생각은 좀 달랐다.

네 번째 미팅은 화성 궤도에서 있을 거라는 통보를 받았다. 나는 장거리 여행에 대비해 갈아입을 옷과 신경안정제를 챙겼다. 핵심 관계자를 만나게 될 거라고는 예상하고 있었다. 아마도 알골 A, 알골 B, 알골 C의 신상 정보와 이력도 이제 알려주지 않을까 싶었다. 화성 궤도 근처에 그들이 있다는 것도 짐작 가능했다.

그러나 화성 궤도에 가자마자 알골 A와 알골 C를 직접 만나게 될 줄은 미처 몰랐다. 그들이 나를 초청했다는 사실도 화성으로 가는 길에 뒤늦게 알게 되었다. 그들도 나만큼이나 자신들이 어떤 존재인지 궁금했던 것이다.

지구에서 화성 궤도까지는 보름가량 걸렸다. 마침 화성이 지구에 근접해 있었고, 나는 여객선이 아니라 군함을 타고 갔다. 크기는 작은데 엔진이 마흔두 개나 달린 배였다.

다른 승무원들 앞에서 침착하게 보이려 애썼지만 잘되지 않았다. 나는 알골들에게 호기심이라고 말하기에는 너무나 격렬한 감정을 품고 있었다. 그들은 문자 그대로 신인류였고, 새로운 세계의 문이었다. 나는 흥분을 가라앉히기 위해 평소보다 자주 신경안정제를 복용해야 했다.

우주선이 화성 근처에 이르렀을 때에는 정해진 수면시간을 거의 뜬눈으로 흘려보냈다. 잠깐 눈을 붙였을 때에는 악몽을 꾸었다. 오랫동안 잊고 있었던 사고의 기억이 꿈속에서 되살아났다. 바다와 구분되지 않는 하늘, 안개 자욱한 길, 줄지어 선 자동차, 옆으로 번지는 것 같은 후미등의 붉은 조명.

그리고 갑자기 모든 것이 엉망진창으로 흔들리고 솟구친다…….

"안색이 안 좋으신데요, 교수님. 우주 멀미 때문이라면 약을 드릴까요?"

선교(船橋)에 들어선 나를 보고 선장이 말을 붙였다. 나는 괜찮다고 대답했다. 그리고 나는 교수도, 박사도 아니라고 덧붙였다. 내가 연구하는 분야를 다른 사람들은 사이비 과학이라고 부른다고. 선장은 한쪽 눈썹을 조금 추켜세웠다. 얼굴 반대편에는 눈 대신 고배율 카메라가 달려 있었다.

"보통은 그런 직함이 없어도 다들 스스로를 교수나 박사라고 지칭하잖습니까?"

선장은 '특히 그 분야에서는 말이죠'라는 말을 참는 듯했다.

"저는 아닙니다. 황당무계한 일을 취재하고 글을 쓰는 것은 저술의 자유이지만 학위 소지자인 척하면 사기가 되지요."

"그러면 제가 뭐라고 불러드릴까요? 독립 연구자? 재야 과학자?"

"책을 몇 권 내긴 했으니 그냥 작가라고 불러주시면 감사하겠습니다."

그 대화로 선장은 내게 호감을 품게 된 것 같았다. 이전까지 우리가 대화를 나눈 적은 거의 없었다.

"저희는 포보스로 가나요? 아니면 데이모스? 이제 말씀해주셔도 괜찮지 않습니까?"

내가 물었다.

"왜 화성에 간다는 생각은 안 하시죠?"

선장이 빙그레 웃으며 반문했다.

"행성에 착륙할 때 이런 각도로 진입하지 않는다는 정도는 알고 있습니다. 그리고 어딜 가든지 극비 시설일 텐데, 그런 시설이라면 화성 표면보다는 위성에 지었을 것 같아서요."

"저희가 어느 시설로 간다고, 그리고 그 시설을 저희가 지었을 거라고 생각하시는군요."

"제가 뭔가를 잘못 알았나요?"

"이제부터 좀 놀라실 겁니다."

선장은 턱으로 전면 유리창을 보라는 시늉을 했다. 나는 잠자코 어떤 변화가 있기를 기다렸다. 2분 정도 지나자 갑자기 우주선 앞 풍경이 달라졌다. 어느 순간 미사일 한 무더기가 나타났는데, 마치 순간이동이라도 해 온 것 같았다.

"이게 뭡니까?"

어안이 벙벙해진 내가 물었다.

"제가 직관적으로 이해하는 바를 말씀드리자면 꼭 포보스가 두 개 있는 것 같습니다. 우리가 다 아는 그 화성의 위성이 있고, 15년 전에 새 포보스가 생겨난 것 같습니다. 그리고 그 두 포보스가 한 공간에 중첩되어 있는 것 같아요. 새로운 포보스는 우주선을 타고 이 각도로 접근해서 어느 거리 안에 들어와야만 볼 수 있죠. 포보스는 공전주기가 여덟 시간도 되지 않기 때문에 쉽지 않은 일입니다. 우리는 새 포보스를 없애려고 핵미사일을 여러 기 쏘았어요. 그런데 미사일들이 저기서 멈췄습니다. 그리고 저렇게 계속 포보스 주변에 떠 있죠. 저 미사일들은 물리법칙을 완전히 무시하고 있어요. 어느 거리 바깥에서는 보이지도 않고 탐지되지도 않습니다. 저런 질량을 가진 물건이 초속 수십 킬로미터로 날아가다가 저렇게 정지한다는 것도 불가능하고, 저 위치에서 저 자세로 계속 멈춰 있는 것도 말이 안 됩니다. 정지위성이라면 포보스 주변을 돌아야죠."

"저기에 알골들이 있는 겁니까? 선장님 표현에 따르면 '새 포보스'에?"

"네."

"핵미사일은 그들을 죽이려고 쏜 거군요?"

선장은 잠시 망설이다가 "그렇겠지요"라고 시인했다.

'정말 결계 같군.'

나는 생각했다. 안에 있는 것을 감추고, 보호한다.

"저는 저자들이 자기 힘을 과시하고 있다고 봅니다. 미사일을 폭파시키거나 없앨 수 있을 텐데 저렇게 놔두는 이유가 뭐겠습니까? 우리는 이런 것도 할 수 있다고 보여주려는 의도 아니겠습니까."

선장이 말했다. 나는 그 의견에 완전히 동의하지는 않았다. 알골들의 힘은 이해하기 어려운 측면이 많았다. 결코 전능하지 않으며, 나름대로 한계가 있다는 사실은 분명하다. 무슨 일이든 할 수 있다면 이런 여행도 불필요하다. 자신들이 있는 곳으로 나를 순간이동해서 데려가면 된다.

"아마 효과는 없을 테지만……."

'새 포보스'가 가까워지자 선장이 내게 작은 상자를 내밀었다. 열어보니 콘택트렌즈가 한 쌍 들어 있었다.

"이게 뭡니까?"

"착용하십시오. 안에 카메라가 있습니다. 작가님이 저기서 보실 광경을 저희한테 전송해줄 물건입니다."

"마이크도 있어야 하는 거 아닙니까? 알골들이 뭐라고 말하는지 들으셔야죠."

렌즈를 끼며 내가 물었다.

"마이크는 이미 작가님 몸 안에 들어가 있습니다. 두 시간 전에 드신 식사에 들어 있었습니다."

그 말에 나는 유난히 꼬챙이가 날카로웠던 산적 요리를 떠올렸다. 맛은 좋았는데.

우주선은 포보스에 내리지 않았다. 전면 유리창에 화성이 꽉 들어차 검은 공간이 거의 보이지 않게 됐을 때 선장은 내게 갑판으로 올라가라고 지시했다. 나는 거기서 로봇의 도움을 받아 우주복을 입었다.

해치가 열릴 때 나는 잔뜩 겁을 집어먹은 채 떨고 있었다. 우주복 차림으로 우주에 나가는 건 처음이었다. 머리 위로 붉은 땅과 감자 같은 위성이 보였고, 나는 위아래가 뒤집혔다는 생각을 내내 떨치지 못했다. 내 숨소리가 너무 크게 들려서 이러다 과호흡 증후군이 오는 것 아닐까 걱정이 되었다.

"그들이 잘 모시고 갈 겁니다."

선장이 무선통신으로 말했다.

"돌아갈 때는 어떻게 하는 겁니까?"

내가 물었다. 선장은 답하지 않았다. 혹시 이전에 알골들을 만났던 방문객들은 아무도 돌아오지 못한 것 아닐까? 혹시 새 포보스에 가는 외부인이 내가 처음인 것 아닐까? 혹시 나는 일종의 미끼이거나 희생제물…….

그때 발판이 나를 부드럽게 위로 떠워 올렸다.

난생처음 해보는 우주 유영은 예상보다 훨씬 괜찮았다. 나는 잘 포장된 길에서 자전거를 타고 상쾌하게 달리는 속도로 포브스로 나아갔다. 흔들림은 전혀 없었고, 보이지 않는 손이 강하지도 약하지도 않게 나를 붙드는 듯한 기분이 들었다. 그게 아마 알골들의 염력일 거라고 나는 생각했다.

포브스 표면에 남녀 한 쌍이 서 있었다. 그들은 맵시 있는 평상복 차림이었고, 아무런 보호장비도 착용하지 않은 상태였다. 나는 포브스에 천천히 내려선 뒤에야 그곳의 중력이 1G임을 알았다.

인사말을 건네기도 전에 여자가 내 우주복의 감압 버튼을 누르고 헬멧을 벗겨냈다. 공기가 있을 거라고는 짐작하고 있었지만 그래도 나는 숨을 한번 들이켰다.

"팬이에요."

젊은 여자가 말했다.

"저희 다 작가님의 팬입니다."

30대 중반 정도로 보이는 남자가 인사했다.

내 경험으로는, 첫 만남에서 팬이라고 말하는 사람 중 실제로 내 책을 읽어 본 이는 다섯 명 중 한 명도 되지 않는다. 나는 어색하게 고개를 숙이고, 어색하게 우주복을 벗었다. 우주복을 벗고 나니 그들과 나의 옷차림새가 더 비교되었다. 나는 주머니가 잔뜩 달린 멜빵바지 차림이었다. 우주선 안에서 입던 작업복이었다.

포보스의 지면은 회색이었고, 반질반질하다는 느낌이 들었다. 곳곳에 가로등 같은 조명시설이 세워져 있었다. 그런 조명등이 거의 지평선까지 이어져 있었다. 밤에 비행장 활주로에 몰래 들어온 듯한 느낌이었다. 그러나 진짜 포보스도 이렇게 생겼는지는 확신할 수 없었다. 이곳에는 진짜 포보스에는 절대로 없을 두터운 대기와 강한 중력이 있다.

"저를 프로스페로, 이 친구를 메데이아라고 불러주십시오. 저희 본명을 밝히지 못해 죄송합니다. 본명이 알려지면 친구나 친척들이 정부의 인질로 잡히지 않을까 싶어서요. 저희는 외모도 크게 바꿨습니다."

남자가 말했다. 나는 그제야 정부가 알골들의 신상명세를 제공하지 않은 이유를 알게 되었다. 정부는 그 정보를 아예 몰랐던 것이다.

"외모를 바꾼다고 지문이나 유전자 감식 같은 것도 피할 수 있습니까?"

"그런 것들도 바꿨습니다."

프로스페로가 대답했다. 그는 눈을 가늘게 떴다. 내 반응을 가늠하려는 것이었을까?

"멀린은 어디 있나요?"

내가 애써 쾌활한 목소리로 물었다. 내 말에 프로스페로와 메데이아는 서로 얼굴을 마주 보았다.

"멀린은 잠을 자고 있어요."

메데이아가 말했다.

"404시간째 자고 있죠. 지구 기준으로 16일이 넘네요. 이미 알고 계시리라 생각하지만, 저희는 생리적인 문제에 그다지 시달리지 않습니다. 하지만 멀린도 잠이 들기 전에 작가님의 가설을 읽고 무척 흥미로워했습니다."

프로스페로가 말했다.

"저는 일주일째 잠을 자지 않았어요. 잠을 자면 자꾸 악몽을 꿔서요. 프로스페로도 그래요."

메데이아가 말했다.

"저는 그래서 자는 대신 명상을 하곤 합니다. 어제는 참고래에 대해 깊이 생각했죠. 그런데 여기서 이럴 게 아니라 실내로 들어가서 차라도 한 잔 드시면 어떻겠습니까? 궁금한 게 많습니다. 작가님도 저희에게 궁금한 게 많으실 테죠. 참, 불편하시면 눈에서 콘택트렌즈는 빼셔도 괜찮습니다. 어차피 작동하지 않으니까요."

프로스페로가 제안했다.

"한 세기쯤 전에 멸종한 동물이죠. 수가 급격히 줄어든 걸 인간들이 뒤늦게 깨닫고 보호하려 했지만 소용없었습니다. 그 종이 지구에 나타나 번성하다가 사라지는 과정을 머릿속으로 그렸습니다."

로봇 하인이 찻물을 끓이는 동안 나는 참고래에 관해 물었다. 프로스페로는 설명을 하면서 공중에 작은 참고래 모형을 만들어 띄워 보였다. 홀로그램처럼 보였지만 홀로그램이 아니었다. 그가 생각만으로 만들어낸 실체였다. 작은 참고래는 그의 머리 주변에 서 헤엄을 치더니 흐릿해지면서 사라졌다.

우리는 프로스페로의 집이자 연구실에 와 있었다. 우주식민지 의 조립형 주택보다는 지구에 있는 리조트호텔에 훨씬 더 가까운 공간이었다. 그러나 그는 마음만 먹는다면 이곳에 자금성이나 피 라미드를 복제할 수도 있을 터였다. 나는 이 집도 그에게 로봇 하 인과 마찬가지 존재인 것 아닐까 생각했다. 방문자를 놀라게 하 지 않는, 관습적인 상상.

"온종일 참고래 생각만 했단 말입니까?"

"저희는 시간이 많습니다. 이곳에 갇힌 죄수 신세죠. 제 발로 걸 어 들어왔다는 점이 다를 뿐."

"작가님의 보고서들을 보고 놀랐어요. 저희를 전부터 알고 있 던 사람이 일부러 모르는 척하는 것 같았죠. 특히 첫 보고서요. 저 희의 관계를 어떻게 맞히셨죠?"

메데이아가 말했다.

"보고서에 쓴 대로입니다. 논리적으로 치밀한 추론은 아니었 습니다. 기이한 일이 동시에 세 곳에서 벌어졌다, 그건 굉장히 가 능성이 낮은 일이다, 그러므로 그 세 사건은 직접적인 원인이 같 다, 어떤 방아쇠가 있는 것이다…… 물론 가능성이 아주 희박한 우연일 수도 있죠. 하지만 저는 단정과 비약이 필요하다고 봤습니다. 어떤 각성의 순간이 있었고, 그때 사고가 터졌는데, 그건 그 시점에서 사고 주체들에게 통제력이 없었다는 뜻입니다. 그런데 이후로는 17년이나 조용하죠. 정부가 상황을 잘 관리하고 있거나, 아니면 17년 전 사고를 낸 당사자들이 자제력을 갖췄기 때문이겠죠. 전자는 아닐 것 같고, 후자를 좀 더 파고들면 세 초인이 각자 힘을 참고 있는 게 아니라 서로 합쳐져서 맞물린 결과가 힘을 못 쓰게 하거나, 적어도 폭주를 막고 있다고 봤습니다."

나는 그렇게 대답했다.

"전에 저희가 외계 바이러스에 감염됐다고 주장한 연구자가 있었죠. 그 이론도 세 사건의 연관성을 낮은 수준에서 설명합니다. 하지만 바이러스에 감염된 사람이 왜 거의 같은 시기에 발병한 건지 설명하려면 결국 우연이라는 개념을 가져올 수밖에 없습니다."

"바이러스 이론은 우리 세 사람이 모여 있을 때 왜 힘의 양상이 달라지는지도 설명하지 못하죠."

프로스페로에 이어 메데이아가 말했다.

"하지만 저희를 각각 발열자, 냉각자, 회전자로 분류한 것은 잘 납득이 안 갑니다. 그 이론에 따르면 제가 회전자가 되는 셈인데……."

"그건 그냥 문학적 비유일 뿐이었습니다. 세 사람의 힘이 모여서 어떻게 하나의 엔진처럼 작동하는지를 설명하려고 든 거예요. 피스톤, 크랭크, 실린더, 아니면 사법부, 행정부, 입법부, 뭐라고 불러도 상관없습니다. 원하신다면 성부, 성자, 성령도 좋습니다.

세 사람의 의견이 같으면 굉장히 강력한 힘을 낼 수 있습니다. 한 사람의 힘과는 비교도 안 되는. 이때 서로 역할은 다르죠. 그러나 다른 사람의 동의가 따르지 않는 한 개인의 순간적인 욕구는 현실조작능력으로 이어지지 않습니다. 그래서 파괴적인 충동이 일어도 그게 현실이 될 걱정은 하지 않아도 되죠."

"저는 냉각자라는 단어가 마음에 들어요. 에어컨디셔너 부품이 된 거 같은 기분도 약간 들지만."

메데이아가 미소를 지었다.

"저도 문학적 비유를 하나 들어도 될까요. 저는 저희들이 서로 발을 묶어놓은 몽유병 환자들 같다는 생각을 종종 합니다. 중증 몽유병 환자들은 잠을 자면서 일어나 걷고 말하고 운전을 하고 심지어 범죄를 저지르기도 합니다. 그런데 몽유병 환자는 다른 몽유병 환자가 없어도 자기 몸을 침대에 묶어놓으면 그만이지만, 저희는 다른 알골이 없으면 저희 의식을 어딘가에 묶을 수가 없습니다."

프로스페로가 말했다.

"참고래 형상을 만드는 데에도 일일이 다른 두 분의 동의를 받아야 하나요?"

내가 물었다.

"아니요. 그 정도는 아닙니다. 그건 그냥 자면서 잠꼬대를 하거나 팔을 흔드는 것에 불과합니다."

"의식이 다른 사람과 묶여 있다는 기분이 갑갑하진 않습니까?"

"갑갑합니다. 하지만 어쩔 수 없습니다. 그게 다른 사람들을 보호하는 유일한 방법이니까요. 우리가 인간으로서 살 수 있는 유일한 길이니까요."

프로스페로가 말했다.

"가족이 있으십니까?"

프로스페로의 목소리가 조금 갈라졌다.

"부모님께서 교통사고로 돌아가셨습니다. 같은 차에 타고 있었는데, 저는 조금도 다치지 않고 두 분만 돌아가셨어요. 안개 때문에 도로에서 다중추돌 사고가 났습니다. 아직도 그 꿈을 가끔 꿉니다. 꽤 큰 사고였어요."

내가 대답했다.

"저는 아이와 아내를 잃었습니다."

프로스페로가 말했다.

"각성했을 때의 사고로요?"

내가 묻자 그는 고개를 끄덕였다. 그가 실제로는 몇 살일지 궁금했다. 직업은 뭐였을까? 금욕적이면서 카리스마가 있는 직업이라. 인문학 교수? 성직자? 군인?

"저는 여동생과 친구들을 잃었어요. 제가 그런 일을 또 저지를 수 있다는 사실이 두렵고 혼란스러웠어요. 뭘 어떻게 해야 할지 몰랐어요. 그때 프로스페로가 와서 저에게 텔레파시로 말을 걸었어요. 멀린이 합류한 건 그 직후였고요."

메데이아가 말했다.

"지금 멀린과 저는 10대 아들과 아버지 같은 관계죠. 많이 답답

할 겁니다. 외딴 곳에 감금된 신세이니…… 그러나 여기를 벗어
나면 안전하지 않습니다. 멀린에게도, 세상에게도. 멀린도 그 사
실을 알고 있습니다."

"엄청난 희생이고, 쉽지 않은 결정이었을 걸로 믿습니다."

마치 가장 먼저 불을 일으키는 법을 발견한 인류가 주변 원인
(原人)들에게 '우리가 이걸로 당신들을 멸종시킬 수도 있다'며 부
싯돌을 맡긴 것과 비슷한 일이었다. 내가 그렇게 말했더니 프로
스페로는 씁쓸하게 웃었다.

"가장 먼저 불을 일으키는 법을 발견한 선조는 그 발견이 세계
를 얼마나 바꿀지 몰랐겠죠. 하지만 저희는 저희의 힘이 지닌 파
괴력을 알고 있습니다. 그리고 저희는 그 힘 이전의 세계를 사랑
하고요."

"결과에 만족하시나요?"

"처음에 정부에 저희의 존재를 알린 건 그게 옳다고 믿었고, 어
쩌면 다른 사람들과 어울려 살 수 있는 방법을 정부 과학자들이
찾아줄 수도 있다고 기대했기 때문입니다. 그런데 그치들은 저희
를 무슨 실험실 동물처럼 다루더군요. 2년을 못 버티고 빠져나왔
습니다. 그때 약간 물리적 충돌이 있었지요. 그 뒤에 포보스에 자
리를 잡았습니다. 오시는 길에 핵미사일을 여러 기 보셨을 겁니
다. 그게 정부의 대응이었고요.

지금은 묘한 대치 상태입니다. 저희는 흩어지면 약합니다. 한
개인으로서 발휘할 수 있는 현실조작능력은 단순한 염동력(念動
力)들입니다. 정부 입장에서는 골치 아픈 신종 테러리스트이긴 하

지만, 제압하지 못할 정도는 아닙니다. 그러나 셋이 모이면 현재의 어떤 무기체계도 뛰어넘는 존재가 됩니다. 이곳은 요새이자 감옥이죠. 여기에 있으면 붙잡혀 생체실험을 당할 걱정 없이 자유롭게 있을 수 있습니다. 하지만 그것밖에 못 하죠. 솔직히 이제는 이 상황을 어떻게 해야 할지 잘 모르겠습니다. 정부도 그런 것 같아요."

"세 사람이 함께 밖으로 나간다는 생각은 안 해보셨습니까?"

"해봤죠. 그런데 어디로 간단 말입니까?"

"글쎄요. 태양계 외곽이라든가."

"해왕성에서 장염에 걸리면 어떻게 하지요? 그런 문제는 현실조작능력으로 해결이 되지 않더군요. 저희는 늙으면 어떻게 되는 걸까요? 명왕성에서 갑자기 현실조작능력이 사라지면 어떻게 해야 할까요? 그리고 저희도 새로 나온 책을 읽거나 영화를 보고 싶고 지구 소식도 듣고 싶습니다. 포브스에 자리를 잡은 것은 여러가지 보급 물품 문제 때문이기도 합니다."

"지구에 숨는 건요? 정부의 추적을 따돌릴 수 있지 않을까요?"

"그건 가능할 수도 있다고 봐요."

메데이아가 끼어들었다.

그러나 프로스페로는 고개를 저었다.

"쉽지 않을 겁니다. 포브스에서 빠져나가는 데 성공한다 해도 어딘가에서 현실조작능력을 쓰면 주변 사람들의 이목을 끌 거고요. 그리고 저는 아직도 희망을 품고 있습니다. 정부의 과학자들이 우리가 다른 사람과 평화롭게 공존할 수 있는 법을 찾아낼지 모른다는. 저희가 여기서 사라진다면 작가님 같은 분의 연구 보고서를 앞으로 어떻게 받아 보겠습니까?"

"그 문제에 있어서만큼은 저나 멀린은 프로스페로보다 훨씬 더 비관적이에요."

메데이아가 한숨을 쉬었다.

"다른 알골들이 있을 거라는 생각은 안 해보셨습니까?"

내가 물었다.

"물론 해봤고, 정부에서도 눈에 불을 켜고 찾고 있을 테죠. 그런데 이렇게 안 나오는 걸 보면 어쩌면 저희 셋이 전부인지도 모르겠습니다. 만약 있다면 지구에 있을 테죠. 지구에서라면 자기통제력 없는 알골이 현실조작능력으로 사고를 쳐도 그게 자연재해나 다른 원인으로 빚어졌다고 착각하기 좋으니까요."

그때 멀린이 잠에서 깨어났다.

프로스페로와 메데이아는 멀린이 눈을 떴음을 바로 알았다. 등이 가렵다든가, 발에 쥐가 났다든가 하는 것처럼 자연스러운 감각이었다.

나 역시 멀린이 눈을 떴다는 사실을 그만큼 자연스럽게 알아차렸다. 확실히 다른 알골들과 함께 있으면 능력이 증폭되는 모양이었다.

"당신……."

프로스페로가 놀란 눈으로 나를 쳐다봤다.

"각성의 시기에 저는 대형 교통사고를 일으켰죠. 50중 추돌사고였어요. 그런데 경찰에서는 그게 안개 때문이었다고 하고, 자동차회사에서는 자율운행차를 이용하지 않고 손수 운전을 고집한 몰지각한 청년들 때문이라고 하고, 정신과의사는 아무튼 절대 제 탓은 아니라고 하더군요. 저도 한동안은 그 말을 믿었는데, 아무래도 뭔가 이상해서 방황하다 저와 비슷한 사람들을 찾아다니게 됐습니다. 그래서 초자연현상 전문 르포 작가가 됐죠."

내가 말했다.

"어떻게 버틸 수 있었죠?"

메데이아가 물었다.

"신경안정제를 매일 한 움큼씩 먹었어요."

내가 대답했다.

"이렇게 반가울 데가! 오늘 밤에 저희가 함께 나눌 이야기가 정말 많겠군요. 멀린도 부르겠습니다."

프로스페로가 말했다.

사실 멀린은 그 순간 내가 있는 곳으로 빠르게 날아오는 중이었다. 그리고 나는 멀린과 텔레파시로 이미 많은 이야기를 나눈 상태였다. 누군가와 텔레파시로 대화하는 것은 처음이라 내가 좀 서툴긴 했지만 말이다. 멀린은 내 계획에 찬성했다.

나는 메데이아에게도 말을 걸었다. 그녀는 자유만큼이나 악몽에서 벗어날 가능성에 마음이 흔들렸다. 나는 그녀의 악몽이 죄책감 때문이라기보다는 이곳의 결계 때문에 발생한다고 생각했다. 내 경우 지구에서 간혹 꾼 꿈과 결계 근처에서 생생하게 겪은 악몽은 확연히 달랐다.

그러나 메데이아는 명확히 자기 입장을 결정하지는 않았다. 2 대 1, 어쩌면 2 대 2였다.

멀린은 리조트호텔처럼 생긴 건물의 한쪽 벽을 부수고 들어와 프로스페로에게 돌진했다. 멀린은 탄탄한 몸집의 20대 초반 남성으로 보였다.

"또!"

프로스페로가 얼굴을 찡그리며 소리쳤다.

멀린의 몸이 공중에서 멈췄다. 두 얼굴 사이의 공간이 이지러지는 것이 보였다. 메데이아가 흘끔 내 눈치를 살폈다.

나는 염동력으로 개입할 생각은 없었다. 대신 멜빵바지의 앞주머니에서 유난히 끝이 날카로운 꼬챙이를 꺼내 들었다. 우주선에서 마지막으로 먹은, 맛이 꽤 괜찮았던 산적 요리를 꿰고 있던 꼬챙이였다. 나는 그걸로 프로스페로의 목을 두 번 찔렀다.

일그러졌던 공간이 다시 원래대로 회복되었다. 멀린은 천천히 땅으로 내려왔다.

'죽었어?'

메데이아가 텔레파시로 물었다.

'거의.'

내가 텔레파시로 대답했다. 프로스페로는 오른손으로 목을 쥐고 있었는데 숨을 내쉴 때마다 손가락 사이로 피가 엄청나게 흘러나왔다. 눈은 엉뚱한 곳을 향해 있었다.

'참고래 꿈이라도 꾸는 것 같네.'

멀린이 텔레파시로 말했다.

'이제 어떻게 하지?'

메데이아가 물었다.

'일단 이 지긋지긋한 곳에서 벗어나자. 나가서 뭔가 아무 일이라도 저지르자.'

멀린이 대답했다.

나는 그 말이 프로스페로의 연설보다 훨씬 더 인간적으로 느껴졌다. 니체가 그 비슷한 주장을 하지 않았던가?

내가 얼굴과 몸과 지문과 유전자를 새로 구성하는 동안 멀린이 옆에서 물었다. 이름은 어떻게 할 거냐고. 나는 그들의 전통에 따라 문학작품 속 위대한 마법사의 이름을 따올 생각이었다.

오베론, 간달프, 게드…… 적당한 명칭을 찾다가 나는 프로스페로라는 이름이 얼마나 오만한 것이었는지 새삼 깨달았다. 어쩌면 그는 내심 다른 두 알골을 자기가 지배할 수 있는 괴물이나 말썽꾸러기 요정 정도로 여겼던 것 아닐까.

그 순간 짧지만 생생한 광경이 눈앞에 펼쳐졌다 사라졌다. 내가 아는 지구의 도시를 상공에서 내려다본 모습이었다. 안개로 덮인 길에 자동차가 줄지어 서 있었고 도로에는 시체들이 쌓여 있었다. 그 위로 멀린과 메데이아와 내가 날아갔다.

이게 뭐지?

멀린과 메데이아가 보낸 텔레파시가 아닌 건 분명했다. 두 사람은 나를 물끄러미 바라보고 있었다. 갑작스러운 힘을 얻은 뇌가 혼란에 빠져 일으킨 의미 없는 백일몽인가? 아니면 내게 어떤 종류의 비전이 생긴 것일까? 예지력일까?

혹시 프로스페로도 이 영상을 봤던 걸까?

혹시 이게 프로스페로가 죽어가면서 보내는 메시지일까?

아무려면 어때. 나는 입술을 깨물었다. 우리는 이미 태어났고
세계는 이제…….

'적당한 이름이 생각 안 나? 내가 대신 지어줄까?'

성미 급한 멀린이 물었다.

'지금 막 좋은 아이디어가 떠올랐어.'

내가 대꾸했다.

'뭔데?'

메데이아가 물었다.

'볼드모트 어때?'

내가 대답했다.

근방에 히어로가
너무 많사오니

임태운

대한민국의 SF작가라는 극한직업에 종사 중이다. 히어로의 매력은
망토나 슈트가 아닌 약점에서 온다고 믿는다. 그래서 백만장자이지만
고담의 광인들을 상대하느라 우울증을 얻고 만 배트맨과 해동증후군에
시달리는 과거의 난민 캡틴 아메리카를 유독 사랑한다. 장편소설로
『이터널 마일』, 『마법사가 곤란하다』, 『태릉좀비촌』이 있으며 공동단편집
『U. ROBOT』, 『커피잔을 들고 재채기』 등에 참여했다

1

히어로콜.

그 앱은 시민과 히어로를 초 단위로 연결해주는 끈이었다. 모름지기 히어로라면 텔레파시나 초감각으로 출동해야 하는 거 아니냐고? 적어도 이곳 대한민국에서는 물리법칙을 쥐락펴락하는 히어로도 와이파이가 뿌려주는 은총에 감사하며 살고 있다.

그렇다고 모든 히어로가 항상 통신대국의 신경망에 찬사를 보내지는 않는 법. 타임스퀘어 꼭대기의 유리천장을 박살 낸 뒤 해태 아파트 쪽으로 날아가는 시커먼 형체가 있었다. 그녀의 이름은 영등포구 히어로 레인보우걸. 비록 전기파리채에 얻어맞은 겨울모기 꼴로 자유낙하하고 있었지만 정신만은 또렷했다. 슬쩍 시선을 돌려 아래를 살피니 굉음에 놀란 시민들이 혼비백산 달아나고 있었다. 심호흡을 한 다음 무릎을 웅크려 양팔로 감싸며 레인보우걸은 한숨을 내뱉었다.

'못 살아. 히어로콜을 꺼냈어야 했어.'

그녀의 추락은 이마트 앞 가로수 세 그루를 무참히 짓밟은 다음에야 멈췄다. 벌떡 일어난 레인보우걸은 신경질적으로 볼에 달라붙은 플라타너스 잎사귀를 떼어냈다. 그러자 머리 위에서 불쾌하기 짝이 없는 목소리가 들려왔다. 불빛이 번쩍번쩍 도는 장갑 모양의 컨트롤러를 장착한 중년 사내가 허공에 떠 있었다.

"켈켈켈. 싸워보니 너 거품이 좀 있네. 그리 약해빠져갖고 히어로질 하겠나."

"넌 뭐야? 못 보던 새끼가. 자기력을 쓰나 본데, 자석맨 정도 되냐."

"NS종철이다. 분당 쪽에선 좀 먹어줬지. 요즘 영등포가 빌런짓 하기 꿀이라고 해서 말이야."

"치사한 놈. 기계발로 능력 부풀리기나 하고. 닉네임도 개떡 같아."

나름 평정심을 흔들기 위해 인신공격을 가해봤지만 NS종철은 끄떡도 없었다. 마치 '치사하다'는 말을 히어로에게 들을 때마다 없던 기운도 솟아난다는 듯 껄껄 웃을 뿐이었다.

"너야말로 왜 레인보우걸이면서 슈트는 검은색을 처입었나. 콘셉트에 일관성이 있어야지?"

"왜인지 이제부터 알려줄게."

홀쩍 뛰어 지면으로 내려선 레인보우걸은 능력을 끌어모았다. 그러자 허리띠에 장착돼 있던 형형색색의 금속구 일곱 개가 그녀의 주변에 떠올랐다. 지체 없이 손을 뿌리자 그것들은 지성을 가진 생명체처럼 NS종철을 향해 날아들었다.

빨주노초파남보의 살상무기가 자체적인 궤적을 그리며 NS종철을 떨구려 했다. 하지만 별도의 추진장치 없이 몸을 이동시킬 수 있는 건 NS종철도 마찬가지였다. 여유 있게 금속구를 피해내는 그의 얄미운 모습에 레인보우걸은 울화통이 터졌다. 상황에 반전이 필요하다고 생각한 그녀는 왼손을 허리춤 뒤에 숨긴 다음 중지와 엄지를 세차게 튕겼다.

더 이상의 공격이 날아들지 않자 NS종철은 어깨를 으쓱였다.

"벌써 포기한 거야?"

순간, 그의 등 뒤 콘크리트 바닥에서 파란 금속구가 솟구쳐 올라 가공할 속도로 날아들었다. 레인보우걸이 즐겨 쓰는 난사 후 양동 공격. 하지만 파란 금속구는 목표물의 뒤통수로부터 한 뼘 거리에서 부르르 떨며 멈췄다. 빌런이 장착한 컨트롤러의 덫에 걸려버린 것이다. 빼어난 염동력을 가진 레인보우걸이었으나 무기가 하필 금속 재질이라는 것에서 적수와의 상성이 좋지 않다는 것이 드러난 순간이었다.

"내가 좀 빌려 쓸까."

NS종철이 파란 금속구의 끄트머리를 장갑으로 툭 건드리니 탄환과 같은 속도로 날아가 레인보우걸의 쇄골에 적중했다. 그녀가 바닥에 쓰러질 때까지 일곱 개의 금속구에게 얻어맞은 횟수는 스물일곱 차례였다.

"크윽."

본인의 무기를 빼앗겨 굴복당하는 괴로움보다 더욱 쓰라린 것은 후회였다. 레인보우걸의 진짜 신분은 3교대에 시달리는 대학

병원 정형외과 소속 간호사였다. 나이트를 마치고 퇴근하자마자 달려온 상황이라 세밀한 집중을 요하는 염동력이 제대로 발휘될 수가 없었던 터. 히어로콜이 호출된 것을 무시했어야 했다. 하지만 스마트폰에서 울리는 요란한 알림음이 곧 무고한 시민들의 비명 소리나 다름없다는 것을 잘 알기에 그녀는 수락 버튼을 누를 수밖에 없었다.

'퇴근한 지 두 시간 만에 앰뷸런스에 실려 가면 동료들이 깜짝 놀라겠네.'

마지막 일격을 가하기 위해 미끄러져 날아오는 NS종철을 바라보다 질끈 눈을 감는 레인보우걸. 그런데 그때, 인간의 폐에서 나왔다고는 믿을 수 없는 성량의 목소리가 들려왔다.

"괴로울 땐 이렇게 외쳐! 우리들은 진짜를 원해!"

두 남녀가 동시에 당황해서 해태 아파트 옥상 쪽으로 시선을 돌렸다. 그러자 눈에 들어온 것은 아파트 옥상의 벤틸레이터들이 충격파에 해체돼 파편처럼 떠 있는 모습이었다. 누군가 그 자리에서 박차 오른 것만으로 저런 광경을 만들어낸 것이다.

레인보우걸의 흐트러진 머릿결이 부웅 떠올랐다. 화악 넓어진 시야 덕분에 그녀는 근육질의 사내가 러시안 훅으로 NS종철을 날려버리는 모습을 놓치지 않을 수 있었다. 요란한 황금망토가 펄럭인 다음 가라앉자 번쩍거리는 펄이 박힌 새하얀 슈트가 도드라졌다. 레인보우걸은 부메랑을 눈에 끼운 것 같은 그의 마스크를 알아봤다.

"그쪽은 혹시……."

"그렇다, 내가 바로 진짜 사나이 리얼매애앤!"

레인보우걸이 바로 대꾸하지 못한 것은 고막이 아팠기 때문이다. 하지만 리얼맨은 두 개의 알프스 산맥을 이두근에 세워놓은 듯한 팔뚝을 보여주며 행인들의 도촬에 응해주고 있었다. 아무래도 본인의 세리모니를 마친 것에 흡족해하는 모양이었다.

"레인보우걸. 원래 이렇게 매가리 없이 당하는 쪽 아니지 않나."

"나 알아?"

"히어로위키에서 봤어."

"안 그래도 그냥 걸렸어야 했다고 생각한 참이야. 콜 꺼두는 걸 깜박해서."

"무슨 소리. 이 몸이 달려올 때까지 버텨준 것만으로도 그대의 정의감은 증명되었도다."

"리얼맨이면 마포구가 거점이잖아. 보통 한강 건너서는 안 오지 않나?"

"실은……."

둘의 대화가 거기서 뚝 끊긴 것은 악에 받친 NS종철이 묵직하기 짝이 없는 물체를 공중으로 들어 올렸기 때문이다. 거대한 12톤 유조차였다. 트레일러와 탱크가 금방이라도 분리될 것처럼 부들부들 떨리고 있었다.

"미안해, 레인보우걸. 일단 저놈 끝내고 얘기하지."

리얼맨이 무릎을 굽혔다가 펴자 마치 눈앞에서 사라진 것처럼 보였다. 하지만 인정받는 정형외과 의료인답게 눈썰미가 좋았던 레인보우걸은 그가 달려간 위치를 금방 찾아냈다. 보고도 믿기 힘들었지만, 그는 문래동 사거리 신호등의 기둥을 가뿐하게 뽑아든 다음 포환던지기 선수처럼 어깨 위로 들어 올렸다. 그리고 자신을 향해 낙하하는 유조차를 향해 직선 궤도로 내쏘았다. 기둥이 기름 탱크에 적중, 거대한 폭발이 일어나 주차장에 세워진 자동차들의 바퀴를 들썩이게 만들었다. 레인보우걸은 자신을 향해 날아오는 잔해들을 금속구로 파바밧 떨궈냈다. 반면 리얼맨은 유리 조각이나 돌멩이는 자신에게 생채기 하나 낼 수 없다는 듯 도약해 NS종철의 왼팔 장갑을 붙잡았다. 무지막지한 악력에 빌런은 새된 비명을 지르며 땅 위에 내려섰다.

"잡동사니를 박살 냈으니 당분간 나쁜 짓은 못 하겠지. 여기서 얌전히 체포를 기다려라."

"제기랄. 너 같은 괴물을 이런 데서 만날 줄은 몰랐다. 이렇게 된 이상 내 지난 삶을 회고하는 얘기를 들려주지. 사실 나도 처음부터 악당이 되고 싶진…… 꾸엑!"

빌런은 말을 마치지 못한 채 탈진한 개구리처럼 기절했다. 듣던 리얼맨이 전광석화 같은 가라테춉으로 NS종철의 목울대를 후려쳤기 때문이다.

"미안한데 패배한 빌런의 변명을 들어주기엔 내가 좀 바빠서."

레인보우걸에게 다가와 부축을 해 주며 리얼맨이 물었다.

"언빌리버블 포의 소식은 아직인가?"

그것은 영등포구의 평화를 수호하던 무투파 히어로의 이름이었다. 그의 갑작스러운 실종 이후 양화대교 일대에선 빌런들의 분탕질이 점점 늘어나고 있었다. 때문에 좀처럼 마포구를 벗어날 일이 없었던 리얼맨이 원정까지 나오게 된 것이다.

"응. 아무래도 단순 잠적은 아닌 것 같아. 그 때문에 우린 하루하루가 똥맛이야."

"누군가한테 당할 위인은 아닌데. 희한하군."

"어쨌든 오늘 일은 고마워. 나중에 도움이 필요하면 얘기해. 히어로톡 친구 추가하고."

"음. 알았다. 그럼 난 또 콜이 들어와서 이만."

리얼맨이 무릎을 굽히자 레인보우걸은 황급히 뒤로 물러섰다. 콘크리트 바닥에 금이 쩌저적 가더니 황금망토의 히어로는 껑충껑충 뛰어 서강대교 쪽으로 사라졌다. 물론 히어로의 활약을 보기 위해 모여든 시민들에게 윙크를 보내주는 것도 잊지 않았다. 그는 관중의 호응을 유도하는 랩퍼처럼 외침을 토해냈다.

"괴로울 땐 이렇게 외쳐!"

다행히 영등포구의 시민들 중 리얼맨의 펀치라인을 알고 있는 자들은 꽤 많았다.

"우리들은 진짜를 원해!"

2

다음 날 새벽 5시.

6호선 지하철 상수역의 1번 출구를 향해 한 말라깽이 청년이 헐레벌떡 뛰고 있었다. 공익근무요원 8개월 차인 박우람이었다.

1번 출구 계단을 향해 내려가다가 뭔가를 빼먹었다는 걸 깨달은 우람은 내려왔던 길을 다시 올라와 입구에서 짐을 풀고 있던 떡할머니에게 1000원짜리 두 장을 내밀었다.

"인절미 한 봉지만 주세요."

단골 중의 단골인 그의 손을 꼭 쥐며 떡할머니는 이렇게 너스레를 떨었다.

"하이고, 청년. 오늘도 빼빼시네. 이거 먹고 살 좀 쪄야겠어. 잉?"

우람은 대답 대신 씨익 웃고 인절미 한 팩이 들은 봉지를 들고 계단을 뛰어 내려갔다. 휴일이면 그가 콘크리트를 플라스틱처럼 부수는 근육 마초로 변신한다는 걸 알면 떡할머니는 어떤 표정을 지을까.

역사 사무실에서 통풍 성능이 꽝인 검은색 유니폼으로 갈아입은 우람은 이날도 정신없는 하루를 보냈다. 휠체어를 탄 장애인의 리프트를 조작해주고, 난동 부리는 취객을 부축하다가 머리채를 붙잡힌 다음, 개찰구에 미리 배웅을 나와달라는 노인의 요청을 받아 한참을 서 있기도 했다.

우람은 그러다가 역사가 한산해질 때면 쓰레기통에서 텅 빈 음료수 캔을 집어 들어 한 손으로 우그러뜨렸다. 숱하게 반복했는지 무척 익숙한 동작으로. 처음 능력이 생겼을 때 테스트 삼아 했던 실험이 어느덧 일상이 돼버렸다. 반년 전엔 이렇게 구겨버리면 탁구공 크기 정도였는데, 지금은 주사위 정도로 압축해낼 수 있었다. 언젠간 구겨버린 캔을 또 다른 캔의 작은 입구에 쏙 하고 집어넣어버릴 수 있게 될지도 모른다.

확실히 능력이 강해지고 있어.

그는 주변을 둘러본 다음 스마트폰을 꺼내 다시 한번 히어로 호출 어플인 '히어로콜'을 실행했다. 검색창에 손가락을 누르자 자동 검색어로 뜨는 '마포구 리얼맨'. 평점 4.64로 서울특별시 별점 랭킹에서 7위에 올라 있다. 0.02나 떨어진 걸 보니 또 한 번 별점 테러단이 출동한 모양이다. 라이벌 히어로의 팬일 수도 있고, 랭킹이 낮은 히어로 본인의 열등감 표출일 수도 있다. 물론 우람도, 리얼맨도 그걸 알아낼 재주는 없었다. 시민들의 쏟아지는 촬영 요구에도 인상 한 번 찌푸린 적이 없는데, 왜일까. 더 분발해야 하나.

그때, 공인된 히어로들만 가입할 수 있는 히어로톡의 단톡방에서 흔치 않은 메시지가 올라왔다. 긴급소집이었다. 그가 고개를 갸웃하고 있자,

"박우람. 뺑끼 치지 마, 새꺄. 빨랑 텨와."

에스컬레이터 위에서 선임이 부르는 소리가 들려왔다. 우람은 후다닥 스마트폰을 집어넣으며 생각했다. 오프라인에서 히어로들이 한데 모이는 건 무척 드문 일인데. 무슨 일이지. 동그랗게 찌그러진 캔이 승강장 바닥과 부딪히며 떨그렁거렸다.

3

미세먼지로 자욱한 저녁 하늘 아래, 성산 초등학교 옥상엔 요란

한 복장의 슈트를 차려입은 히어로 열셋이 모여 있었다. 훤히 노출된 위치였지만 공기 중의 수증기를 응결시켜 가짜 잔상을 만들어낼 수 있는 서대문구 히어로 환각소녀가 친 결계 덕분에 외부에선 텅 빈 풍경으로 보일 것이다. 조금 늦게 도착한 리얼맨은 안면이 있는 히어로들과 간단한 눈인사를 했다. 서로 악수 따윈 하지 않았다. 피부가 접촉됨으로써 서로의 능력이 충돌하는 일이 비일비재했기 때문이다.

"여, 리얼맨. 요즘 실검에 자주 오르더라."

"1년 차엔 누구나 그래. 나도 마찬가지였고. 그나저나 공공재를 너무 많이 파손하는 거 아니냐?"

"그런 건 리얼맨이 아니라 이 친구가 때려잡은 빌런한테 청구해야지. 별점 깎일까 봐 펀딩도 쉬쉬하는 게 불쌍한 우리 처진데."

어수선한 분위기에서 먼저 손을 든 것은 은평구를 주름잡고 있는 빙결능력자 프로스트퀸이었다.

"다들 서울을 지키느라 바쁠 테니, 본론을 바로 말할게."

모든 히어로가 말을 멈추고 발레리나의 레오타드를 연상시키는 그녀의 타이즈를 주시했다.

"실은 일주일 전에 나한테 다이렉트 메시지가 하나 날아왔어. 한강 풍경을 담은 짧은 유튜브 클립의 링크. 조회수는 100도 안 됐고 사용자가 탈퇴한 상태로 나오길래 대수롭지 않게 생각했지."

하지만 그녀의 계정을 안다는 것 자체가 발신인이 단 한 번이라도 활동을 했던 히어로라는 점이었기에 내심 찝찝했다고 한다. 그래서 프로스트퀸은 어젯밤 공감각 능력자인 성동구 캣츠아이에게 도움을 요청했다.

"여기서부턴 내가 설명하지."

캣츠아이의 선명한 노란색 눈동자가 회색 복면 안에서 빛나고 있었다. 그녀가 품에서 12인치 태블릿을 꺼내더니 문제의 비디오 클립을 재생했다. 배경음악이나 등장인물도 없이 63빌딩 밑 한강의 물결을 촬영한 영상이었다.

삼각근을 돋보이게 하기 위해 팔짱을 끼고 있던 리얼맨의 눈엔 따분하기 그지없었다. 캣츠아이는 그런 반응을 예상했다는 듯 영상을 멈춘 다음에 설명했다.

"나도 처음엔 몰랐어. 그런데 보면 볼수록 뭔가 불순물이 낀 것처럼 느껴지더라고. 그래서 능력을 발휘해보니 24분의 1초, 즉 1프레임마다 한 글자씩 메시지가 숨어 있었어. 한강 영상은 페이크고, 장문의 경고문이 적혀 있었던 거지. 대단한 특수효과는 아니지만 나 같은 특수능력자만 이상을 느낄 수 있도록 조작한 거야."

어리둥절해하던 히어로들이 그 말에 흥미를 보였다.

"뭐라고 적혀 있었는데?"

캣츠아이가 프로스트퀸을 쳐다보자 그녀는 고혹적인 자세로 한 걸음 앞으로 나왔다.

"작성자는 '리무버'의 이름을 언급하고 있었어."

리얼맨을 포함한 모든 히어로가 흠칫하는 반응을 보였다.

리무버.

그것은 언젠가부터 히어로들의 입을 타고 돌아다니는 일종의 도시괴담이었다. 부지불식간에 나타나 히어로의 능력을 '삭제'시켜버린다는 빌런의 이름이었다. 물론 리얼맨도 그 이름을 들어본 적이 있다. 하지만 뚜렷한 증거도 없고 공신력 있는 목격자도 없는 '카더라'에 불과한 이야기였다.

"직접 들려주는 게 낫겠지. 읽어주겠어."

프로스트퀸은 허공에 대고 후욱 입김을 불었다. 그러자 수증기가 사르륵 모여들어 깨알 같은 글씨들을 만들어냈다. 서울 히어로콜 별점 랭킹 1위다운 신묘한 솜씨에 여기저기서 감탄이 터져 나왔다.

"나는 리무버를 만났다. 이게 무슨 소리인지 모르겠다면 무시해도 좋다. 하지만 알아들은 자들은 내 말을 명심해라. 무슨 수를 써서든 절대, 리무버에게 가까이 가지 마라. 전력을 다해 달아나라. 당신이 가진 모든 것을 잃게 된다."

대다수의 히어로들이 어안이 벙벙하다는 반응이었다.

"뭐야, 이게. 뚱딴지 같은 소리 아냐?"

"그거 쓴 녀석 정말 히어로 맞아? 활동지역도 중요해. 지방 듣보잡 히어로면 어쩔 거야."

"이봐, 낭만화산. 지금 그 발언은 정치적으로 문제의 소지가 있어. 뭐, 나도 그냥 할 일 없는 히어로가 남긴 장난인 것 같다는 생각엔 동의하지만."

프로스트퀸은 묵묵히 그 이야기들을 듣고만 있었다. 그러자 캣츠아이가 한마디 거들었다.

"메시지는 그걸로 끝이었어. 그런데 혹시 다른 암호가 더 숨어 있을까 찾아봤더니 63빌딩의 창문 하나의 밝기가 미세하게 바뀌더라고. 모스 부호였어.”

“모스 부호? 뭐라고 쓰여 있었길래.”

“Why are heroes born? 히어로는 왜 태어나는가?”

묵직한 한마디에 저마다 생각에 잠기는 히어로들이었다. 이 경고문이 단순한 장난이 아니라 실제일 경우를 상정하면서 곱씹어 보는 것이다. 광택이 번쩍이는 메탈아머를 입은 중랑구 잔망풍뎅이가 의문을 제기했다.

“만약 그 리무버란 빌런이 진짜 있다면 지금껏 알려지지 않을 수 있을까? 히어로를 습격해서 능력을 지운 다음 유유히 사라지기라도 한다는 거야, 뭐야.”

그러자 다른 히어로들도 조심스레 의견을 꺼내 들었다.

“우리의 슈퍼파워란 게 히어로마다 다르고 레벨 차이도 좀 있잖아. 그런데 상성을 무시하고 능력을 없애버리는 삭제 능력이라는 거, 완전 치트키 아닌가.”

“만약 내가 리무버한테 당했다면 제일 먼저 우리 단톡방에 소식을 알릴 것 같은데. 그런 일이 없었다는 게 그냥 괴담일 뿐이라는 증거라고 봐.”

“살해당해서 알릴 기회가 없었다면?”

“전투 중 사망했을 경우 히어로콜이 근방의 히어로 다수에게 긴급경보를 띄워줘. 부평 대참사가 결국 진화될 수 있었던 이유잖아. 난 이렇게 생각해. 리무버라는 녀석은 그냥 히어로의 능력만 지우고 사라지는 거야. 다른 신체능력은 전무하거나, 아니면 능력의 사용횟수에 리미트가 있는 걸지도.”

"그 말이 사실일지라도 여전히 리무버와 싸웠다는 히어로가 한 명도 나타나지 않는다는 점은 설명되지 않아."

성산 초등학교 옥상이 열기로 달아오르는 와중에 펄럭이는 회색 로브에 지팡이를 든 노량진갈매기가 입을 뗐다.

"리무버와 싸웠다는 히어로는 없었어도, 느닷없이 사라져버린 히어로들은 있잖나."

그의 말은 사실이었다. 최근 3년 동안 특별한 고지 없이 히어로 단톡방을 나가서 계정삭제를 하는 히어로들이 종종 보이곤 했다. 당연히 히어로콜에 응하지 않는 것은 물론 시민들의 눈에 띄지도 않는 완벽한 잠적. 계정을 지우는 건 본인의 지문이 있어야만 가능하기에 어떤 음모가 있을 거라 생각하기란 쉽지 않았다.

"가장 최근엔 영등포구 언빌리버블 포가 있지. 누구보다 성실하고 의협심이 넘치는 타입이었는데, 흡사 엠티에서 개진상 부리고 남몰래 휴학계를 제출한 스무 살 남자애처럼 사라졌어."

익숙한 언빌리버블 포의 이름이 언급되자 리얼맨의 눈썹이 꿈틀댔다. 하지만 그가 뭔가 말하려 할 때 프로스트퀸이 양손을 번쩍 들어 좌중을 침묵시켰다.

"이제 이야기를 정리할 때군. 너희들이 한 말 모두 일리가 있어. 리무버의 존재는 허상일 수도, 괴담일 수도 있지. 그러나 만약 놈이 실재하는 빌런이고 이따금씩 히어로가 소식 없이 잠수를 타는 이유와 관련이 있다면 그건 흘려들을 일이 아니야. 우리들의 존재 자체에 심각한 위험요소가 되는 거라고."

그녀가 한 호흡 쉬고 다시 말을 이어나갔다.

"그래서 나는 우리 모두가 당분간 단독 출동을 삼갔으면 싶어. 콜이 들어오면 인근의 동료들에게 최우선적으로 도움을 요청해서 2인 이상의 팀을 이루는 거지. 그렇게 해서 불의의 습격을 미연에 방지하기를 권해."

가면 아래 툭 하고 튀어나온 리얼맨의 입술은 누가 보더라도 이 권고에 불만이 가득함을 알 수 있을 정도였다. 프로스트퀸은 그에게 발언권을 주겠다는 제스처로 턱짓을 했다.

"이의가 있는 것 같은데, 리얼맨?"

"응. 난 리무버의 존재 따윈 믿지 않아. 그냥 고생 끝에 제대한 예비군들이 다시 군대로 끌려가는 꿈을 꾸는 것과 비슷한 거야. 한순간에 능력이 사라질까 벌벌 떠는 히어로들의 무의식이 만들어낸 찌라시 같은 거라고."

"그래서?"

"그런 걸 맨 처음 만들어낸 멍청이야말로! 진짜로부터 너무 멀다. 나, 리얼맨은 오직 진짜배기만 상대하지. 도시괴담 따위에 흔들리지 않는다는 걸 보여주기 위해 난 계속 하던 대로 하겠어."

중랑구 잔망풍뎅이가 고개를 가로젓자 그의 헬멧에 노을이 비산했다.

"솔직하지 못하군, 리얼맨. 요새 별점 랭킹에서 핫하게 치고 올라가니까 그 기세를 줄이기 싫다는 거 아냐? 자신보다 인기 많은 히어로와 손을 합치면 들러리 취급이나 받고 손해를 볼 테니까."

"그 말은 내 진의를 조롱하는 것처럼 들리는데, 잔망풍뎅이. 그 메탈아머 속에 숨어 있다 해서 내 주먹으로부터도 안전하다 착각하지 마. 네 갑옷 따위 한 방에 고철 더미로 찌그러뜨려버린 다음 낙원동 고물상에 던져버리는 수가 있어."

"흥. 네가 그러는 동안 이 오른손의 머신건은 놀고 있을 것 같은가? 그 요란한 황금망토를 조각조각 찢어 추석 송편 싸는 보자기로 리폼해주지. 아, 애초에 원단을 그쪽에서 떼 온 거라면 내 미리 사과하고."

리얼맨의 분기탱천한 얼굴이 콧김을 내뿜자 잔망풍뎅이도 물러서지 않겠다는 듯 주변의 히어로들에게 물러서란 손짓을 했다. 리얼맨의 황금색 부츠가 옥상 지면과 맞닿은 곳에 금이 가기 시작했다. 두말할 것 없는 돌격의 전조. 잔망풍뎅이는 왼팔에 장착된 머신건의 코일을 가열시키며 돌렸다. 그런 일촉즉발의 상황에서,

쿠드드드득!

두 성난 히어로의 한가운데에 두꺼운 얼음벽이 생성됐다. 프로스트퀸이 적절한 타이밍에 손을 쓴 것이다.

"둘 다 열 좀 식혀. 내 권고 사항은 따지고 보면 제안일 뿐이야. 진지하게 고려해달라는 거지 강제성은 없어."

투명한 얼음벽에 거울처럼 반사된 리얼맨의 모습은 그 자신이 보기에도 볼썽사나웠다. 그는 오른손바닥을 펴 얼음벽의 중앙을 썩둑 자르더니 좌중에게 일갈했다.

"그 괴랄한 경고문에 내가 답해주지. 히어로는 왜 태어나는가!"

장갑에 묻은 얼음을 툭툭 털어대는 리얼맨.

"그건 21세기가! 바로 이 썩어빠진 세상이! 진짜를 원했기 때

문이야!"

　그 말을 끝으로 쾅! 소리와 함께 리얼맨이 자리에서 사라졌다. 몇몇 탐지력이 뛰어난 히어로가 상암 월드컵 경기장 쪽을 쳐다봤다. 건물 사이로 도약하는 황금망토의 사나이는 이미 작은 점이 되어 사라지고 있었다.

　프로스트퀸은 드라이아이스 같은 한숨을 내뱉으며 이렇게 말했다.

　"낭만을 깨서 미안한데, 우린 히어로가 왜 태어나는지 다 알고 있는걸."

　그녀가 하늘을 올려다보자 서울의 달이 천공 등반을 준비하는 것이 눈에 들어왔다. 시선을 사로잡는 것은 보름달의 중앙을 고리처럼 둘러싼 붉은 띠의 존재.

　"저 레드링 때문이잖아."

4

　레드링은 2020년 8월 20일 아무런 예고 없이 생겨났다. 달의 뒤편에 묻혀 있다가 갑자기 솟아나 자가 복제를 시작한 시뻘건 구조물. 곧 지구가 가진 단 하나의 위성은 만리장성을 뛰어넘는 붉은 장벽을 갖게 됐다.

　그리고 지구 인류 2할에 육박하는 자들이 저마다의 초능력을 각성시키기 시작했다.

능력을 욕망과 결부시켜 파괴를 일삼는 악당들과,

그런 이들을 내버려둘 수 없어 분연히 일어난 영웅들의 수가 전 세계에서 분 단위로 늘어났다.

프로메테우스에게서 불씨를 선물 받은 원시인류는 가장 먼저 무엇을 했을까. 이런 은총을 내리는 신의 의지를 해석하려 했을까? 장작에 불이 옮겨붙는 현상을 이성적으로 납득해보려 했을까?

아니, 아마도 일단 때려잡은 너구리를 불에 구워 허기진 배를 채웠을 것이다. 인간은 그렇다. 종으로서 새로운 장벽을 넘어설 때마다 고찰과 반성은 나중으로 미루고, 일단 '그것'을 만끽하는 것이 우선이었다.

파트타임 히어로를 뛰고 있는 박우람은 태어날 때부터 병약해 평생을 잔병치레로 고생하며 살아왔다. 부모님의 간절한 염원이 담긴 이름은 걸어 다니는 수수깡과도 같았던 소년에겐 늘 무거운 족쇄와도 같았다.

그런 그에게 레드링이 생애 처음으로 '진짜 힘'을 내려준 것이다.

만약 프로메테우스가 다시 원시 인류에게 내려와 불씨를 도로 되돌려달라고 했다면 그는 불타는 장작을 신의 콧잔등에 대고 휘둘렀을 것이다.

'리무버 따윈 없어. 아니, 있어서는 안 돼.'

그것이 리얼맨이자 박우람인 사내의 생각이었다.

5

그렇게 몇 주의 시간이 흐르고 서울특별시에 잔뜩 몰려 있는 히어로들은 언제나 바쁜 나날을 보냈다. 화재 현장에서 사람들을 구하고, 은행강도의 뼈를 부러뜨려 과잉진압 의혹에 시달리다가, 테러를 일삼는 빌런들과 빌딩 숲 속에서 끝없는 전쟁을 벌였다.

한편, 리얼맨은 계속 단독활동을 고수하며 자신이 내뱉은 말을 지키고 있었다.

쌓여가는 맹활약에도 불구하고 왜인지 모르게 별점 랭킹은 계속 떨어지고 있었다. 지난 회동에서 자신과 대립각을 세운 잔망 풍뎅이의 짓인 것 같아 몹시 짜증이 났지만, 증거가 없는 이상 뭘 어찌할 방도는 없었다.

그런 그가 리무버란 이름과 다시 맞닥뜨리게 된 것은 의외로 리얼맨의 망토를 두른 채 철권을 휘두르던 시간이 아니었다. 상수역 공익근무요원 박우람으로서 서울 시민들에게 봉사하고 있을 때 일어났다.

"선생님. 거기 그냥 막 들어가시면 안 돼요."

우람은 허리가 구부정한 노인이 인식되지 않는 교통카드로 쩔쩔매고 있는 것을 보고 걸음을 옮겼다. 살펴보니 그의 교통카드 잔액은 고작 200원이었다. 그 사실을 알려주니 노인은 허허 웃으며 탄식했다.

"미안허이. 요새 갑자기 눈이 나빠져서 말이야. 이 빨간 글씨도 가물가물했네."

"일단 절 따라오시죠. 충전액은 있으세요? 돋보기안경을 놓고 오셨나 봐요, 선생님?"

"평생 안경을 써본 적이 없는데 그래야 쓰겠네. 고마워, 청년."

노인이 역사 편의점 앞에 쌓아둔 라면 박스와 충돌하려는 걸 우람이 다시 한번 붙잡아줬다. 가까이서 보니 그가 한국인이 아니라 동남아시아 쪽 인종이라는 걸 알 수 있었다. 말투는 한국 사람과 다름없었지만, 피부색과 눈동자가 그것을 알려주고 있었다.

"이런 말씀드리기 죄송한데, 혹시 외국분이신가요?"

"젊었을 때 넘어왔지. 베트남 사람이야, 베트남."

우람은 조금 의아했다. 대한민국의 복지정책이야 국적에 따라 차등적용 되는 것이 많지만 노화는 위도와 경도에 상관없이 공평한 속도로 모두를 찾아온다. 그런데 이 노인은 마치 젊은 사내였다가 갑자기 노인의 몸으로 빙의한 듯 자신의 팔다리를 낯설어한다는 느낌을 받았던 것이다. 부축의 달인이라 할 수 있는 공익근무요원답게 우람은 손길에 더욱 신경을 썼다. 그러다 문득 노인의 손에서 느껴지는 감촉이 우람으로 하여금 부지불식간에 소스라치는 느낌이 들게 했다.

"이 그리운 손길은…… 언빌리버블 포?"

"뭐라고? 그게 뭐야. 요새 유행하는 감자칩 이름인가."

노인은 천연덕스럽게 되물었지만, 그의 말을 들으면 들을수록 우람의 확신은 더해져갔다. 노인의 손에서 느껴지는 감촉과 익숙한 목소리. 바로 초짜 시절의 리얼맨이 밤섬을 장악한 여의도칼바람에게 고전을 면치 못하고 있었을 때, 적을 물리쳐주고 그를 일으켜 세워준 따스한 손이었다. 서로 신체접촉을 피하는 히어로계의 불문율 따위 개나 줘버린 그 모습을 리얼맨은 절대로 잊지 못할 것이다.

우람은 일단 텅 빈 휴게실로 그를 데려온 다음 속삭였다.

"베트남 분이셨다니. 포라는 이름은 쌀국수에서 가져오신 거군요."

"무슨 소릴 하는지 모르겠구먼. 여긴 왜 데려온 거야? 믹스커피라도 타주려고?"

"접니다, 리얼맨! 언빌리버블 포가 사이드킥을 거절했던 그 황금망토라고요. 대체 그동안 어디 계셨던 겁니까."

노인은 계속 발뺌하다가 우람이 리얼맨과 그 사이의 추억을 계속 이야기하자 결국 포기했다는 듯 자리에 털썩 주저앉았다.

"알았어, 알았다고. 니미럴. 이런 데서 과거의 동료를 만나게 될 줄이야."

"역시! 언빌리버블 포, 당신이셨군요?"

"내가 아는 모습에 비해 꽤나 깡말랐구먼. 위장 중인 건가?"

"아뇨. 이게 본모습입니다. 능력을 쓸 땐 근육이 부풀어 오르는 타입이라서요."

"그것참 편리하겠구먼. 혹시 남자의 자존심도 부풀어 오르고 막 그러나? 특정 부위만 조정하는 건 무리인 건가."

"거참. 그딴 노잼 섹드립 던지시다가 경복궁 불나방의 채찍에 혼쭐이 나셨으면서. 참 여전하세요."

농을 던지던 노인의 안색이 급격히 어두워졌다.

"미안하지만 리얼맨. 나는 더 이상 여전하지 않아. 히어로라고 할 수도 없지."

우람은 머뭇거리며 어려운 질문을 던졌다.

"설마. 능력을 잃으신 겁니까."

"응. 금강불괴 무술 히어로였다가 계단 하나 오르기 힘든 늙다
리로 돌아와버렸지."

"무슨 일이 있었던 겁니까."

"말해 뭐 하겠나. 히어로의 슈퍼파워는 어느 순간 갑자기 찾아
오는 축복이지만, 그래서 갑자기 사라지기도 하는 법이라고 알아
두면 될 것을."

"……혹시 리무버라는 녀석을 만난 겁니까? 그래서 그놈에게
패배하고 만 겁니까?"

노인의 눈이 과거로 침잠하자 테이블 위에 올려둔 그의 손이
미세하게 떨리기 시작했다. 산전수전 다 겪은 히어로에게 트라우
마를 가져다준 순간이란 대체 무엇일까.

"그래. 리무버는 존재해. 지금도 이 나라 어딘가에 숨어 있지."

테이블을 내리치려던 우람은 가까스로 주먹을 멈춰 세웠다. 지
금 그는 리얼맨이 아닌 공익 박우람. 애꿎은 기물파손을 했다간
문책을 당하고 말 것이다.

"어디에 가면 놈을 만날 수 있습니까!"

"말 안 해줘. 마포구의 신성 히어로가 내 꼴 나는 건 못 보니까."

"저는 그때의 리얼맨이 아닙니다. 능력이 점점 강해진 데다 경
험도 많이 쌓였다고요."

"자넬 얕보는 게 아냐. 아무리 강한 히어로라도 녀석에게 붙잡

히는 순간 끝장이라고 생각하면 돼. 그냥 하던 대로 영웅짓이나 하며 평범하게 살아."

"그 리무버란 녀석이 진짜 있는 거라면 제 눈으로 확인이라도 하게 해 주십쇼. 네?"

한때, 언빌리버블 포라는 이름으로 영등포구에 거대한 팬덤을 갖고 있던 노인이 벗어진 이마를 쓸어내리며 고개를 가로저었다.

"미안한데 자네에겐 그 어떤 정보도 줄 수가 없네. 이해해달라고도 하지 않겠어. 내가 진실을 얘기해줘도 그건 '언빌리버블'할 테니까."

6

그 뒤로 다시 언빌리버블 포를 만나지는 못했다. 하지만 그와의 조우가 리얼맨에게 가져다준 충격은 어마무시해서 평소라면 당하지 않을 빌런의 공격을 허용해버리는 사태까지 일어났다. 팔다리가 자유자재로 쭉쭉 늘어나는 빌런 해파리장군에게 흠씬 두들겨 맞게 된 것이다.

해파리장군은 홍익대학교 회화과의 졸업반 학생들을 모두 인질로 잡아 자신의 초상화를 가장 잘 그린 한 명만 살려주고 나머지는 죽이겠다고 협박했다. 빌런위키에 실린 자신의 프로필 사진이 마음에 들지 않는단 이유 때문이었다. 제한시간은 두 시간. 입시미술의 악몽에 다시 소환된 기분을 느끼며 빌런의 못생긴 얼굴을 최대한 멋지게 그리던 학생들 중 한 명이 히어로콜을 눌렀고 리얼맨이 그 호출을 받았다.

하지만 리얼맨이 홍익대학교 정문을 바람처럼 통과해 학생들이 억류된 와우관 창문을 모두 깨부수며 등장했을 때 학생들은 무척이나 당황했다. 그가 당연히 외칠 것이라 생각한 펀치라인을 입에서 꺼내지도 않은 채 착잡한 표정을 짓고 있었기 때문이다.

리얼맨은 아무래도 리무버가 실존하는 것 같다는 생각에 사로잡혀 마음이 콩밭에 가 있었다. 히어로들 앞에서 코웃음을 쳤던 것과 달리 사실 그는 무서웠던 것이다. 리무버와 마주쳐 능력을 삭제당할 것이. 그날 아침 리얼맨은 히어로위키를 뒤지는 꿈을 꾸었는데, 리얼맨 항목에 '세부사항이 없습니다'란 문구만 덩그러니 남게 되는 악몽이었다.

거창하게 '마이웨이'를 외쳤던지라 이제 와서 다른 히어로와 쌍으로 뭉쳐 다니기엔 그의 자존심이 허락지 않았고, 그렇다고 히어로콜을 무시한 채 잠깐 휴식을 취하기엔 애써 관리하고 있는 별점 랭킹의 하락이 무서웠다. 언빌리버블 포가 헛소리를 한 것이라 치부해버리면 마음은 편할 것 같았지만 내심 그를 존경해왔던 리얼맨으로선 그 또한 무리였다.

그래서 리얼맨은 이렇다 할 반격 한 번 못 해보고 해파리장군의 촉수 펀치에 연타를 얻어맞아 상상마당 앞 주차장까지 튕겨 날아갔다. 마포구 빌런들 중 상당히 약체에 속해 있던 해파리장군은 전신주처럼 늘어난 다리로 경중경중 걸어오며 잔뜩 신이 나 있었다.

"랭킹 9위짜리 히어로를 내가 때려잡다니. 이런 날이 올 줄 몰랐어."

그 말을 듣자 리얼맨은 비로소 정신이 번쩍 들어 나뒹굴던 몸을 벌떡 일으켰다.

"뭔 개소리야. 아직 8위라고!"

해파리장군은 고개를 갸웃하더니 자신의 폰을 꺼내 뭔가를 확인했다. 그렇게 파안대소한 다음 팔을 주우욱 늘려 리얼맨의 앞에 액정을 가져다 댔다.

"내 말이 맞지? 한 시간 전에 뚝 하고 떨어졌어. 지금은 쁘띠 롱보더가 8위야."

"이런 제기랄!"

쁘띠 롱보더는 이마에 고프로 캠을 단 채 고속 이동하는 롱보드에 올라타 빌런을 물리치는 신생 히어로의 이름이었다. 자신의 활약상을 생방송으로 중계해 거액을 벌어들이는 인기 유튜버이기도 했다. 부러웠으나 그것을 리얼맨이 따라 하기란 애초에 불가능한 인기몰이 방식이었다. 인간 박우람의 신분이 공익근무요원인지라 병역법 33조에 의거해 영리 추구 행위가 금지돼 있기 때문이었다.

어금니를 깃씹은 리얼맨이 해파리장군을 죽일 듯이 노려보았다.

"랭킹 떨어진 화풀이를 너에게라도 해야겠다. 각오해라. 지금까지 속수무책 맞아준 건 네 주먹이 화장솜으로 때리는 것처럼 간지러웠기 때문이라고."

해파리장군은 리얼맨의 말이 사실이라는 걸 직감할 수 있었다.

기세부터가 완전히 달라져 있던 것이다. 자신이 심지 짧은 다이너마이트 옆에서 불장난을 했다는 깨달은 빌런은 냅다 달아날 채비를 했다.

하지만 미처 대비하지 못한 후방에서 냉각기류가 그의 몸을 사로잡아 그만 얼려버리고 말았다.

"히익, 차가워?"

겁먹은 얼굴에 서리가 잔뜩 낀 채 냉동삼겹살처럼 쓰러져버리는 해파리장군의 모습에 리얼맨은 어이가 없었다. 무슨 일이 일어난 것인지 깨닫기도 전에 시민들이 웅성거리는 소리가 들렸다.

"이거 진짜야? 프로스트퀸이 왔어!"

"헐, 대박! 찍어 찍어."

어느새 하늘에서 리얼맨의 앞까지 아치형으로 이어지는 얼음 계단이 만들어졌고 그 위에서 프로스트퀸이 또각또각 걸어 내려왔다. 리얼맨은 그것이 무척 고까웠다. 그냥 훌쩍 뛰어 착지하면 될 것을 꼭 저렇게 유난을 떨지. 누가 보더라도 전쟁에서 패한 기사가 여왕을 맞이하는 것처럼 비칠 것이 뻔했다.

"왜 내려왔나, 프로스트퀸."

"응? 비행 못 하는 너와 대화를 하려면 당연히 땅으로 내려와야지."

"아니, 그거 말고. 은평구에 있어야 하실 몸이 왜 마포구까지 내려왔냐고."

"솔직히 고백해야겠군. 사실 너의 활동을 주시하고 있었어. 한 달 전을 기점으로 평소답지 않은 모습을 보여줬잖아? 오늘은 이런 볼품없는 빌런에게 고전했고."

"네가 상관할 바 아니야."

"너도 알겠지만, 리얼맨. 이제 서울에서 단독행동을 하는 히어로는 얼마 안 남았어. 마포구에선 너 혼자고. 실존한다는 가정하에, 리무버의 다음 타깃이 될 확률이 가장 높은 히어로가 너란 얘기야."

프로스트퀸의 말은 가뜩이나 움츠러들어 있던 리얼맨의 폐부를 찌르는 한마디였다. 어쩌면 지금 못 이기는 척 그녀의 제안을 받아들이는 건 어떨까. 자신의 영역에까지 삼고초려 해 간곡히 부탁하는 바람에 더는 고집을 부릴 수 없었다며 생색낼 수 있지 않을까.

마음을 굳힌 리얼맨은 너무 조급해 보이지 않을 타이밍을 골라 입을 열었다.

"좋아. 은평구의 여왕이 그렇게까지 얘기한다면 나도 이제부턴 팀을⋯⋯."

"그리고 네가 위험한 이유는 하나 더 있어."

"뭐?"

"나와 캣츠아이가 실종된 히어로들의 공통점을 찾아보다가 발견한 사실 하나가 있어. 지금의 너에게도 해당하지."

"⋯⋯그게 뭔데?"

"별점 테러를 당해 랭킹이 계속 떨어지고 있던 히어로들이었다는 거야."

리얼맨으로서는 물벼락을 얻어맞은 기분이었다. 하지만 그것을 신경 쓰고 있었다는 걸 가장 인정하고 싶지 않은 상대가 눈앞에 있었다.

"무슨 얘긴가 했더니, 잔망풍뎅이처럼 너도 나를 조롱하러 여기까지 온 건가. 날 별점 따위에 신경 쓰는 소인배로 몰아가기 위해서!"

프로스트퀸의 표정에 당황이 어렸다.

"어? 아니야. 난 그저 우리가 알아낸 사실을 공유하고 너에게도 위험을 경고하려고…….."

"경고 따윈 약자에게나 하는 거다! 나, 리얼맨에겐 필요 없어!"

더 몰아붙이고 싶었지만, 자신들을 둘러싼 무수한 폰카메라 렌즈들이 신경 쓰였다. 굳건한 팬덤을 보유하고 있는 프로스트퀸에게 인상 쓰는 모습이 유튜브에 나돌다간 별점 랭킹이 10위 바깥으로 떨어지는 건 순식간일 터.

"더 할 말은 없군. 나 가네."

그렇게 울분을 기도 아래로 삼킨 리얼맨은 인파들 사이를 헤치다가 훌쩍 점프해 합정역 쪽으로 사라졌다.

7

"청년. 오늘따라 왜 이리 근심이 많은 얼굴이야?"

정신을 차려보니 박우람은 상수역 1번 출구 앞에 서서 걱정 어린 떡할머니의 얼굴을 마주하고 있었다. 프로스트퀸의 경고를 받은 이후로 우람은 나흘째 히어로콜을 켜지 못하고 있었다. 능력을 각성하고 황금망토와 화이트펄 슈트를 장만한 이래 처음 있는 일이었다. 욕구불만과 초조함이 뒤섞여 마음이 말이 아니었던 것이다.

"별거 아녜요."

"그래. 이거 먹고 힘을 내야지, 인절미맨!"

인절미를 건네는 떡할머니의 손에서 따스한 온기가 느껴졌다.

"인절미맨요?"

"그래. 꼭 신통력을 써야만 영웅인가? 청년도 나한테는 영웅이지, 뭐."

"제가요?"

남루한 검정 유니폼의 우람이 손가락으로 자신을 가리키자,

"암. 여기 좌판을 깔고 앉으면 안 좋은 게 뭔 줄 알아? 하루에 그 많은 사람들을 보면서도 눈을 못 마주친다는 거야. 행여나 떡 사라고 할까 봐 고개를 홱 돌려버리거든. 그런데 청년은 달랐어. 고개를 돌리긴커녕 성큼성큼 걸어와서는 넉살을 부렸던 기억이나. 그런 청년이 어두운 얼굴을 하고 있으니 보기가 짠하구먼."

휴게실로 돌아와 인절미를 씹던 우람은 목이 메어 결국 자판기에서 사이다 하나를 뽑아 마셨다. 목을 타고 넘어가는 탄산과 함께 고민도 씻겨 내려가는 기분이 들었다.

'맞아. 나는 고개를 돌리지 않는 남자였어.'

히어로 능력을 잃을 것이 두려워, 히어로로 변신하지 못하는 삶이라니. 우스꽝스럽다. 무엇보다 이렇게 평생을 도망치며 살 순

없었다.

우람은 사이다 캔을 오른손으로 우그러뜨리며 결심했다.

"리무버, 내가 잡는다."

겁이 나서 도망 다니는 것은 리얼맨이라는 히어로에겐 없는 선택지였다. 수풀이 우거진 언덕에 저격수가 숨어 있다면, 그 언덕을 통째로 갈아엎어버리는 것이 리얼맨의 방식이었다.

마음에 동요가 사라지자 능력이 최고조로 치솟는 것이 느껴졌다. 우람의 손바닥에는 새끼손가락의 손톱보다도 더 작게 압축된 사이다 캔이 있었다. 신기록이었다.

8

다음 날 오후.

황금가면과 망토를 두른 리얼맨은 폐허가 된 부평역 앞 광장에 홀로 서 있었다. 이곳이 무인지대가 된 것은 히어로들 사이에서 '부평 대참사'라 불리는 사건의 후유증 때문이었다. 가슴에 있는 두 개의 철침에서 벼락을 내뿜는 메가빌런 콘센트맨의 폭주로 인해 부평 일대가 죽음의 땅이 되어버리고 만 것이다.

리얼맨이 한 걸음 내딛자 새카맣게 탄 콘크리트가 티라미스 케이크처럼 으스러졌다. 도시 전체가 타버리고 남은 장작이나 다름없었다. 지난밤 캣츠아이와 나눴던 대화가 떠올랐다.

'네가 찾아달라고 한 할아버지를 추적해봤어. 부평역과 동암역

사이 대로변에서 목격된 것이 마지막이야.'

'부평? 마계 부평? 확실한가.'

'내 솜씨 못 믿어? 국정원한테 몇 번 경고 먹고 한동안 전산망 해킹 안 하고 있었는데 네가 워낙 진지하게 부탁하니까 다시 손을 더럽힌 건데.'

'아니야. 고마워. 다시 만난다면 이 은혜는 잊지 않도록 하지.'

'다시 만난다면? 어이, 그게 무슨 소리야.'

언빌리버블 포의 행보는 이곳, 부평을 향하고 있었다. 그리고 여기서 무슨 일이 있었는지는 모르지만, 그 뒤로 히어로 능력을 잃어버린 채 돌아온 것이다. 만나서는 안 되는 빌런과 마주치고야 만 것이겠지.

'그는 리무버에게 붙잡히는 순간 끝장이라고 했어. 즉, 붙잡히지만 않는다면 내게도 승산이 있는 거야.'

그 어떤 인간도 찾지 않는 무인지대. 사악한 빌런이 숨어 있기에는 딱 적당한 곳이라 할 수 있다. 광장 중앙에 선 리얼맨의 가슴이 부풀어 올랐다.

"나와라! 리얼맨이 너를 처단하러 왔다!"

그러자 역사 옥상 위에서, 그리고 유리창이 다 박살 난 공중전화박스 뒤에서, 24시간 안마방의 고장 난 네온사인 더미를 뚫고, 어마어마한 수의 형체들이 모습을 드러냈다. 대충 훑어봐도 서른 명이 넘는 숫자. 본능적으로 그들이 모두 빌런이라는 것을 알 수 있었다. 리무버의 수하들인 걸까.

"지금 돌아가면 살려 보내주겠다, 히어로."

"하이에나야? 이렇게 우르르 모여서 뭐 먹고들 사냐. 근처에 김밥천국 하나 없을 텐데."

숫자에 겁먹을 리얼맨이 아니었다. 그는 오늘 생애 최고의 컨디션이었으니까. 게다가 시민들이 숨 쉬는 도시가 아닌 폐허에서의 싸움이라면 제한 없이 전력을 다할 수 있다.

"안 덤빌 거야? 번호표 같은 거 안 나눠주니까 한꺼번에 덤벼도 돼."

리얼맨의 당당한 기세에 빌런들이 저마다의 치아를 잘 보이게 드러냈다.

버거킹 매장의 대형 햄버거 모형 위에서 누군가가 뛰어올랐다. 그녀는 허공에서 순식간에 체중을 30배로 불려 리얼맨을 깔아버리려 했다. 세포의 무게를 조작할 수 있는 빌런 옐로우팬더였다.

"으으음!"

리얼맨은 지구를 떠받치는 아틀라스처럼 그녀의 프레스를 받아낸 다음 허벅지를 걷어차 날려버렸다. 그 틈을 타 리얼맨의 지척으로 다가온 빌런 하나가 고무처럼 늘어나는 턱을 힘껏 열었다. 그의 입에서 출력되는 음파 공격이 리얼맨의 망토 절반을 찢어버렸다. 언터처블 우퍼였다.

'이 녀석들 설마?'

그 뒤로는 난전이었다. 리얼맨은 한곳에 머무르지 않도록 뛰어다니면서 빌런들을 쳐부숴나갔다. 이들 사이에 리무버가 숨어 있을지 모르는 가능성 때문에 단 1초도 숨을 고를 수 없다. 그럼에도 불구하고 빌런들을 하나둘 쓰러뜨려나갈수록 의혹은 확신이 되어갔다.

'모두 내가 마포구에서 쓰러뜨린 녀석들이야.'

싸움은 두 시간이 넘도록 이어졌다. 압도적인 숫자의 차이에도 불구하고 리얼맨이 호각으로 싸울 수 있었던 것은 그의 출중한 실력 덕분이기도 했지만, 빌런끼리 협공을 제대로 하지 못하는 탓도 있었다. 그것을 알아낸 리얼맨은 공격 사이사이에 덫을 놓아 공멸시키는 작전을 썼다.

심지어 팔꿈치 바깥으로 튀어나온 뼈를 칼날로 사용하는 어글리 블레이더의 맹공을 피한 다음 순식간에 2차원으로 몸을 숨길 수 있는 페이퍼맨의 빈틈을 붙잡아 베어내게 하는 묘기를 부리기도 했다. 당황해하는 어글리 블레이더의 턱을 붙잡고 돌려 기절시키자 더 이상 덤벼드는 녀석은 남아 있지 않았다.

"허억. 허억."

히어로 슈트가 갈기갈기 찢겨버렸다. 온몸의 근육 또한 비명을 질러대고 있었다. 단 한 번도 이렇게까지 능력을 뽑아내 써본 적이 없기에 어떤 후유증이 찾아오게 될지 알 수 없는 일이었다.

순간 어디선가 변조된 음성이 리얼맨의 고막을 파고들었다. 묘하게 땅 밑에서 울려오는 것 같은 음험한 목소리.

"대단하군, 리얼맨. 아주 인상적이야."

"어디냐! 네 녀석이 리무버인가!"

"그렇다. 무사히 돌아갈 수 있는 마지막 기회를 주지. 하지만 날 만나고 싶다면 너의 왼쪽에 있는 계단을 통해 지하상가로 들어오도록. 그런 배짱이 있다면 말이지만."

아직 묵직한 펀치 두세 방은 뺄을 힘이 남아 있었다.

"목 씻고 기다려라, 이 망할 자식!"

리얼맨은 누더기가 된 망토를 뜯어낸 다음 계단을 성큼성큼 뛰어 내려갔다. 대재앙의 손길이 이 지하상가를 완전히 망가뜨리진 못했는지 금이 간 천장 사이로 군데군데 형광등이 켜져 있었다.

리얼맨은 이곳에서 그 누구를 마주치더라도 움직이는 것이 눈에 뜨인다면 단번에 날려버릴 생각을 하고 있었다. 하지만 을씨년스럽게 그을린 마네킹이 청바지를 입고 있는 의류매장 앞에서 결국 살아 있는 인간을 마주치고야 말았을 때, 리얼맨은 움찔할 수밖에 없었다. 전혀 예상치 못했던 인물이 허름한 청바지로 마네킹에 묶여 있었기 때문이다.

"떡할머니?"

매일 아침 그에게 인절미를 건네주는 바로 그분이었다.

"이 비겁한 녀석들. 나를 유인하기 위해 아무 잘못 없는 할머니를!"

고개를 숙인 채 기절해 있는 떡할머니를 풀어주기 위해 다가선 리얼맨은 손아귀에 힘을 주어 마네킹을 으스러뜨려버렸다.

"정신이 드세요, 할머니?"

그러자 떡할머니는 부스스한 눈을 떠 비로소 안도하는 웃음을 지었다.

"고맙네, 인절미맨. 나를 구하러 와주었구먼."

"그럼요. 걱정하지 마세요, 제가 할머니를 안전하게 집까지……."

말을 이어나가던 리얼맨은 순간 이상한 점을 깨닫고 멈칫했다.

지금 그는 근육마초로 변신해 슈트까지 챙겨 입은 상태인데 어떻게 박우람에게 붙여준 별명인 '인절미맨'을 알고 있는 걸까.

생각할 즈음 떡할머니의 따스한 손길이 다시 한번 느껴졌고 그는 정신을 잃었다.

9

다시 깨어났을 때 리얼맨은 껌뻑거리는 지하상가의 형광등 불빛에 인상을 찌푸려야 했다.

"뭐지? 내가 뭐에 당한 거야."

그러자 맞은편에 앉은 떡할머니가 익숙한 얼굴로 말을 걸어왔다.

"아무것도 당하지 않았어. 넌 여전히 그대로야, 박우람."

이상하게 으슬으슬한 냉기가 느껴졌다. 이 지하상가에 들어섰을 때는 느끼지 못했던 점이었다. 그러고 보니 난 얼마 만에 형광등 불빛에 눈이 아프다고 생각한 걸까. 리얼맨이 아래를 내려다보니 헐렁해진 히어로슈트가 뱀의 허물처럼 내려앉아 있었다. 의도하지 않았는데 박우람의 몸으로 돌아온 것이다. 손아귀에 힘을 줘보았지만 능력은 돌아오지 않았다.

부름에 전혀 응하지 않는 것이다.

"나를 찾아오지 않았던가. 물어보고 싶은 게 있었을 텐데."

"설마, 당신이 리무버였을 줄이야. 이런 빌어먹을!"

"난 한 번도 스스로를 리무버라고 부른 적 없어. 내 별호는 '할머니약손'이야. 리무버는 너희들 히어로가 붙여준 이름이지. 사실 그래. 원래 별호란 것이 남이 지어줘야 멋있는 거 아냐? 뭐, 너희들은 그렇지 않지만."

"감히 히어로를 모욕하지 마라!"

"그래? 숭고하신 히어로들을 깎아내리지 말라는 거야? 그렇다면 도대체 그 반짝거리는 슈트는 왜 입는 거야?"

"당연히 날 노리는 악당들로부터 정체를 숨기기 위해서……."

"아니야. 과시하기 위해서지. 목격자들이 어디서든 자신의 업적을 알아볼 수 있도록. 널리 퍼뜨릴 수 있도록."

"그건 모함이다."

"……만약 네 말처럼 정말로 슈트가 히어로의 정체를 숨겨주길 바랐다면 왜 대체 그 색상을 한 번도 바꾸지 않는 거야? 매주, 하다못해 한 달에 한 번씩이라도 디자인을 바꾸면 더 정체를 헷갈릴 텐데."

할머니약손은 천천히 다가와 우람의 귓가에 속삭였다.

"너의 업적을 다른 히어로의 그것과 헷갈리는 걸 용납할 수 없기 때문 아니던가."

"닥쳐! 대체 어째서 이런 일을 하는 거냐, 빌런 놈들!"

우람은 차마 그녀와 눈을 마주치지 못하고 외쳤다. 그런데 빌런이라는 말에 할머니약손은 코웃음을 쳤다.

"어렸을 때 이불을 목에 둘러본 적 있나?"

"뭐?"

"내가 정곡을 찔렀지? 비행 능력도 없는데 슈트에 망토를 붙이고 다니는 녀석들은 빼박이야. 꼬마들이라면 누구나 영웅을 동경해 이불을 망토 삼아 휘두르고 다니지. 그리고 베란다에서 용감하게 뛰어내려보기도 하고. 그러다 바닥으로 추락해 까진 무릎에 빨간 약을 바르면서 자연스레 깨달아. 아, 나는 히어로가 아니구나."

할머니약손의 손가락이 천장을 가리켰다.

"그런데 저 빌어먹을 레드링이 인간에게 초능력을 마구 퍼주면서 대영웅시대가 열려버린 거야. 내 참. 하지만 모두가 랭킹에 오르는 히어로가 되진 못해. 어중간하게 몸부림치다가 피어나지도 못한 채 져버리고 마는 거야. 그들이 나중에 어떻게 되는 줄 알아?"

"악의 길로 빠지겠지."

"그래. 수단과 방법을 가리지 않는 메가빌런이 돼. 이 부평을 초토화시켰던 그 녀석처럼 말이야."

"아직 내 말에 답을 안 해줬어. 대체 정체가 뭐냐!"

"우리는 빌런이 아니야. 오히려 악당이 태어나는 걸 미연에 방지하는 일을 하지. 우리끼리는 방악단이라 불러. 방첩기관이랑 비슷하다고 생각하면 될 거야. 당연히 국방부 소속이니 공익근무요원인 자네와는 그렇게 멀지 않다고."

"고, 공무원이라고?"

그러는 와중에도 우람은 계속 근육을 부풀어보려 용을 쓰고 있었다. 하지만 앙상한 팔목에 핏줄만 도드라질 뿐이었다. 어떻게 한순간에 히어로의 슈퍼파워를 지워버릴 수 있단 말인가.

"크으윽. 당신! 나한테 무슨 짓을 한 거야. 설마 인절미에 무색무취의 독극물을 쓴 건가? 아니면 방사능 레이저?"

"아니, 그건 그냥 인절미야. 뭐, 내가 만드는 건 아니지만 솔직히 맛있지. 나도 근무 중에 출출하면 종종 먹어."

"진짜 그냥 인절미인가?"

"떡을 항상 왼손으로 넘겨주는 걸 반년 넘게 눈치 못 채더군, 리얼맨. 이 왼손이 하는 일은 간단해. 약하기 짝이 없는 히어로의 능력을 대단한 경지로 증폭시켜주지."

"지금 나보고 약하다고 한 건가?"

"당연하지. 왜 점점 강해지는 능력을 두고 이상하다고 생각하질 않는 거야? 어쨌든 계속하자면 대상을 물색하는 건 간단해. 히어로콜에서 별점 랭킹에 비정상적으로 집착하는 히어로를 찾아내면 되거든. 그런 녀석들이 빌런으로 탈바꿈하기 딱 좋은 후보들이지. 너 또한 그랬고."

"더 이상은 못 참겠군. 내가 왜 빌런이 된다는 말이냐."

"입버릇처럼 말하고 다닌다며? '우리들은 진짜를 원해!', '히어로는 왜 태어나는가!' 하면서 말이야. 그럼 이번엔 내가 묻지. 그렇다면 빌런은 왜 태어나는가?"

그 말에 우람은 아무런 대꾸를 하지 못했다. 한 번도 생각해본 적 없는 문제였으므로.

"빌런은 왜 태어나는가! 비대한 인정욕구를 가진 히어로가 부족한 슈퍼파워를 긁어모아 폭발시키려다 보니 어둠의 길로 빠져버리고 마는 거야. 충분히 뜨거운 불씨는 로켓을 우주로 날려 보내지만, 어중간한 불씨는 성층권에 가지 못하고 떨어져 땅 위를 불바다로 만드는 거라고. 콘센트맨이 그랬고, 언빌리버블 포도 마찬가지였어."

"언빌리버블 포는 따스한 손을 가진 정의의……."

"히어로가 아니라 이주노동자로 겪어온 그의 삶을 넌 짐작도 못 할걸."

리얼맨의 입이 다물어졌다.

"그래서 우린 꾸준히 너의 슈퍼파워를 증폭시켜줬어. 어중간한 불씨를 화끈하게 불살라주도록 한 거지. 재미 많이 봤잖아? 단지 이제 파티가 끝날 시간인 거야. 내 오른손은 능력의 찌꺼기를 깔끔하게 없애주는 역할을 하거든. 괜히 할머니약손이겠어?"

연속되는 충격을 감당하기 힘든 우람이었다.

"참 곤란하단 말이지. 요새 VR 머신이 얼마나 훌륭해졌는데. 증강현실 속에서 얼마든지 슈퍼히어로 짓을 할 수 있는데도 인간들은 꼭 현실에서 슈트를 입어야 직성이 풀리나 봐."

"……사람들은 누구나, 진짜를 원하니까."

자신도 모르는 사이 펀치라인을 읊자 우람은 리얼맨의 심정적 패기를 살짝 회복하는 데 이르렀다. 그래서 벌떡 일어났다가 늘어난 슈트에 엉켜 넘어질 뻔했다.

"어쨌거나 이건 위험한 프로젝트야! 능력을 잃은 히어로가 모두 빌런이 된다는 건 억지라고! 저지르지도 않은 미래의 범죄를 판결하는……."

"그래. 아주 파시스트적인 아이디어지. 하지만 어쩌겠어? 윗분들이 이미 결제한 건인데. 히어로가 서울에 한 다섯 명쯤만 됐어도 감히 이런 정책은 못 펴지. 근데 말이야. 어쩌나? 글쎄. 서울에 히어로가 너무 많다니깐."

히어로슈트가 늘어난 목티처럼 우람의 허벅지 아래까지 흘러내렸다. 다신 이걸 입을 일이 없다 생각하니 뜨거운 울음이 목까지 차올랐다. 우람이 비장한 표정으로 눈을 감았다.

"……제길. 그렇다면 이제 내 기억을 지울 차례로군."

하지만 할머니약손은 어깨를 으쓱일 뿐.

"뭐? 왜 기억을 지울 거라 생각해? 그거 되게 비싸. 우리 부서는 그 정도 예산이 없고. 너같이 폭주할 히어로를 처리하는 비용 절감하려고 이미 초토화된 부평에 사무실 차린 거 보면 몰라?"

"내 기억을 내버려둔다고? 이 사실이 알려지면 거대한 혼란이 올 텐데?"

"무슨 소리야. 이미 너, 언빌리버블 포를 만났잖아. 그가 기억을 잃은 것 같던가?"

아니었다. 처음에 발뺌하긴 했지만, 그는 분명 리얼맨과 자신의 정체 또한 또렷이 기억하고 있었다.

"그렇다면……."

"우린 기억을 잃게 하지 않아. 집으로 돌아가. 박수 칠 때 떠나란 말은 잘못됐어. 떠나준다면 박수는 쳐주지."

10

정형외과 간호사 김초롱은 늘 수간호사에게 면박을 당하곤
했다.

"초롱 씨. 또 시계 쳐다보면서 멍 때릴 거야? 아주 그냥 퇴근하
고 싶어서 근질거리나 봐."

초롱은 억울했으나 수간호사에게 대들 수는 없었다. 그녀가 시
계를 자주 쳐다보는 연유가 퇴근을 기다린다는 뜻은 사실이었다.
하지만 그 이유는 썸남과 데이트하기 위해서도, 바이올린 동호회
정모에 참가하기 위해서도, 클럽에서 신나게 몸을 흔들기 위해서
도 아니었다. 히어로콜의 부름에 응해 레인보우걸로 변신하는 순
간만을 기다리는 무의식의 발로였던 것이다.

'내가 아니었다면 지난주에 이 병원 절반은 와사비꾼에게 박살
났을 거라고. 아오.'

그때, 오늘의 마지막 환자가 들어왔다. 안색이 파리하고 연약해
보이는 젊은 청년. 수건을 손에 둘둘 감고 있는 걸 보니 자상 환
자인 것 같았다. 응급실이 아니라 이곳으로 온 걸 보니 심각한 상
처는 아닌 것 같았다. 초롱은 다행이라 생각하며 그에게 접수를
받았다.

"어떻게 오셨나요."

"음료수 캔 마시는 부분 있죠? 거기에 손을……."

"아, 베이셨구나. 왼손은 쓰실 수 있죠? 이름 적고 앉아 계시면
돼요."

"얼마나 기다려야 하죠? 피가 멈추질 않아서."

"에이. 그 정도면 염려 안 하셔도 돼요. 꿰맬 필요도 없이 소독만 해주실 거예요."

"지금 제 말 의심하시는 건가요. 진짜 아프단 말입니다!"

청년이 느닷없이 소리를 버럭 지르자 대기하고 있던 환자들의 시선이 접수대로 쏠렸다. 그러나 초롱의 관심을 사로잡은 지점은 따로 있었다. 이 약골로 보이는 청년이 발음했던 '진짜'란 단어의 발음이 몹시 귀에 익숙했기 때문이다.

초롱이 그의 귓가에 대고 속삭였다.

"이런 말하기 죄송한데. 혹시, 리얼맨이세요?"

그 말을 듣자 청년이 온몸으로 동요하는 것이 느껴졌다. 초롱은 자신의 직감이 맞았음을 확신했다. 그는 한 달 전부터 활동을 중지한 마포구의 히어로 리얼맨이었던 것이다.

우람 역시 이제야 눈앞의 간호사가 사실은 자신이 도와줬던 레인보우걸이라는 사실을 깨달았다. 그러자 지난 한 달 동안 힘을 되찾기 위해 시도했던 눈물겨운 노력들이 파노라마처럼 스쳐 지나갔다.

처음엔 할머니약손과 그녀가 속한 기관 방악단의 악행을 폭로하기 위해 직캠 촬영까지 한 적이 있었다. 하지만 차마 업로드 버튼을 누르지는 못했다. 그의 히어로콜 계정에 쌓여 있는 돌아오란 팬레터가 우르르 눈앞을 가린 것이다. 만약 폭로영상 업로드 버튼을 누른다면 그는 다이아몬드를 부수는 쾌남이 아니라 화강암만 긁을 수 있어야 했던 약골이었다는 걸 만천하가 알게 될 것이다. 마우스 위에 손가락을 올려둔 채로 맞이한 새벽이 몇 번이었던가.

"사람 잘못 보셨습니다."

날 알아보는 이가 있어선 안 돼. 우람은 황급히 초롱으로부터 등을 돌렸다. 그러자 영문을 모르겠는 초롱은 고개만 갸웃할 뿐이었다. 리얼맨이 아닌가? 아니, 체형은 딴판이지만 일단 목소리가 완전 딱인데. 순간 초롱은 그의 정체를 확인할 방법을 떠올려 냈다.

재빨리 폰을 꺼내 들어 히어로콜 앱을 누르는 초롱. 그러자 이런 메시지가 떴다.

'근방에 히어로가 너무 많사오니 수동 지정을 추천드립니다.'

초롱은 '네'를 누른 다음 지역에서 마포구를 선택했다. 그리고 며칠째 콜에 응답을 하지 않고 있는 리얼맨의 황금가면을 검지로 눌렀다.

'마포구 리얼맨을 호출하셨습니다.'

그녀는 잘 알고 있었다. 히어로들이 인간으로 위장하고 다닐 때 종종 뭔가를 깜빡한다는 걸. 예를 들면 꺼둬야 할 히어로콜을 무심코 켜놓는다거나 하는 실수 말이다.

접수 로비의 회전문을 열고 나가려던 우람의 주머니에서 요란한 팡파르음이 울렸다. 잠깐 움찔하긴 했으나 우람은 자신의 폰을 꺼낼 생각조차 하지 않고 있었다. 그걸 지켜만 보던 초롱은 답답하기 짝이 없었다.

'해당 히어로님이 호출에 응하지 않습니다.'

결국 접수대를 뛰쳐나온 초롱은 다시 회전문을 미는 우람의 등을 향해 이렇게 외쳤다.

"괴로울 땐 이렇게 외쳐!"

　천천히 뒤돌아보는 우람의 눈가는 촉촉하게 젖어 있었다.

"우리들은 진짜를……."

　때마침 돌아가는 회전문이 그의 얇은 목소리를 지워버리며 무정하게 제 할 일을 했다. 다시 회전문이 초롱의 앞으로 돌아왔을 때, 그 안에는 아무도 남아 있지 않았다.

　병약한 청년과 요란한 슈트의 히어로는 한 페이지의 양면에 적힌 이름이었지만 단 하나의 지우개를 만나 함께 지워져버린 것이다.

저격수와
감적수의 관계

이수현

번역을 많이 하고 조금씩 쓴다. 장편 『패러노말 마스터』를 쓰고 단편집
『한국환상문학단편선』과 『이웃집 슈퍼히어로』 등에 참여했으며, 두 번째
장편 『서울기담 2007(가제)』을 아주 느리게 쓰고 있다. 다양한 분야를
좋아하지만 SF/판타지를 주로 번역하는데, 정신 차려보니 번역작이
백 권이 좀 넘었다.

오랫동안 가장 좋아하는 히어로물이 「엑스맨」이었다가 요새 들어서는
좀 더 진지하게 히어로란 뭘까 생각하게 됐다. 그래서 일단 내린 결론이
역시 능력보다는 마음.

통영 시내와 그 너머 섬들이 복닥복닥한 남해가 내려다보이는 미륵산. 산 정상 가까이에 위치한 3층 건물 옥상 전망대에 마치 바람이 불러낸 것처럼 두 사람이 나타나 발을 디뎠다. 특별한 소리도 신호도 없었다. 말 그대로 갑자기, 1초 전까지만 해도 없던 사람 둘이 그 자리에 서 있었다.

둘 중 한 명은 나타나자마자 전망대 난간으로 달려가며 외쳤다.

"우와, 바다다! 진짜 반짝반짝해! 끝내준다! 나 통영 처음 와봐! 근데 바람 너무 심하다!"

비틀거리며 중심을 잡던 다른 한 명은 민망한 듯 얼굴을 굳히더니, 2미터 정도 거리를 두고 태블릿 PC를 높이 쳐들고 서서 기다리던 사람에게 고개부터 숙였다.

"특수구조팀 김세이, 저쪽은 안지안입니다."

"통영관광공사 지소영 과장이에요."

딱딱한 인사에 똑같은 방식으로 화답한 지소영 과장은 카메라를 끄고 폰을 내리며 난간 쪽을 보았다. 세이는 눈치를 보며 그쪽으로 얼른 다가가서 지안의 옆구리를 찔렀다.

"야, 정신 차려. 우리 임무부터 수행하고 나서 구경을 하든지 말든지."

작게 속삭인 세이가 무색하게도 지안은 큰 소리로 대답했다.

"어 그래! 우리 얼른 해결하고 통영 구경 좀 하다 가자. 여기 너무 좋다 야!"

세이는 잠시 지안을 노려보았다. 지안은 그제야 서둘러 지 과장에게 말했다.

"구조 대상은요? 어디로 가면 되나요?"

"따라오세요."

지 과장은 계단으로 향했다. 그들이 있는 곳은 통영 미륵산 정상에 세워진 한려수도 조망 케이블카 상부 역사 건물 3층 전망대였다. 케이블카 승강장은 2층에 있었고, 기계실과 관리사무실은 1층에 있었다. 지 과장은 계단을 밟으면서 자기 할 말을 이었다.

"사람이 없고 탁 트인 곳이 이동하시기 좋다고 해서 여기로 도착점을 잡았어요. 현재 1층에서 기사분들이 수리 중이신데, 수리를 중단시키면서까지 그분들을 다른 곳으로 보내는 건 말이 안 되니까요."

"네, 그렇죠."

"케이블카가 정지한 지는 40분 됐습니다. 2선식 곤돌라로 케이블이 자동순환하는 방식인데, 동력원에 문제가 생겨서 정지했어요. 승객용 곤돌라는 47기로, 현재 그 안에 갇혀 있는 분이 총 352명이에요."

"헉. 352명이나요? 저희가 그렇게 많이는."

"두 분에게 전원 구조를 요청하는 건 아닙니다. 몇 시간 안에는 수리가 될 테고, 만약에 대비해서 인근 군부대와 소방대도 오고 있어요. 다만 소방대가 오더라도 높이 때문에 승객들을 구조하기가 간단하지는 않고, 현재 파악하기로 노령자와 심혈관 환자가 몇 분 있어서 먼저 후송하려고 특수구조팀에 요청한 거예요. 두 분밖에 못 오실 줄은 몰랐지만."

세이는 깔끔한 일처리라고 생각하다가 마지막 한마디에 움찔했다. 자격지심일 테지만 실제 구조팀은 어디서 뭐 하고 이런 떨거지 어린애들을 보냈냐, 지방 소도시라고 무시하냐, 케이블카 정지 사고 정도는 특수구조팀이 나서기엔 하찮은 일이라는 거냐 같은 말들이 들리는 것 같았다.

"지금 정읍에 큰 화재가 나서요, 본대는 다 그리로 가고 있고 저희만 비상대기반으로 남아 있었습니다. 말씀하신 대로 구조해야 하는 인원이 많은 사건은 아니니까요."

세이는 전문가처럼 말하려고 애썼지만, 계단을 뛰듯이 밟고 내려가며 경치에 감탄사를 뱉어대는 지안이 그 효과를 다 잡아먹고 있었다.

케이블카 정지 사고, 그것도 충돌 사고가 아니라 동력원 문제로 인한 정지 사고라면 아주 위급하거나 중한 사고가 아닌 것은 사실이었다. 게다가 지금 브리핑을 들으니 현장 지휘도 잘되는 것 같았다. 팀장도 이 정도면 세이와 지안이 실제로 할 일이 없을 수도 있다고 판단하고 파견했을 것이다. 이런 때일수록, 이런 기회에 가치를 증명해야 했다.

세이가 다짐하는 사이 세 사람은 1층에 내려섰다.

아무리 긴장한 세이라도 바깥 풍경이 아예 보이지 않는 것은 아니었다. 케이블카 도착지점 앞에 늘어선 거대한 초록색 철골탑들 너머로 펼쳐진 통영의 하늘과 바다는 지안의 말마따나 푸르고 아름다웠다. 애초에 비바람 몰아치는 날씨였다면 케이블카 운행을 하지도 않았을 것이다. 이렇게 아름다운 휴일 낮이 아니었다면 정원을 다 채워 운행하지도 않았을 것이다. 그러니 이 경우에는 오히려 아름다운 날씨가 악재로 작용했다고 해야 하나.

1층 큰 휴게실에서는 여기저기에 흩어진 사람들이 각자 헤드셋을 쓰고 통화에 여념이 없었다. 지 과장은 덤덤하게 서명했다.

"내부 안내 방송으로 계속 진정시키고는 있는데, 시간이 길어지니 불안해진 분들이 계속 전화를 하세요. 환자 파악도 빨리빨리 되지 않고요."

다 동원한 직원이라고 해봐야 열 명 남짓한 사람이 허공에 매달린 352명을 전화 응대하고 있으니 보통 일이 아니었다. 대부분 그 입에서 나오는 말은 정해진 몇 마디뿐이었고 듣는 데 주력하고 있었다. 멈춰버린 케이블카 안에 갇힌 사람들이니 불평이 엄청날 것이다.

"과장님!"

헤드셋을 끼고 통화하던 직원 하나가 세 사람을 보고 다가왔다. 지 과장은 잠시 실례한다고 말하고 이야기를 나누더니 두 사람을 데리고 관리사무실로 들어가며 빠른 속도로 말을 쏟아냈다.

"당뇨병으로 인슐린 주사를 늦지 않게 맞아야 하는 승객이 확인됐습니다. 심소정 님이라고, 원래는 인슐린 주사약을 가지고 다니시는데, 같이 온 조카분이 가방을 든 채로 아래에서 탑승하다가 바로 앞에서 줄이 끊겼다는군요. 올라오는 데 10분이면 되니 별일 있겠냐고 생각하신 거죠. 정지 시간이 길어지다 보니 투약해야 할 시간이 이미 지났어요. 그 시간을 지나서 케이블카 고장이 수리되거나 구조대가 올 때까지 기다리다가는 상태가 나빠질 수도 있어요. 아직 심근경색 환자가 있다는 연락은 없으니 이분부터 후송했으면 하는데요. 두 분, 구조 가능하겠어요?"

세이는 아드레날린이 솟구치는 것을 느꼈다.

"네, 물론입니다!"

옆에서 지안이 엉거주춤 손을 올렸다.

"저기, 케이블카 안에 감시 카메라는 없죠?"

"없습니다. 하지만 여기까지 이동하셨을 때처럼 폰카메라로도 가능하지 않나요?"

"이론상은 그런데……."

지안이 말끝을 흐리는데, 세이가 얼른 말을 끊었다.

"내부가 잘 보일수록 좋아요. 내부 구석구석요."

"알겠습니다. 잠시 여기 계시면 상황을 파악하고 오죠."

조금 후, 세이는 마주치고 나서 처음으로 지 과장이 당황하는 모습을 볼 수 있었다.

"어떡하죠. 심소정 님 전화기가 알뜰폰이라는데요."

"알뜰폰? 그게 뭔데요? 화상 통화가 안 돼요?"

"영상통화 되는 알뜰폰도 있다고는 하는데, 광고만 그렇지……
게다가 하필 그 중에서도 구식 폴더폰을 쓰시나 봐요. 동영상 촬
영해서 전송하는 건 할 수 있을 텐데, 화면이 아주 작아요. 어휴,
요새 이런 폰은 쓰시는 분 거의 없는데."

세이는 지안을 돌아보았다. 지안도 무슨 말인지 전혀 감을 잡지
못하는 눈치였다.

"화면이 이 정도 크기일 거예요."

손가락으로 보여주는 크기가 너무 작았다. 그 크기로는 세이가
반대쪽 공간을 충분히 숙지할 수가 없었다. 혹시나 하고 다시 쳐
다보았지만, 지안은 붕붕 소리가 날 정도로 맹렬히 고개를 젓고
있었다. 게다가 입 모양으로 '우리 죽어'라고 외치기까지 했다.

세이는 어떻게 해야 하나 싶어 잠시 말을 못 했지만, 지 과장은
인상대로 유능했다.

"같이 탄 승객분들에게 도움을 구해보죠."

지 과장이 통화를 계속하고, 그사이에 다른 전화기를 들고 달
려온 직원을 응대하면서 상황을 다시 파악하는 동안 세이도 놀
고 있지만은 않았다. 아니, 잘 모르는 사람들이 보면 바깥 구경이
나 하면서 노는 줄 알았겠지만, 최대한 주변 구조와 지리를 머릿
속에 쑤셔 넣고 케이블카를 확대해서 살펴보는 작업이 다 세이가
능력을 발휘하기 위한 준비 작업이었다.

"세이야, 너 케이블카 타봤어? 큰 케이블카 말고 저런 곤돌라."

지안이 엉뚱한 소리를 했다.

"그게 뭐가 중요해?"

"안 타봤어? 타봤으면 알 텐데."

"뭘?"

"저런 곤돌라는 가만히 멈춰 있질 않아."

세이는 뒤늦게 그 의미를 알아차렸다. 그렇다. 정지해 있는 케이블카라지만, 곤돌라는 바람에 미세하게 계속 흔들렸다. 견고한 건물 안이나 조금 전 같은 전망대 바닥으로의 이동과는 차원이 달랐다. 세이는 질린 얼굴로 중얼거렸다.

"뭐야 이거. 생각보다 난이도 되게 높잖아."

"내 말이. 어떡하냐. 괜히 덤볐다가 잘못되면."

지안은 슬슬 눈치를 보며 조그맣게 말했다.

"당뇨병 정도면 당장 죽을 위기는 아닌데……."

"야!"

세이는 버럭 소리를 지르고 말았다. 소리가 생각보다 더 크게 나왔는지 멀리 서서 여기저기 통화하고 지시하느라 정신이 없던지 과장이 쳐다볼 정도였다. 세이는 다시 목소리를 낮추고 빠르게 쏘아붙였다.

"그걸 말이라고 해, 지금? 소방관들이 불 꺼지고도 살 수 있을 거라고 사람 구하러 안 들어가는 거 봤어? 난 카메라 영상을 확보할 수만 있으면 할 거야. 절대 해야 해. 이제까지 제대로 일해볼 기회도 못 얻었어. 뒤에서 월급 도둑 소리 언제까지 들을 거야?

그동안 연구하고 훈련한 게 다 뭘 위해서인데? 내 능력이 뭣 때문에 있는데?"

단호하고 열정적인 연설이었지만, 지안의 대꾸는 시큰둥했다.

"뭐든지 꼭 이유가 있어야 하나. 퇴근할 때 귀찮으면 슝 하고 집으로 순간이동할 수 있는 것만 해도 어디야."

"너……!"

세이는 치솟았던 열이 반대로 확 식는 것을 느꼈다. 그렇지 않아도 언제나 귀찮아하거나 엉뚱한 데 관심을 두는 지안이라 잔소리하고 끌고 다니기 힘들었지만, 지금 발언에는 정말로 마음이 상했다.

"넌 뭐가 그렇게 귀찮아? 명색이 특수구조팀인데 이 일이 그렇게 하기 싫어? 월급 받으면서 훈련만 하는 게 더 좋아?"

"귀찮아서 하는 말이 아니라 조심하자는 거야. 굳이 위험한 일 할 필요는 없잖아."

"됐어. 그렇게 안 내키면 빠져. 애초에 넌 같이 안 움직여도 되잖아. 내가 제대로 이동하게 보정만 해주면 돼. 애초에 팀장님도 그랬잖아. 내가 저격수, 넌 감적수라고."

"야. 김세이, 너 말 그따위로 할래."

늘 눈치 없이 밝거나 딴청을 부리기 일쑤였던 지안도 지금은 조금 얼굴이 굳어 있었다. 세이는 이참에 못을 박아둬야겠다 작정하고 다시 입을 열었다.

"됐어요! 연결됐습니다!"

하지만 절묘한 타이밍이었다. 지 과장이 한 손에는 스마트폰을,

다른 한 손에는 태블릿 PC를 들고 휘저으며 외쳤다.

세이는 지안을 흘긋 보며 말했다.

"이 얘긴 나중에 하자."

두 사람이 도착하고부터 영상 통화가 연결될 때까지 15분이 걸렸다. 케이블카가 정지한 지 55분 만이었다. 구조가 빨리 이루어지면 이루어질수록 좋을 테지만, 그렇다고 무작정 서두를 일은 아니었다. 세이는 영상 통화를 연결해서 곤돌라 안을 쭉 훑는 영상을 집중해서 들여다보았다. 옆에서 지안이 묻는 소리가 들렸다.

"그런데 심소정 님만 구조해서 여기로 모시고 오면 되는 건가요? 인슐린 주사기 가진 분은 다른 차 타고 계시다면서요."

세이는 눈으로 영상을 보고, 머릿속으로 그 공간을 그리는 데 바빴다. 지 과장의 대답이 들렸다.

"케이블카로 이동해서 심소정 님을 데리고 하부 역사로 이동하시면 더 좋을 것 같네요. 구급대가 그쪽에 도착, 대기하고 있으니까요. 가능할까요?"

지 과장이 유능할 뿐 아니라, 특수구조팀이 할 수 있는 일들에 대해 꽤 알고 있다는 생각이 드는 말이었다. 아직까지도 잘 모르는 사람들은 순간이동 능력자라면 어디든 왔다 갔다 할 수 있다고 생각했다. 순간이동자가 워낙 드물기도 했고, 정부가 그 한계를 최대한 알리지 않고 감춰두고 있어서이기도 했다.

세이는 영상 통화 상대에게 꼬치꼬치 질문을 던지고, 구석구석 비춰줄 것을 요구하다가 잠시 눈을 들어 지안에게 물었다.

"지금 어때?"

지안이 잠시 허공을 보다가 대답했다.

"안 돼."

"이렇게 해보면?"

"죽어."

세이는 머리가 아파오자 관자놀이를 꾹꾹 눌렀다.

지안이 손을 뻗어 영상 통화 화면을 잠시 돌려보더니 말했다.

"스마트폰 카메라 렌즈는 구경이 작고 초점 거리가 짧아. 아무리 화소가 좋고 영상 질이 좋아 보여도, 눈으로 보는 것과 거리감이 달라. 원근이 다르다고. 좌표 다시 잡아봐."

그렇게 눈치 없이 굴다가 이럴 때는 또 멀쩡하기 그지없다. 세이는 속으로 투덜거리면서 우선 앞에 놓인 과제에 집중하기로 했다.

다시 화면을 들여다보고 그 안에서 한 바퀴 돌아간 3차원 공간을 머릿속에 입력했다. 실제로 가상의 도형을 떠올리는 형태와는 조금 달랐지만, 스스로도 설명하기 힘든 입력 작업이었으니 그렇게 표현할 수밖에 없었다. 지안이 지적한 대로 스마트폰 카메라의 초점 거리를 감안하여 왜곡을 바로잡고, 안에 있는 사람들을 하나씩 추가했다. 케이블카 곤돌라는 8인승으로 양쪽에 긴 좌석이 붙어 있고 빈 공간이라고 해봐야 마주 앉은 사람들이 다리를 쭉 뻗으면 바로 닿을 정도밖에 되지 않았다. 세이의 안전한 점프를 위해서는 탑승객들 모두가 좌석에 발을 올리게 하고 가운데 공간을 확실히 비우거나, 탑승객들을 한쪽으로 몰고 끄트머리를 비워야 했다.

세이는 어느 정도 그림이 그려지자 시동을 걸었다. 목표 지점을 정하고, 방아쇠에 손을 올리고 힘을 주기 직전의 상태로 지안에게 결괏값을 물었다.

"지금?"

"아니야."

"지금은?"

"안 돼."

"이쯤?"

"허공이야."

"그렇지, 거기!"

지안이 계속 고개를 젓다가 어느 순간 확신을 담아 말하면서 세이의 손을 잡았다. 세이는 순간 더 생각하지 않고 마음속의 방아쇠를 당겼고.

셋, 둘, 하나.

다음 순간에 허공에 매달린 10번 곤돌라 안에 나타났다.

단단한 바닥이 아니다 보니 신경이 쓰여서 조금 더 허공에 떴는데, 세이는 10센티미터를 떨어져서 바닥에 발을 딛고 나서 아차 했다.

출렁.

"으아악! 뭐야! 뭐야 뭐야 뭐야!"

갑자기 떨어진 사람 무게에 균형이 한쪽으로 쏠리면서 곤돌라가 흔들거리고, 눈앞에 나타난 두 사람 때문에 귀신 보듯 놀란 사람들이 비명을 질렀다. 패닉에 빠진 사람들이 허우적거리자 다시 곤돌라가 흔들리고, 세이는 미끄러지면서 벽에 부딪혔다. 손에서 빠져나간 태블릿이 바닥에 떨어졌다. 넓지도 않은 곤돌라 안에서 사람들이 각자 아우성을 치니 보통 시끄러운 게 아니었다. 정신이 하나도 없었다. 잠시 패닉에 빠지면서, 주위 소리가 사라졌다.

해내고 말겠다고 큰소리를 쳤지만 사실은 이런 식의 순간이동은 한 번도 해본 적이 없었다. 세이는 순간적으로 피어오르는 충동을 꾹꾹 눌렀다. 언제나 안전한 그 빈방으로 돌아가버리고 싶은 마음을 참아야 했다.

'해결할 수 있어. 할 수 있어. 할 수 있어.'

주문을 외우는 사이에 소리가 서서히 다시 들렸다. 그리고 처음 들린 것은 익숙한 목소리였다.

"진정, 진정하세요, 여러분! 다들 가만히 계시면 괜찮아져요! 제가 천천히 이쪽에 붙어서 무게 균형을 잡을 테니까요, 숨 쉬세요, 숨. 자 5초 동안 숨 들이쉬고, 5초 동안 내쉬고. 들이쉬고, 내쉬고. 다들 아무 데나 잡고 가만히 계시고요. 들이쉬고, 내쉬고."

그 정도로 모두의 혼란이 가라앉지는 않았지만, 세이는 마음을 조금 가라앉힐 수 있었다. 조심스럽게 허리를 굽혀 태블릿을 주워 들었다. 다행히 깨지지 않고 멀쩡했다. 곤돌라의 흔들림이 조금 가라앉자 세이는 배에 힘을 넣고 물었다.

"심소정 님이 누구시죠?"

"난데……."

나이가 지긋해 보이는 여자분이었다.

"먼저 지상으로 모셔다 드리러 왔습니다."

세이의 말에 옆에 있던 다른 승객들이 발끈했다.

"무슨 구조대가 이래! 구조는커녕 사람 간 떨어질 뻔했네."

"그러게 말이에요. 뭐 일을 이런 식으로 해?"

"우리 다 구조되는 거예요? 어떻게 하면 돼요?"

"아까 하는 말 못 들었어요? 우선 여기 할머님만 모셔 간다잖아."

"아니 우리는 뭐 여기 갇혀 있어도 된다는 건가?"

곤돌라는 조금씩 흔들거리고, 사방에서 중구난방으로 말들이 쏟아졌다. 세이와 지안에게 하는 질문보다는 자기들끼리 주고받는 말이 더 많았다. 세이는 하부 역사에 영상통화를 연결할 준비를 하면서 지안을 흘긋 보았다. 표정이 좋지 않았다.

"왜 그래?"

승객들에게 들리지 않게 속삭이자 지안이 언짢은 투로 마주 속삭였다.

"큰일 날 뻔했어. 날 왜 데려와. 원래 너 혼자 이동하는 걸로 생각하고 본 미래였단 말이야."

순간 세이는 등줄기를 타고 흐르는 소름과 울컥하는 짜증을 동시에 느꼈다.

"무슨 소리야. 여기 왔다가 다시 하부 역사로 가야 하는데 당연히 같이 이동해야지."

"아까 나보고 따라오지 말라며."

"내가 언제."

사실은 아까 뭐라고 말했는지 기억이 났지만, 그건 그런 뜻이 아니었다. 게다가 덕분에 다른 것까지 기억이 났다.

"게다가 네가 내 손을 잡았잖아. 훈련 때 늘 쓰던 신호 그대로."

"그래…… 내가 그랬지."

세이는 그것 보라고 코웃음을 쳤다. 지안의 애매한 표정이 약간 신경이 쓰이기는 했지만, 자신감을 회복한 세이는 태블릿에 주의를 돌리고 손을 들어 올렸다.

"잠깐. 이 임무부터 끝내고 나서 다시 얘기하자."

하부 역사 담당자는 바로 전화를 받았지만, 지안은 이제까지 그랬듯이 스피커폰으로 통화를 연결해버렸다. 덕분에 연결되자마자 신경질적인 목소리가 모두에게 들리도록 터져 나왔다.

"대체 거기서 뭣들 하시는 겁니까? 그 차량이 심하게 흔들리니 다른 차량까지 다 진정을 못 하잖아요, 지금!"

마치 그게 신호였다는 듯, 때맞춰 다시 케이블카 곤돌라를 줄줄이 매단 와이어가 허공에서 출렁거렸다.

"당장 환자 데리고 오세요!"

세이는 당황을 누르고 최대한 침착하게 말했다.

"그렇게 그냥 되는 게 아닙니다. 저희가 이동할 지점, 다른 사람 없는 빈터로요, 보여주세요. 제대로 비춰요. 네, 그렇지요."

세이는 통화 영상을 손에 쥐고 말하면서 지안을 쳐다보았다. 지안의 표정이 썩 좋지 않았다.

"야. 안지안."

"안지안!"

지안은 어딘가 다른 곳에 정신이 팔린 얼굴로 멍해 있다가 세이가 목청을 높여 소리를 지르고 나서야 반응을 보였다.

"심소정 님? 네, 할머니 저 잡으세요."

한 명이 아니라 여러 명의 손이 세이의 팔을 잡고 옷을 잡았다.

"죄송합니다. 다른 분들은 조금만 기다려주세요. 우선 치료받으시게 이분 먼저 후송할게요. 한 번에 한 분씩밖에 안 돼요."

"아니 무슨 안 되는 게 그렇게 많아."

이해한다는 사람도 있었지만 여러 사람이 짜증을 냈고, 그중에서도 무슨 능력이 그러냐는 말이 제일 귀에 박혀왔다. 일일이 양해를 구하며 손을 떼고 죄송하다, 죄송하다 인사를 하려니 등허리가 땀에 젖어 축축했다.

"되겠어?"

계산하는 동안 몇 번의 안 된다는 대답이 돌아오고, 곤돌라가 흔들리고, 사람들은 투덜거렸다. 세이는 그 소리에 신경 쓰지 않으려 했다. 머릿속에 먼저 지금 있는 곳의 좌표를 찍고, 가야 할 곳의 좌표를 찍고, 3차원으로, 다시 4차원으로 그려야 했다.

"지금은?"

"안…… 아니, 될 것 같아."

"되는 거야, 안 되는 거야?"

"아니…… 아, 지금, 지금 가."

세이는 이번에도 지안의 손이 닿자 반사적으로 이동했다. 여러 번 훈련해서 몸에 밴 반응이었다.

셋, 둘, 하나.

다음 순간 그들은 아스팔트 바닥에 쏟아지듯 떨어져 나뒹굴었다. 바닥에 딱 붙어 이동하기 불안하다 보니 늘 지상보다 약간 위로 이동하는 탓이었다. 평소보다 높게 잡지는 않았다고 안도했는데, 같이 이동한 사람의 생각은 다른 것 같았다.

"아이고고고. 이게 뭐 하는 짓이래. 아이고 나 죽는다."

"마, 많이 아프세요? 세게 부딪치셨어요?"

앓는 소리를 내며 아프다고 뒹구는 모습에 세이는 어찌할 바를 몰라 당황한 채로 구급대에 탑승객을 인계했다. 대기하고 있던 구급대원이 자연스럽게 감싸안 듯이, 노인의 몸 어딘가가 부러지지는 않았는지 점검하며 친절하게 말했다.

"많이 놀라셨죠. 할머니, 주사 맞으러 가세요. 네."

다행히도 가벼운 타박상 정도로, 큰 상처는 없었다. 그 점을 확인하고 나서야 구급대원이 떨떠름한 눈길이나마 두 사람에게 돌리고 인사했다.

"두 분, 수고하셨습니다."

"아닙니다. 또 다른 환자 나왔나요? 어서 구하러 가야죠."

이번에는 좀 더 잘해보겠다고 의욕을 내는데, 그 순간 세이의 의욕에 물을 끼얹는 낭랑한 소리가 울려 퍼졌다.

"안녕하세요, 여러분. 다들 진정하고 침착하게 자리에 앉으시기 바랍니다. 특수구조대가 도착했으니 걱정하실 필요 없습니다. 조용히 기다리시고, 질환이 있거나 발작이 일어난 분들은 먼저 아래로 내려드리겠습니다."

아는 목소리였다. 그리고 사실은 목소리가 아니었다. 이 일대 모두의 머릿속에 울려 퍼지는 텔레파시였다. 세이는 하늘을 올려다보았다. 특수구조팀 본대가 와 있었다. 패닉에 빠진 사람들을 매끄럽게 진정시키고, 비행 능력자 두 명이 환자들을 데리고 내려왔다. 케이블카 동력원 문제도 누군가의 능력으로 해결할 수 있었는지, 안내방송이 울리더니 곤돌라가 움직이기 시작했다. 순식간에 상황이 정리되고 있었다.

세이는 멍하니 그 모습을 보다가 지안을 돌아보았다.

"아까 혹시 이걸 본 거야?"

지안은 어깨를 약간 움츠렸다.

파견 결과, 특수구조팀 본대가 구조한 인원은 351명, 비상대기반이 구조한 인원 1명이었다.

* * *

슬럼프가 왔다.

심한 건 아니었지만, 이틀 사흘이 지나도록 성공률이 오르지 않고 지안이 고개를 내젓는 시간이 길어지자 인정할 수밖에 없었다. 지금 세이에게는 지안 없이 혼자서도 얼마든지 할 수 있었던, 눈에 보이는 허공에 이동했다가 바로 돌아오는 정도의 이동조차 아슬아슬했다.

세이는 다섯 번째 시도 끝에 겨우 본부 옥상에 올려놓았던 인형을 구해 들고 지상으로 돌아와서 주저앉아버렸다.

순간이동 능력자를 본 사람이 적은 것은, 원래 순간이동자가 적어서만이 아니라 이동 중 사고로 죽는 일이 너무 많아서였다. 아니, 이동 중이라기보다는 자동차로 치면 주차, 비행기로 치면 착류의 어려움 문제랄까. 전 세계에 기록이 명확히 남은 순간이동자는 지금까지도 열 명 안팎밖에 없었고, 그중 일곱 명이 이미 죽었다. 그중 세 명은 죽은 후에야 순간이동자였다는 사실이 밝혀졌다. 그중 한 명은 잘못된 이동으로 벽에 융합된 채 발견되었고, 한 명은 종착지에서 폭발을 일으키면서 한동안 테러로 오인받았을 정도로 많은 사람을 함께 죽음에 몰아넣었다. 사람들이 상상하던 그림과 달리 실제 순간이동은 제한이 많았고 뜻대로 통제하기도 쉽지 않았다.

세이가 지금까지 잘 살아 있는 것은 좋게 말해 신중하고 나쁘게 말하면 겁이 많은 성격이어서였다. 다만 한계가 많은 능력이라 돌다리도 두들겨가며 다닌다고는 해도 발동이 힘들었던 적은 없었으니, 능력의 안정성은 좋은 편이라고 할 수 있었다.

지금까지 잘 살아 있는 이유가 그것만은 아니었다. 세이는 처음부터 섣불리 능력을 시험해보지 않았고, 자기 발로 먼저 연구소에 찾아갔다.

위험은 크고 실용성은 적은 능력이라고는 하지만, 연구 대상으로서는 눈독 들이는 곳이 많았다. 순간이동 자체의 비밀을 풀 수 있다면 가능성이 무궁무진했다.

우주여행도 그 가능성 중 하나였다. 많은 SF에서 우주여행은 워프 드라이브나 초공간 점프를 통해 이루어졌다. 상대성 이론의 한계 안에서 우주를 여행한다고 생각하면 너무 많은 시간이 걸렸기에, 시공간의 점과 점을 잇는 이동 방식으로 웜홀을 꿈꾸기도 했고, 시공간을 비틀거나 접어서 좌표를 잇는 방식을 상상하기도 했다. 그리고 실제로 후자와 같은 워프가 가능할 방법을 연구하는 사람들이 있었다. 시공간을 비트는 구 모양의 워프 버블을 만들고 우주선이 그 속에서 공간을 비트는 방식으로 여행할 수 있다는 이론이 이미 증명되었고, 이제 문제는 그런 워프 버블을 만드는 데 필요한 에너지를 실현 가능한 수준까지 낮추는 것이었다. 이론상으로 워프에 드는 에너지는 행성 단위였으니, 현실과는 아주 거리가 멀었다.

그런 시점에 이렇다 할 외부 에너지도 없이 순간이동을 할 수 있는 사람이 나타났다. 그 비밀을 풀면 워프 드라이브도 실현할 수 있으리라, 아니 더 나아가서는 우주의 비밀을 풀어낼 수 있으리라 흥분한 학자들이 나오는 게 당연했다. 그런 학자들이 활발히 방송 인터뷰를 하면서 순간이동 연구를 선점했다. 나중에 생각해보면 세이 같은 능력자에게 큰 행운이었다. 군사 연구에서도 이 능력을 연구하는 데 욕심을 내고 있었으나 여론 덕분에 항공 우주 연구소가 우선권을 가져갈 수 있었다.

덕분에 세이도 10대 후반부터 6년을 항공 우주 연구소에서 보냈다.

그 6년은 나쁘지 않은 시간이었지만, 큰 성과는 없었다. 세이 입장에서는 무엇을 할 수 없고 무엇을 할 수 있는지 조금씩 테두리를 찾아가는 시간이었고, 연구자 입장에서는 데이터를 쌓을 뿐이었다. 연례 예산 심사가 돌아올 때마다 과학자들은 끈기 있게 데이터를 쌓는 것 자체가 중요하다고, 언젠가 결실을 볼 거라고 주장했다. 아마 그 말이 맞을 테지만, 세이는 조바심이 났다. 불행인지 다행인지 마침 정부도 조바심을 냈다. 행정가들은 언제나 돈이 들어가기만 하고 눈에 보이는 이익이 나지 않는 일들을 못마땅해했다.

세이가 연구소에 주로 있었던 6년 사이, 능력자들을 정부 특채 공무원으로 뽑아서 공식적으로 일을 하게 하는 제도가 자리를 잡았다. 그중에 가장 대외적이고, 가장 인기가 있는 곳이 특수구조대였다. 특수한 능력을 타고나서 누군가를 다치게 하거나 사고를 치는 게 아니라, 사람을 구하고 재난을 막는 모습이 주였으니 이미지가 좋을 수밖에 없었다. 세이도 그런 일을 하고 싶었다. 어쩌면 나중에 과학에 큰 보탬이 될 수도 있는 일 말고, 당장 뭔가를 하고 싶었다.

그래, 그래서 하고 싶었던 일이었다.

"그런데 왜 죽상이야. 성공했잖아. 바라던 대로 사람을 구했어, 우리."

"그렇지만 우리가 아니었어도 될 일이었어. 아니, 우리가 아니었으면 그분은 멍 자국 하나 없이 내렸을지 몰라."

"그래도 구한 건 구한 거야."

지안은 세이에게 더 생각할 시간을 주지 않고 다다다 쏘아붙였다.

"한 명밖에 못 구해서 그래? 다른 팀원들과 너무 성과가 차이 나서? 그럼, 350명을 뚝딱 구할 수 있었으면 좋았을까? 하긴, 그건 좋긴 좋겠다. 보람도 크고 찬양도 받고."

"그게 아니야."

"그러고 보면 나는 미래의 우주여행에 기여한다, 그게 이 일보다 훨씬 폼도 나고 거창하고 명예로운 것 같은데 말이야. 그쪽에서 제대로 뭐가 나오면 역사에 이름이 남는 거잖아. 그런데 그 일보다 여기 일이 나은 게 그것밖에 더 있어? 당장 결과를 내고 뿌듯하게 감사받을 수 있다는 거."

"아니라니까. 난 그냥……."

지안이 던진 말에 세이는 잠시 갈피를 잃었다. 세이는 옥상 바닥에 주저앉아 있었고, 지안은 연습용 인형을 던졌다 받았다 하면서 대화하고 있었다. 지안이 시큰둥한 어조로 말했다.

"그게 뭐 어때서 정색을 해. 나도 우리가 좀 더 사람들 척척 쉽게 쉽게 구하고 박수도 받고 유명해지면 좋기만 하겠는데. 누구한테 해 끼치는 것도 아니고, 사명감으로 일하시는 소방관이나 구조대분들도 고맙다는 인사 듣고 박수갈채 받으면 좋아하실걸. 당연한 거 아냐? 사람인데. 그게 뭐가 나빠? 사실 난 환호는 좀 받아본 경험이 있어서 아는데, 그거 짜릿하거든."

"네가? 뭘로?"

"어허, 이거 봐, 이거 봐. 내 이럴 줄 알았어. 넌 내 능력이 진짜 쓸모없다고 생각하지? 네가 안전하게 이동할 수 있게 봐주는 조수, 네가 저격할 때 맞히나 못 맞히나 봐주는 감적수. 그 정도밖에 못 된다고."

세이는 뜨끔해서 지안을 올려다보았다. 그러나 날카로운 말을 하면서도 지안의 얼굴에 화가 났다거나 신경질을 내는 기색은 없었다. 가끔 세이는 그래서 더 지안을 이해할 수가 없었다.

순간이동은 보기 드문 능력이었지만, 예지력은 순간이동 능력보다 더 드문 능력이었다. 덧붙이자면 인기도 없었다. '초능력을 하나 가질 수 있다면 어떤 능력을?' 같은 설문조사를 하면 흔히 순간이동은 최상위권, 예지력은 최하위권에 걸렸다. 예지력이라고 하면 사람들이 떠올리는 심상은 트로이의 몰락을 예언한 카산드라, 아니면 「마이너리티 리포트」 같은 것들이었다. 즉, 대체로 불행해질 것 같은 느낌이랄까. 심지어 지안은 코앞의 미래밖에 보지 못했다. 복권 당첨 번호는 추첨 직전에나 알 수 있고, 사고를 피하려고 해도 이미 피할 수 없을 때나 알게 된다. 아무래도 쓸모없다는 느낌이 강했다.

"그래. 그렇게 생각할 만도 하지. 잠시 뒤의 미래를 알아봐야 그걸로 큰돈 벌 수도 없고, 미래에 일어날 큰일을 알 수도 없고. 하지만 너 만나기 전에 난 그 능력으로 잘 먹고 잘살았어."

지안은 씩 웃으며 손가락을 들었다.

"세상엔 게임이라는 게 있거든."

"뭐야, 너 도박했어?"

세이의 목소리가 올라갔다.

"에헤이, 도박이라니 무슨 말씀을 그렇게 하셔. 내가 무슨 강원랜드, 카지노 그런 델 다녔겠어, 아니면 불법 도박장을 알았겠어? 순수하게 컴퓨터게임 하면서 개인 방송으로 히트 쳤어. 서바이벌 슈팅 게임이 최고 인기일 땐 나 꽤 잘나갔다?"

"상대가 다음에 뭘 할지 알면서? 완전 사기 아냐."

"야, 상대가 다음에 뭘 할지 알아도 그냥 막 이길 수 있고 그렇지가 않아. 내가 게임 실력이 있어야 그것도 제대로 해석을 할 수 있는 거야. 내가 하는 게 사기면 바둑 고수들이 몇 수씩 내다보고 그러는 것도 사기게? 연구소에서도 사실 내가 하는 건 초자연적인 뭔가가 아니라 나도 모르게 아주 복잡하고 엄청난 계산을 하는 거라고 그랬잖아. 이것도 다 내 실력이야."

실제로 그것이 규칙 위반이냐 아니냐를 두고 의견 대립이 있기는 했다. 특히 육체적인 특수 능력이 있는 이들이 공식 운동 경기에 참여하는 문제에 대한 토론은 전 세계에서 불타올랐다. 대부분은 특수 능력자의 참여를 인정하는 게 말이 되냐는 입장이었으나, 반대 의견을 지닌 몇 사람이 장판파처럼 버티고 싸웠기 때문이었다. 도핑을 한 것도 아니고, 불법 시술을 한 것도 아니다. 특별한 신체 능력이 결격 사유가 된다면, 남보다 튼튼한 심장, 남보다 빠른 다리를 타고난 사람은 왜 문제가 안 된단 말인가…… 하고 말이다.

지안도 그렇게 생각했다. 카드 게임을 할 때는 스스로도 이게 과연 사기인가 아닌가 찜찜한 기분이 있었지만, 대전 게임이나 서바이벌 슈팅 게임으로 넘어가서는 분명히 아니라고 믿었다. 해킹 프로그램을 쓰는 이들도 있는데, 지안은 순전히 원래의 게임 실력에 남다른 예측력을 더했을 뿐이었다.

세이는 그래도 순순히 고개를 끄덕일 수 없었다.

"우리 능력이 그런 데 쓰라고 주어진 건 아닐 거 같아."

"그런 데라니, 어떤 데?"

"너무…… 사소하고, 이기적이잖아."

세이는 말하자마자 바로 이마를 문지르며 다시 말했다.

"아니다. 하고 싶은 일 한다고 이러고 있는 나도 이기적이긴 하지."

분명히 세이는 한 사람을 구했다. 그러나 세이와 지안이 힘겹게 한 명을 구할 동안, 원래 팀은 대단한 위험을 부담하지도 않고 목숨도 걸지 않고 351명을 가뿐히 구해냈다. 그들이 구해낸 한 사람도 몇 분만 더 있었으면 갑자기 흔들리는 곤돌라에서 비명을 지를 일도, 아스팔트 바닥에 패대기치듯 넘어져서 멍이 들 일도 없이 쾌적하게 구조를 받았을 것이다. 아니, 특수구조팀이 오지 않았다 해도 한 시간 정도만 버텼으면 무사히 소방대에 구조받을 수 있었을 것이다. 그 생각을 하면서 세이는 입술을 물었다.

"우리에게 주는 월급, 우리 훈련에 들이는 비용, 또 우리가 훈련하느라 쓴 시간과 노력…… 아니, 그것만이 아니라 내가 상황을 더 위험하게 만들 수도 있다는 부담까지. 내가 이 일을 하는 데 그만한 가치가 있는 걸까. 이것도 낭비 아닐까?"

어느 순간부터 말없이 세이의 독백을 듣고만 있던 지안이 오묘한 표정을 짓더니 인형을 세이의 가슴팍에 집어던졌다.

"어이고. 그러니까 슬럼프 같은 게 오지."

멍청히 있다가 인형에 얻어맞은 세이는 울컥해서 지안을 노려보았다.

"그러니까라니, 뭐가 그러니까야?"

"넌 욕심도 너무 많고, 생각도 너무 많아. 낭비가 걱정이면 쓸데없는 생각에 에너지 낭비나 그만해. 머리가 복잡하니 성공률이 떨어지지."

그러더니 지안이 엄숙한 얼굴로 두 팔을 높이 들었다.

"너는 이 언니의 말만 철석같이 믿으면 된다……. 생각은 내가 해! 넌 몸이나 써!"

"죽을래?"

세이가 인형을 되던지고 발길질을 하자 지안이 멀찍이 도망가면서 외쳤다.

"진짜 넌 생각이 너무 많다니까! 머리 비우는 연습 좀 해!"

성질을 내긴 했지만, 다른 답이 있을 리 없었다. 어느새 세이는 한숨을 푹푹 내쉬면서 지안의 말대로 명상 훈련을 해보고 있었다.

* * *

며칠이 지나도록 슬럼프는 특별히 더 나빠지지도, 좋아지지도 않았다. 사고는 늘 일어났고 특수구조팀도 거의 매일 출동했지만, 어차피 세이가 나갈 일은 별로 없었다. 화재 현장은 연기와 변화 때문에 들어갈 수 없었고, 물에도 들어갈 수 없었다. 그래서 호출이 적은 것이 늘 불만이었는데, 지금은 조금 다행스러웠다.

그러나 언제까지나 그런 날이 이어질 순 없었다. 세이와 지안은 팀 단위 체력 훈련을 끝내고 개인 훈련에 돌입하려다가 울린 전체 호출음에 서로를 마주 보았다. 일반 호출도 아니고 최고 긴급 단계 발령이었다.

후다닥 집합하고 보니 본부 분위기나 팀장의 표정이나 심상치 않았다. 팀장은 시간을 낭비하지 않고 빠른 속도로 브리핑했다.

"……냉각장치 고장이다. 현재는 어디까지나 사고가 아니라 고장 단계지만, 그렇다고 안심할 수야 없는 일이다. 혹시라도 제때 막지 못하면 6등급 사고로까지 확대될 가능성이 있다. 초대형 원전단지라 멜트다운이 일어나면 가까운 다른 원전까지 영향을 줄 가능성도 있고. 그렇게 되면 반경 30킬로미터 이내의 400만 명을 대피시켜야 한다. 아직 보도는 금지 상태다."

주위 모두가 긴장하는 게 피부로 느껴졌다.

원자력 발전소 사고. 영영 일어나지 않는다면 좋겠지만 가능성은 언제나 있었고, 그만큼 훈련 과정에도 들어가 있었다. 그러나 아직 완벽하게 숙달되었다고 할 수는 없었고, 실전 훈련도 해본 적이 없었다. 세이는 입술이 타고 몸이 희미하게 떨리는 느낌을 받으며 팀장을 바라보았다.

"김세이, 안지안. 먼저 가서 상황을 살필 수 있겠나?"

"네, 알겠습니다."

세이는 바짝 긴장해서 대답했다. 세이의 능력으로 모든 팀원을 한 번에 이동시킬 수 있다면 좋겠지만, 나머지는 헬리콥터를 이용하는 수밖에 없었다. 급한 마음으로 돌아서려는데 지안이 옆에서 손을 슬쩍 들고 말했다.

"보통 한 명은 더 데리고 갈 수 있는데요."

세이는 그 말을 왜 하냐고 지안을 타박할 뻔했다가 겨우 입을 다물었다. 다행히 팀장이 잠시 생각하는 것 같더니 다시 물었다.

"거리가 200킬로미터 이상이다. 다른 사람과 함께 이동해본 적 있나?"

"아니요. 둘이서는 300킬로미터까지 이동해본 적이 있지만, 다른 사람을 데리고 간 적은 없습니다."

세이가 얼른 대답했다. 팀장은 바로 결정을 내렸다.

"위험 부담을 높일 필요는 없겠지. 우선 먼저 이동하고, 상황이 어지간히 급하다 싶으면 그때 가서 여러 번 움직여줘야겠다."

아무리 초조해도 위험 확률은 낮추는 방향이 옳다.

팀장의 판단을 다시 한번 마음에 새기며 원자력 발전소 CCTV 영상을 연결한 상황실로 갔다. 아직 슬럼프에서 완전히 벗어나지 못했다지만, 카메라를 통해 이동 지점을 확실히 볼 수 있고, 이동할 곳에 사람이 있을 염려도 없었다. 대부분의 이동보다 변수가 적었다. 세이는 그 점을 생각하며 초조한 마음을 달랬다. 그러나 정작 발전소 외곽을 비추는 영상을 보자 어이없는 표정을 지을 수밖에 없었다.

"아니, 영상이 왜 이래요? 거리 측정이 잘 안 되잖아요."

상황실장이 한숨을 내쉬었다.

"원래 설치했어야 할 고성능 열 영상 CCTV가 아니라 저성능으로 설치한 모양이에요. 작년 국회에서 이미 얘기가 나와서 교체한다더니 안 했나 봐요."

기가 막혔지만, 당장은 별수 없었다. 고성능 CCTV 화면을 이용하자니 원자로나 각종 핵심 장비를 감시하는 카메라가 주라서 잘못하면 위험을 더할 수 있다는 위기감이 컸고, 상황 파악을 위해 바로 발전소 주제어실로 이동할 수 있다면 가장 좋겠지만 정작 모니터가 즐비한 주제어실 자체는 감시하는 카메라가 없었다. 이 외곽 감시 카메라 화면들을 이용하는 수밖에 없었다. 세이가 돌아보자 지안이 고개를 끄덕였다.

"괜찮아. 휴대폰으로 볼 때도 그걸 감안하면 잘됐잖아. 내가 맞춰줄 테니까 계산해봐."

마음을 가라앉히고 집중하려고 했지만, 자꾸 슬럼프에 신경이 쓰여서 좌표가 요동을 쳤다. 늘 잡히던 것이 손끝에서 자꾸 미끄러지는 느낌이었다. 세이가 몇 번을 혼자 중얼거리다가 좌절하고 있는데 갑자기 등에 뭔가가 와 닿았다. 흠칫하고 보니 지안의 손이 등을 천천히 두드리고 있었다.

"평소 공부해두면 시험 때 자신이 생기는 것처럼, 훈련과 연습은 다 이럴 때를 위해 하는 거야. 네가 나하고 같이 연습한 게 1년, 그 전에 너 혼자 연습하고 연구한 게 무려 6년이야. 좀 더 자신을 가져. 자, 심호흡하고. 내가 말했지? 생각은 내가 하니까 넌 몸이나 쓰라고."

웬일로 든든하다 했더니, 마지막 농담이 와장창 분위기를 깼다. 세이는 짜증을 내면서 지안을 마주 퍽퍽 두드리고 화면에 눈을 돌렸다. 어쩐지 조금 마음이 편해졌다.

'아, 그러고 보니 왠지 전에도 이런 적이 있었던 것 같아.'

케이블카에서도, 결국 당황한 세이의 긴장을 풀고 진정시킨 건 지안이었던 것 같다는 생각이 문득 들었다. 세이는 다시 고개를 들려는 불안을 꾹꾹 밀어 넣고 좌표를 잡는 데 집중했다. 전보다 시간이 오래 걸리기는 했지만, 결국에는 지안이 오케이 사인을 냈다.

셋, 둘, 하나.

워낙 멀리 이동해서 그럴까. 주위 공간에 적응하느라 잠깐 멀미
가 났다.

"……가끔은 이것도 영화처럼 효과가 붙었으면 좋겠어. 아니면
효과음이라도 있으면 좋잖아."

무사히 이동했다는 안도감에 가슴을 쓸어내리는데, 옆에서 지
안이 중얼거렸다. 세이는 못 들은 척하고 무선 이어폰으로 팀장
에게 보고부터 했다.

"지금 발전소 도착했습니다. 바로 주제어실로 이동해서 상황
확인하겠습니다."

자신감 있게 말은 했는데, 사태가 그렇게 돌아가질 않았다.

탕! 세이는 그 요란한 소리에 깜짝 놀라서 몸을 움츠리면서도,
그게 무슨 소리인지 이해하지 못했다. 설마 폭발인가. 4등급 고장
이라고 했는데, 호출을 받고 즉시 왔으니 벌써 폭발 위험까지 진
행됐을 리는 없는데. 게다가 발전소 폭발이면 지금 내가 멀쩡할
리가 없지. 타이어가 터진 걸까. 아니면 풍선이라도 터졌나. 순식
간에 온갖 생각이 뒤죽박죽으로 흘러가는데, 지안이 잽싸게 세이
를 끌고 벽에 붙더니 다급하게 말했다.

"팀장님, 방금 총소리가 났습니다."

"총? 총이라니, 총이 여기 왜 있어?"

세이는 저도 모르게 얼빠진 소리를 하고 말았다. 지안은 세이를
흘긋 보고 팀장에게 빠르게 말했다.

"어느 쪽에서 쏜 총인지는 몰라도, 총소리가 한 번이 아니라는 점에서 일단 비상사태라고 생각합니다. 곧 소방대와 구급대가 도착할 텐데 연락해주세요. 저희는 어떻게 할까요? 당장은 괜찮습니다. 네, 제가 위험한 공격은 피할 수 있고, 여차하면 세이가 이동해버리면 되니까요. 하지만 저희는 반격이 불가능합니다. 팀원들을 데리러 갈까요?"

세이는 지금 무슨 말을 듣고 있는 건지 믿을 수가 없었다. 지안이 놀랍도록 냉정하게 상황판단을 하는 모습도 믿기지 않았다. 귓가에서 팀장의 대답이 들렸다.

"우선은 발전소 경계를 지키는 군과 경찰 병력이 대응하고 있을 거다. 상황을 알아보고 결정할 테니 자네들은 안전한 곳을 찾아서 명령 대기해."

기다리는 동안 다시 총소리가 울렸다. 세이는 저도 모르게 귀를 막으면서, '안전한 곳'이라는 말에 반사적으로 떠올린 빈방을 머릿속에서 지우려 했다. 지금 패닉에 빠져 도망칠 순 없다. 세이는 귀를 막은 채 열심히 생각했다. 생각해야 했다. 여기에서 총소리가 울린다는 건, 누가 쐈든 간에 침입자가 있다는 뜻이다.

원자력발전소는 최고 등급의 보안 시설이었기에, 지금 이 상황은 영화라고 해도 좀처럼 나오지 않을 상황이었다. 외부에서 침입하는 게 불가능하지는 않지만, 발전소 외벽은 폭탄으로도 뚫을 수 없었고 다중차폐 방벽이 견고했다. 실제로 큰 위협이 될 수 있는 공격은 오직 내부에서의 공격뿐이었다. 그리고 지금 하필이면 고장이 일어났다. 우연이라고는 생각할 수 없었다.

"주제어실에 연락은 되나요?"

저도 모르게 입 밖에 내어 말했나 보다. 지안이 흘긋 보더니 고개를 끄덕였고, 귓가에서 팀장의 목소리가 들렸다.

"통화했는데 조금 전까지는 고장 수습에 전력을 다하고 있었다. 주제어실이 침입에서 무사한지 확인할 수 있겠나?"

"지금 가보겠습니다."

지안이 별말 없이 앞장서서 주제어실로 움직이기 시작했다. 여기에서 세이가 할 일이라곤 최선을 다해서 적응하고 따라가면서, 생각하는 것뿐이었다.

지안이 불쑥 말했다.

"총소리 들은 건 처음이지? 일이 다 마무리되도록 정신 못 차리는 사람도 많아. 넌 경험이 없는 것치고는 회복이 빠른 거야."

세이는 듣고 넘어갈까 하다가 말했다.

"하지만 넌 있지. 그 경험."

지안은 부정하지 않았다. 설명해주지도 않았지만, 세이도 아주 머리가 나쁘지는 않았다. 이제까지 그쪽으로 생각 자체를 안 해서 그렇지, 이제는 지안의 능력을 어떤 식으로 활용할 수 있는지 여러 가지 떠올릴 수 있었다. 게임을 잘했다고 했다. 서바이벌 슈팅 게임에서 잠시 후의 미래를 알 수 있다는 건 승패에 유리한 정도지만, 실제 상황에서 군 침투조를 후방 지원했다면 생사를 가를 수 있었을 것이다. 징병 대상도 아닌 지안이 달리 총소리를 들어봤을 이유가 없었다.

팀장이 둘의 관계를 저격에 비유했을 때, 군대가 어떻게 돌아가는지 잘 모르는 세이에게 설명을 해준 것도 지안이었다. 원래 저격수와 감적수가 파트너를 짤 때는 감적수가 더 경험이 많아야 한다고 말하기에 흘려듣고 지나갔는데 정말로 그랬다. 둘의 관계는 그 부분까지 닮아 있었다. 어린아이같이 군다고 생각했던 지안이 세이보다 훨씬 시야가 넓고, 경험도 많았다. 그런데 자신은 아무것도 모르고 둘 중에 더 중요한 사람은 '나'라고 생각했다. 지안은 혼자서는 할 수 있는 게 없다고 생각했다. 대체 무슨 정신머리로 그랬을까? 혼자서는 아무것도 할 수 없는 건 오히려 자신이었는데. 통영에 갔을 때 일을 하나하나 되짚어보자니 고개를 들 수가 없었다. 초조해서 아무것도 보이지 않는 쪽은 세이였고, 지안은 계속 옆에서 긴장을 풀어주고 세이가 생각하지 못한 일들을 짚어주고 있었다는 걸 이제야 알겠어서, 자신이 더더욱 형편없이 느껴졌다.

그러나 마치 그 생각을 읽은 것처럼, 지안이 앞장서서 벽을 따라가면서 조용히 말했다.

"우리 훈련 모토 있지? 능력이 있다는 건 그 자체로는 아무 의미도 없다. 그 능력을 어떻게 쓰는지가 중요하다."

"그렇지."

"나라면 이렇게 덧붙이겠어. 그보다 더 앞서는 게 그 능력으로 뭘 하고 싶으냐라고. 너에겐 그게 있고, 나에겐 없거든."

무슨 말인지 잘 이해가 가지는 않았지만, 세이는 뭐라고 더 말할 기회를 놓쳤다.

주제어실은 원자로 옆 건물 안에 있었는데, 문 앞에 군인들이

어수선하게 모여서 바리케이드를 치고 있었다. 군인 한 명이 두 사람을 보더니 바로 총을 겨눴다. 다시 한번 심장이 내려앉았다.

다행히도 두 사람은 특수구조팀 배지가 붙은 옷을 입고 있었고, 팀장과도 바로 연락이 닿아서 신원을 확인할 수 있었다. 군인들은 두 사람을 들여보내면서 엄격하게 말했다.

"지금 들어가시면 이 문은 폐쇄합니다. 상황이 정리될 때까지 함부로 나오시면 안 됩니다."

순간이동으로 나올 수 있다는 말을 굳이 할 필요는 없을 터였다.

주제어실 안은 아주 복잡했고, 현재는 꽤 시끄럽기도 했다. 슥 둘러보니 3분의 2는 고장 수습에 매달려 있고, 나머지 3분의 1은 갑작스러운 침입자들 문제로 우왕좌왕하는 느낌이었다. 특수구조팀이라는 사실을 밝히고 누구와 이야기해야 하는지 찾는 데만도 몇 분이 걸렸고, 이어폰이 무용지물이 된 상태라 팀장과 연결해서 상호 정보를 주고받는 데 또 꽤 시간이 흘렀다. 세이는 명령을 재깍재깍 받을 수 있게 팀장을 데려오고 싶은 마음이 간절했지만, 팀장이 있는 곳이 넓지 않은 헬리콥터 안이라 이동했다 돌아오기가 어려웠다. 다행히 비행 능력자들은 헬리콥터에 앞서 곧 도착할 것 같았다.

"지금 교전 중이긴 한데, 주제어실 앞은 단단히 방어선을 치고 있다고 했습니다. 만일을 대비해서 이미 건물로 들어오는 문도 이중 차단했으니, 침입자들이 여기까지 올 순 없습니다. 원자로나 연료 저장소는 바깥에서 총질 좀 한다고 일 나진 않으니까, 지원군이 올 때까지 버티기만 하면 무사할 거예요."

즉, 우선은 세이와 지안이 할 일이 없다는 이야기였다. 세이는 무력감과 답답함과 안도감이 뒤섞인 기분으로 그렇게 생각했다가 다시 생각을 고쳐먹었다. 아니, 당장 할 일이 없는 건 세이 혼자였다. 지안은 도움이 될 것이다.

마침 지안이 뭔가가 보인 것처럼 미간을 모았다.

"여길 공격하는 모습은 안 보이는데……."

세이는 지안이 중얼거리는 말에 신경을 집중했다.

"총소리가 들리는 쪽이 좀 거리가 있던데, 거기 뭐가 있죠?"

총소리가 난 방향은 주제어실 반대편. 원자로를 중심에 놓고, 주제어실 반대편에는…… 원전 연료 저장 건물이 있었다.

대답을 들은 지안이 눈에 보이게 몸을 떨었다.

"사용후 핵연료 저장소."

여러 사람의 시선이 연료 저장 건물 안에 설치된 카메라 화면들로 쏠렸다. 각자 웅성거리던 소리가 확 줄어들고 서늘한 침묵이 내려앉았다. 사용후 핵연료 저장소 안에 뭔가가 있었다. 실루엣만 보여서 분명치는 않았지만, 그곳에 어울리지 않는 커다란 상자 같은 것이 있었다.

모두가 '설마'라고 생각하는 소리가 울려 퍼지는 것 같았다.

누군가가 질린 표정으로 중얼거렸다.

"미친, 이러다간 저 사람들도 다 같이 죽는 건데 어쩌자고."

"저 사람들이 무슨 생각인지는 중요하지 않아요. 당장 위험을 막는 게 중요하지."

"저희가 들어가서 눈으로 확인할 테니까, 어떻게 하면 되는지

지시해주세요."

세이와 지안이 앞서거니 뒤서거니 말했다.

잠시 웅성웅성 소란이 일고 그래도 어떻게 젊은 여자 둘만 보내냐거나, 특수구조팀인데 뭐가 문제냐거나, 그 이전에 양쪽 다 폐쇄된 상태고 연료 저장소 건물 앞에서 총격이 벌어지고 있는데 어떻게 들어갈 거냐 같은 말들이 오가다가 세이가 순간이동 능력자라는 말에 정리가 되었다.

"방사선 차폐를 위한 두꺼운 콘크리트라, 무선통신은 용이하지 않습니다. 화재방호용 비상통신시스템을 이용하시죠."

정신없이 이동 준비를 하는데 누군가가 무전기를 내밀었다. 또 누군가가 혹시 모를 일이니 방호복을 입어야 하지 않냐고 말했지만, 지안이 심상치 않은 얼굴로 어서 가야 한다고 재촉하면서 무산되었다.

셋, 둘, 하나.

연료봉이 들어찬 거대한 수조 옆에 내려앉으려니 다리가 떨렸다. 물론 삐끗해서 그 물에 빠진다고 해도 수조 위쪽은 안전하다고 배웠지만, 아래에 빼곡하게 들어찬 연료봉을 보면서 헤엄을 치고 싶은 생각은 없었다.

심호흡을 하고 화면에서 보았던 이물질을 찾아본 둘은, 그대로 얼어붙고 말았다.

"진짜야……?"

정말로 폭탄이라니, 들어오는 것만으로도 지옥 입구에 발을 디딘 듯한 이런 곳에, 폭탄을 터뜨릴 생각을 하다니. 특수구조팀에 들어와서 이런 상황을 생각해본 적은 없었다. 화재, 지진, 건물 붕괴, 전력 차단, 침몰, 하지만 폭탄은 없다. 총과 폭탄에 관련된 일은 구조대의 일이 아니라고 무의식 한편에 새겨두었던 걸까. 폭탄은 생각해보지 않았고, 폭탄이 핵연료 저장고에서 터져서 균열을 내는 사태는 더더욱 생각지 못했다. 다른 나라에서 원자력 발전소 사고가 났을 때도 마지막까지 냉각을 계속하며 어떻게든 공기 노출을 막았던 연료 저장소였다. 펌프만 고장 나도 폐연료가 일으키는 핵분열 때문에 연쇄 고장이 일어나기 십상인데, 그 안에서 폭발이 난다면. 발전소에 대해 잘 모르는 세이라도 어마어마한 재난이 닥칠 것은 알 수 있었다.

영화에서 본 것 같은 전자 시계판이 깜박거렸다.

세이는 시선을 올려 지안을 마주보았다. 이제까지 늘 여유로웠던 지안이 표정을 잃고 얼어 있었다. 아마 마주한 내 얼굴도 똑같겠지.

"팀장님, 여기 폭탄이 있어요. 팀장님?"

저도 모르게 말했다가, 아차 하고 입술을 물었다. 이 안은 일반 무선통신이 단절된다. 팀장과 연락하려면 받아 온 비상통신으로 릴레이 중계를 해야 했다. 지금 그럴 시간이 있을까.

숫자판을 다시 보았다. 50분. 아니, 5분이었다. 50분이라면 얼마나 좋을까. 그렇다면 이 폭탄을 가지고 폭탄제거반이 있는 곳으로 점프하면 될 텐데. 5분. 어딘가 안전한 곳으로 가야 한다. 폭탄이 터져도 괜찮은 곳으로. 어디든, 여기만은 벗어나야 한다. 어디로 가지?

"어디든 지상은 안 돼. 공중, 아니면 바다?"

답은 필요 없었다. 공중이라 해도 바다 위의 허공이 가장 안전할 테고, 바다가 코앞이기도 했다. 그 바다를 내다보고 좌표를 정할 수 있는 처지가 아닌 건 유감이지만, 지금은 눈 딱 감고 해보는 수밖에 없었다. 세이는 잠시 눈을 감고 바깥에 있을 바다를 그렸다. 최대한 영상의 보조를 받고는 있었지만 어디에 갈 때든 풍경을 기억해두는 습관도 있었다. 발전소 외곽에 막 도착했을 때, 바다가 보였던가? 어느 정도 떨어져 있었지?

세이는 떨리는 손으로 받아 왔던 비상통신용 무전기를 들었다.

"폭탄을 가지고 순간이동 하겠습니다. 발전소에서 바다까지 얼마나 떨어져 있죠? 해안선과 떨어진 지점으로요."

째깍, 째깍. 겨우 그 말을 하고 답을 받는 사이에 1분이 더 지나갔다.

둘이 양쪽에서 폭탄을 잡는데, 머리가 텅 빈 것 같았다. 세이는 상상력을 쥐어짜서 그 빈 바탕에 바다를 그리고, 다른 건 아무것도 없는 바닷물과 그 위에 텅 빈 허공을 생각했다. 상상력을 쥐어짠다는 게 마치 뇌를 정말로 쥐어짜는 기분이었다. 상상에 도움을 줄 화면도 영상도 없이, 기댈 것은 오직 지안의 길잡이뿐이었다.

"여긴?"

"안 돼. 거긴 너무 해안과 가까워."

"가까워? 그럼 이 정도 동쪽으로?"

"조금만 더."

"여기쯤?"

"어 거기쯤 좋은데 아니, 배. 거긴 배가 있어. 배가 남쪽으로 이동 중이야."

"이 정도 피하면 돼?"

"지금은 너무 낮아. 바닷속은 안 돼. 물속 이동은 검증 못 해봤잖아. 좀 높여."

"이렇게?"

"너무 높아."

"허공이니까 상관없지 않아? 어차피 폭탄 손에서 놓고 바로 이동할 텐데."

"하긴 그런가. 그럼 지금 거기. 거기 꼭 잡아."

세이는 그 순간을 놓치지 않고 매달리려 했다. 폭탄 위로 지안의 손끝이 닿았지만, 이번에는 그것만으로 발동이 걸리지 않았다. 시간을 다시 보니 대화로 좌표를 조정하는 사이에 또 1분이 넘게 흘러가 있었다. 손끝이 떨렸다. 세이는 매달리는 기분으로 중얼거렸다.

"나 놓치지 말고 잡아. 절대 놓치면 안 돼."

지안의 손에 힘이 들어가는 게 느껴졌다. 세이는 조그맣게 수를 헤아렸다.

"셋, 둘, 하나."

바깥바람이 피부에 느껴지고 중력의 법칙에 따라 몸이 아래로 훅 떨어졌다. 폭탄을 잡고 있던 손에서 힘을 풀고, 물 위로 떨어지는 소리가 들리기 전에 바로 이동했다. 다시 계산할 필요 없이 이동할 수 있는 단 한 곳으로.

쿠당탕 소리를 내며 바닥에 부딪친 몸에서 산소가 훅 빠져나갔다. 순간 눈앞이 하얗게 빛나는 것이, 역시 죽었나 싶을 정도였다.

하지만 몸 아래 바닥이 있었다. 휑한 벽이 보였다. 방 안이었다.

언제 어디서라도 이동할 수 있게 비워둔 좌표, 언제나 떠올릴 수 있는 곳, 세이가 혹시나 패닉에 빠지거나 술에 취하거나 했을 때 언제든 이동할 수 있게 비워놓는 방이었다. 없는 돈에 부득부득 방 두 개짜리 집을 구하고, 짐이 넘쳐흘러도 두 번째 방은 꼭 비워두었다. 겁 많은 세이가 위험한 일을 하러 나가기 위해 꼭 유지하는 정신적 보루였다.

"아 씨…… 이러다가 어디 하나 부러지겠어. 착지 좀 어떻게 하자 우리."

옆에서 날아온 투덜거림에 안도감이 물밀듯이 밀려왔다.

살았다. '폭탄이 무사히 바다에서 터졌을까', '피해자는 없을까', '그 후에 발전소는 어떻게 되었을까', '고장 수습은' 등등의 생각이 밀려들기 전에 살았다는 생각이 먼저 들었다. 살았다는 기쁨이 이렇게 클 줄은 몰랐다. 아직도 등이 아팠지만, 세이는 숨을 들이쉬고 내쉬면서 잠시 누워서 삶을 만끽했다.

"너 막판에는 슬럼프고 뭐고 아무 생각도 없었지?"

그러고 보니 그랬다. 눈을 껌벅이는데 지안이 큭큭큭 웃었다.

그러고 보면, 세이 입장에서는 무한한 시간이 흐른 것 같았어도 그래봐야 몇 분밖에 지나지 않았다. 아직 발전소 직원들은 제어실에서 고장 수습에 달라붙어 있을 테고, 소방대가 가세했을 것이며, 특수구조팀 선발대는 이제야 도착해서 침입자를 잡거나 고장 수리를 도울 것이다. 아직 위기는 끝나지 않았고, 그들이 할 수 있는 일도 더 있을지 몰랐다. 팀장에게 연락해야 했다.

하지만 당장은, 몇 분만이라도 누워 있고 싶었다. 같은 생각인지 한동안 말이 없던 지안이 잠시 후에 말했다.

"그래서, 이번엔 만족해?"

세이는 잠시 무슨 소리인가 해석하느라 시간을 들이다가 겨우 이해했다.

"아니. 겪어보니까 이런 엄청난 일은 또 없었으면 좋겠다."

뭔가 지안과 길게 하고 싶은 말이 있었던 것 같은데, 예전에 군에서 정확히 무슨 일을 한 거냐거나, 왜 나와 같이 일하기로 했냐거나, 사실은 진작 물어봤어야 할 많은 것들을 이야기해야 할 텐데, 어쩐지 지금은 말하지 않아도 될 것 같았다.

지안이 말했다.

"잘했어, 김세이."

세이가 대답했다.

"우리가 잘한 거지."

이제 다시 일을 하러 갈 시간이었다.

---

* 「저격수와 감적수의 관계」는 중단편집 『이웃집 슈퍼히어로』(2015, 황금가지)에 수록된 「선과 선」과 같은 세계관에서 몇 년 후에 일어난 일이다.

웨이큰

구병모

2008년 『위저드 베이커리』로 데뷔한 뒤 장편소설 『아가미』, 『파과』,
『한 스푼의 시간』, 『네 이웃의 식탁』, 소설집 『그것이 나만은 아니기를』,
『빨간구두당』 등을 펴냈다.
주로 보잘것없는 것들에 시선이 가기 때문에 자신의 능력을 믿지
못하거나, 능력이 있어도 활용하지 못하거나, 쭈뼛거리거나 실제로
능력이 별 볼일 없는 등 안티 히어로의 특성을 띤 이들을 사랑한다.

＊ 본문의 부정확한 문법과 어색한 어휘 사용 및 배치는 의도한 것입니다.

이리 앉으시오,라 권하기도 자리 마땅찮아 어떻게, 그냥 서서 들으시겠습니까. 오래 걸릴 텐걸요. 거기 접의자 좀 이리 당기자. 원래 이거 6인실이라고 긴 얘기 못 하는데, 착하신 사람들 다 이해해주고 두 명은 퇴원해서 한산하고. 지금까지 방송기자들 이래저래 다녀갔소. 이 사람 얼굴 찍어 갔다. 무슨 다큐멘터리 피디도 조만간 온대요. 특집 방송 내준답니다. 그럼 댁네가 중복인가요? 성격 좀 다른 거? 방송 타는 거 관심 없네. 하지만 사람들 많이 이 사실 알면, 액땜하려는…… 아니 저기 이미지를, 세탁하려는…… 아, 제고하려는. 이거다. 대기업 같은 데서 후원 들어온다고요. 그거 비록 잠깐이라도. 사실 이이 좋아서 한 일인데 관심받기도 면목 없지. 아는데 그래도 나 돈 필요합니다. 우리 아기 아직 어리다. 어 지금 시어머니한테 맡겨 있어요.

듣기 괜찮으시나요. 불편하지 않은가요. 한국 온 지 1년 됐고 말 충분하지 않아요. 남편하고 필리핀에서 살 땐 쭉 영어로 했어서요. 학당 따로 안 다녀, 그냥 독학이었어요. 한국어로 예쁜 말 좋은 말 남편이 많이 배워줘서 아는 건 좀 알아요. 표현이 다 돼요. 그러나 문법 힘들고 특히 접속사 조사, 활용이랬나 어미? 같은 거 어려워요. 그래도 명사 형용사 두루 아니까 뜻은 통할 거요. '댁네' 같은 말도 알잖아요. 액땜, 아까 이건 쓰임새가 틀렸다 해야 하나, 포크 놓을 자리에 스푼 올린 격이지 실상 무슨 뜻인지는 알아요. 또 전문용어 같은 거 보면 발음 재밌고 글자 신기하니까, 눈에 쏙 들어와 알죠. 정식 제대로 안 배워 그런가 평범한 말 끄집어내는 게, 일상 말이 오히려 어렵기도. 영어 할까요? 당신이 원하시면 영어로 해드려. 그런데 그전 보니까, 통역을 잘들 안 모시고 와요. 비용 따로 든다고. 물론 제가 영어 말해도, 다들 공부 잘하시니 얼추 아는 들으시는데, 듣던 기자님, 웬만하면 한국어로 말해달래요. 나 그거 왜 그런지 알아. 말 서툴면 내가 더 조금 더 안타깝게 보이라고, 더구나 백인도 아니고 하니 사람들한테 되도록 안쓰러워 보이라고 그런 거 같아. 그저 추측인데 그 추측도 지나고 나서야 그런가 했지, 그때는 경황 없어 하라는 대로 했어요.

자료화면이라고 설명 따로 나가지 싶은데요. 그래도 일에 순서란 거 있으니 그냥 쭉 처음부터 얘기할게요. 저는 몇 번째 하는 이야기지만 여러분네 팀은 오늘 나 처음 보니까. 이 사람 평소 하는 일 프로그래머요. 자주 유료게임 만들고 다운로드 횟수나 아이템 구매에 따라 인센티브 받아 살아. 그러나 그거보다 진짜 잘하는 일은 데이터 움직이는 건데, 움직인다 말하니 이상합니까. 어디 가입하거나 소속된 거 아니라 취미로 이런저런 것 하는 사람들 많이 있습니다. 데이터 리스토러, 데이터 마이너, 데이터 레커, 데이터 컨스트럭터…… 이것들 두루 마음대로 하는 사람들 가리켜 데이터 플레이어라고 불렀는데 이 사람 그런 거였어요. 이름 거창하지만 소속이 있기를 해, 정체성이 분명하기를 해, 누가 인증서 내주는 단체도 아니라 나라에서 무슨 조직 사이트 해킹하라 시키면 그거 하고, 금융 쪽에서 뭐 보안 패치 하라 하면 그것도 만들고, 크게 막 대놓고 잡혀갈 일 안 했소. 이거 오프 더 레코드인가. 봐서 편집하면 그만요. 일 이렇게 된 마당에 이이가 하는 일들 감춰 뭐 할 거야. 나랑 외국 있을 때도 이미 그런 일 발 오래 담갔던 사람이에요. 따지려 보면 이 문제가 된 공간, 익스피리언스 파크도 그런 사람들 모여 만들었지. 그런 사람들이 조금 삐끗 맘 잘 안 먹으면 악성 해커 되기가 예사.

당신은 익스피리언스 파크 가보셨나요. 아 취재로만요. 취재라도 직접 들어가서 타보고 하셨죠, 비록 즐김은 못 하지만. 얼마나 넓은지 미술관에 동물원에 놀이동산이랑 다 붙었어서 그 내부 도는 데만도 차 없이는 못 다닌다고. 그래요 거기 홀로그램 지도 가져오셨군요. 그런데 사람들 흔히 잘못 알아요. 이름이 익스피리언스 파크라고 대표로 불리는데 실은 이 W구역만 진짜 익스피리언스 파크고, 나머진 동물원이 라비린스주, 미술관이 클래식아트뮤지엄 하는 식으로 다 따로 이름 붙었어요. 다른 테마파크와 차별

성 많다는 데가 이 W구역이다 보니까, 얘가 일종의 상징이 돼버린 셈이죠.

한번 들여다보아요, 장소 상으로 W구역이 전체 테마파크에서 차지하는 비중이 얼마나 작은가. 아무리 작아도 내부 수용 인원은 최대 120명. 봄가을이면 거의 전국 학교에서 예약 꽉 채워, 성수기라고 하죠, 그맘때는 일반 가족 단위 손님은 주말 공휴일만 입장 가능할 정도입니다. 전교생 400명이 현장 체험학습 온다 치면, 파트 나눠 일부 여기서 시간 지내고 나머지가 다른 놀이기구 다 타고 한 바퀴 돌면 그다음 교대하는 형식이다. 아니면 전교생 수가 적은 학교는 처음부터 이거 하나만 옵니다. 아무래도 일정이나 시간관계상 이거만 하는 수가 더 많아요. 엄청나게 생생하고 무지막지 오래 걸리니까. 어떤 프로그램을 가동하느냐에 따라 총 체험 시간 조금씩들 다르지만, 학생들 이곳에서 수영이나 말타기 해보고, 치즈농장 요리 체험 같은 사소한 학습 말고도, 독일이니 이탈리아 같은 데까지 다녀올 수 있으니까 그렇습니다. 기술 얼마나 발전했는지, 얼마나 진짜와 닮았는지…… 아니 실질 그대로인지. 이제 번거로이 비행기 안 올라도 로마의 휴일 나오는 분수대에 손 대고 만져볼 수도 있고, 콜로세움 가까이서 보고 그 앞에서 사진 찍고들 하는 거여요.

귀족들 우아하게, 몇억대 부자나 사회지도층 같은 이들, 배운 거 많은 이들은 그래요, 암만 미디어 매개성이 좋아봤자 그게 그림이지 가짜지. 근데 평생 가도 외국 한 번 못 나가 보는 사람들 많단 말이에요. 그 어떤 풍경이나 사건을 한 번도 제 손아귀에 장악해볼 기회가 없는 이들은, 가상현실을 통해서 상대적으로 저렴한 비용에 나이아가라도 보고 에펠탑도 만지고 하는 거죠. 촉감 100프로 구현이 가능하냐고 묻는다면 글쎄요, 솔직히 플라톤이 동굴 이데아 주장한 이후로 진짜라는 게 어디 있는가 말입니다. 그 어떤 진짜를 표방하는 것들도 어느 정도껏 결핍을 전제로 하거나, 진짜를 담보로 가짜를 드러내기 아닙니까.

아무튼 그래서 그날 예약 단체는 초등학교 4학년 아이들이었습니다. 인솔 교사 다섯 명이 아이들 120명 함께 왔어요. 이이는 평소처럼 어디 외주하느라고 남의 회사 미팅 가 있는 생활, 돈 크게 못 벌고 재미 좇으며 자유롭게 하는 일이란다 하는 걸로 저는 알았는데, 오히려 감옥살이 모양 얽매였거나 남의집살이처럼 가시방석이나 둘 중 하나랍니다, 사람 굴려놓고 비용 정산은 늦되기 일쑤인. 아무려나 그날 저는 집에서 시어머니와 방송 보고 사실 알았어요. 아이들 탑승한 체험기계가 사고 났다고. 듣는 저는 그런가 보다, 저걸 어째, 큰일이네 안타깝네 정도였죠. 품에 당장 내 아이가 열 많아 울고 있었는걸. 시어머니는 옆에서 혀를 차며 말해요. 그러게 꼬맹이들 뭘 보고 안다고 뉴욕으로 사이버 소풍은 가길 왜 가나 누구 작품이나 하고. 명색이 '현장' 체험학습인데 현장의 의미는 쏙 빠지고 보여봤자 우아 감탄어만 내놓다 끝날 것을, 현장 아닌 데서 현장인 척하려다 이게 웬일이냐고 말이에요.

높은 분으로 추정되는 어딘가에서 이이한테 연락 온 건 그로부터 사흘 뒤였어요. 현실에서는 사흘 뒤였으나 그 프로그램 안에서 아이들한테 몇 시간이 흘렀는지는 저는 안 써봐 모르고. 이 사람만 아니라 조금이라도 같이 일했던 사람들이며 그 당시 테마파크 설계했을 때 관계자들, 하여튼 죄다 극비리로 전화 돌렸대요. 부름 받은 거의 즉시 나갔어요. 고민 하루도 안 했어요. 아니 실은 내가 거의 등 떠민 거와 다름없다. 여보 저 데이터 세계 안에 갇힌 게, 우리 라리가 저기 있다고 생각해봐. 그랬더니 아무 소리 않고 이튿날 새벽에 문자 하나 달랑 남겨놓고 갔지 뭐겠어요.

취재 나간 적 있으면 아시오. 이 체험기계란 어떤 건지. 바깥에서 보기엔 그저 MRI처럼 생긴 뭐랄까, 부화 장치 같은 거로 보여요. 양계장, 과는 좀 다른 느낌. 그 안에 들어가서 캐노피 닫고 4D 비전 뭐라고 하는 헤드마운트 디스플레이, 머리 위쪽부터 이렇게 씌워서 눈 가려요. 손에는 또 뭐 주렁주렁 달린 장갑 껴요. 교사들 함께 탑승할 수 없어요. 애들은 시스템 안에 존재하는 별도의 AI 인솔자를 따라가고, 애들한테 무슨 일 생기는지 교사 눈은 바깥에서 두루 살펴야 하니까. 그럴 일 없지만 혹시 캐노피가 헐거워져 열리진 않나, 기계가 고장 나거나 멈추고 말아버리진 않나, 설마라도 호흡 곤란에 놓인 아이는 없나 지켜봐야죠. 폐소공포가 갑자기 나오는 수도 있고, 아까 치즈농장 어떻다고 했는데 그런 사소한 거 말고 현실에서 못 가보는 것들요, 바다생물 탐험이나 우주 정거장이나 이런 데로 가면 그…… 비약이라고 하나, 이미지랑 소리가 공격적으로 자기 온몸에 확 파고드는 건데, 적응 못하고 경기 일으키는 애들도 간혹 있다 하네. 그런 생체 데이터의 변화가 외부 디스플레이로 전체 모니터링을 가능합니다. 물론 교사가 지켜본대서 무슨 일 생긴 때 그거 직접 해결할 못해요. 근데도 빠른 신고 접수해서 문제 처리하라 종용, 독촉하는 어른은 꼭 붙어 있어야 하니까. 만약 발생한다면 대부분 프로그램이나 기계상 문제인데, 전문가 아니고 어떻게 알아요. 그러나 기계관리실 옆에 바로 있고 지켜보는 직원 있지만 그들 다 임시직이고 그나마 어떨 때는 직원조차 아니라 자원봉사 나왔거나 어린 알바생이 었습니다.

일단 시스템이 돌아가면 프로그램은 올바른 순서에 따라 마치기 전에는 캐노피가 안에서 열리지 안 합니다. 바깥에서 강제 개방이야 되는데 크게 문제 발생합니다. 이용자가 현재 보유한 데이터 있어요, 우리 인간요, 생체, 기억, 의식, 그리 죄다 섞인, 섞이고 나면 뭐가 결과물로 나올지 모르는, 그 뭐랬지 복불복, 데이터의 총합이면서, 총합이 구성하고 배열해낸 수억 수조 경우의 수 가운데 한 가지의 모습에 불과하다. 그런 임의 데이터를, 이용객이 자기 걸 시스템에 전송 등록한다고. 그러면 시스템이 그 데이터를 가지고⋯⋯ 요리합니다. 변환, 조합, 확산, 증폭, 분리, 그로써 이용객이 프로그램을 최대한 실제같이 즐기게 하는. 저도 뭐 설명 어렵고 분명히 아는 게 아니나 이를테면 한 명 한 명 인간 데이터를 아예 이거 체험장의 용도로 재배열하고 마는 거요. 나쁜 말로 하면 데이터로 규정된 자기 존재를⋯⋯ 그냥 헝클어놓는다. 그러면 이용객은 머리에 이 HMD 쓰고 손 장착 다 하고 프로그램 가동되기 시작하면 '디 엔드' 뜰 때까지 잠들어버립니다. 이게 우리가 흔히 알던 꿈꾸는 잠 말고, 의식을 탁 놓아버리는 거나 같아요. 상승도 하강도 느낄 수 못하는, 희부연 안개 닮은 막이나 층도 없이 죽음에 맞닿도록 밀도가 높은 잠, 깨어나면 그 시간이 도려내진 거나 같은. 체험이 끝나면 광속으로 역연산 과정을 거쳐 원래의 자기 데이터로 돌아옵니다. 제 몸이 세상 모든 것이. 원래 그대로이며 남겨 있는 건 의식을 내버려, 놓아두었던 때 했던 경험만. 그러니 얼마나 가성비가 좋겠는가.

　가성비 좋음에는 어쩌면 그만한 대가가 따라가는지 모릅니다. 조금 전 제가 실제같이라 말했는데 같이 정도가 아니라. 실제 그 자체입니다. 데이터 세계에서 발신한 부작용이라도 그게 현실 나한테 미칩니다. 데이터 세계에서 등에 칼 맞는다고 체험기계 안에 들은 내한테서 피가 확 쏟는다는 그런 뜻 아니라요. 등에 칼을 맞으면 내 몸이 피를 쏟을 때와 유사한 생체 반응을 보인다고 하면 알아들으시나요. 더구나 데이터 세계가 절차에 따라 종료 맞아야 하는데, 도중에 뚜껑 열고 이용객을 확 잡아 꺼내 채면 안 돼요. 역연산이 덜 된 상태에서 해당 사람의 데이터가 엉켜버리오. 자신의 데이터가 왜곡되거나 비틀려 단층이 생기면, 의식 못 찾거나 그전 기억 없어지거나 인격 달라지거나 여러 부작용 받습니다. 물론 그전부터 쭉 이런 일 생기지 않을뿐더러, 데이터 세계에서 프로그래밍된 이벤트가 아니고야 다른 돌발 사태가 일어날 것 도무지 없으니까요. 그런 가능성 때문에도 사람들 처음에 시위하고, 물론 시위 주된 까닭은 나라는 인간의 데이터 갖다가 어떻게 저놈들이 뭐 할지 아느냐. 개발 측에서는 그럴 일 없다 데이터 다 돌려준다. 시위 쪽에서는 데이터 복사라는 것도 있지 않느냐. 하는 식으로 데이터와 인간 윤리 개인정보 보호 이런 문제 많이 대두되었잖아요. 사실상 사람들이 많이들 즐기고 문제 상황도 그동안 안 나오다 보니 안전 쪽에는 상대적으로 신경이 덜 써진 겁니다. 정전이라도 되면 비상전력으로 역연산을 빠르게 마무리 해서 기계를 정상 개방하면 그만이고, 화재 발생이라도 탈출 전 긴급 역연산을 마치고 차례 지켜서 나갈 수 있도록 시스템이 갖춰져서, 왜 우리도 건물 비상 났다고 비좁은 문에 사람들 마구잡이로 달려 모이면 더 못 나가고 함께 망합니다. 그와 마찬가지입니다. 그러나 화재가 나지도 않았고 최신식 기지 같은 건물인데. 그야말로 갑자기 공중에서부터 테러 폭격을 당하지 않는 이상 그런 사태는. 글쎄요.

처음 사고 소식 났을 때 나는 시어머니 옆에서, 어쩌면 저 철통 같은 곳에 그런 일이 나지 의심스러워해 있었습니다. 이 세상 어느 시스템이나 간에 거기 신이 깃들지 않은 한 완벽하지 않다는 사실을 잊었나 봐요. 게다가 저 여러 차례 말 들어왔는데, 내 남편 나라긴 하지만, 어느 분야에나 뽑히지 않는 고름의 뿌리가 단단히 매달려 있어, 그 불완전함을 더욱 두드러지게 만들며 극대화한다고 말입니다. 그리고 사람이란 아무런 정치적 요구 없이도 무얼 특출 목적으로 삼지 않아도, 그저 재미로도 남의 목숨과 갖고 놀 수 있는 생물체라는 것도요. 재미로 남 때리고 재미로 남 돈 뺏고 재미로. 웹 세상에서는 오래전부터 그런 정체불명 이들 가리켜 어나니머스(Anonymous)라고 부르지 않았습니까. 정의와 범주가 조금 다를 순 있는데 어쨌거나 남들 불행해지는 거 보고 즐겁다는 이들. 자기들의 흥미를 위해서라면 남의 데이터 같은 건 약탈과 편취와…… 무엇보다도 공개가 아무렇지도 않은 자들이요. 하지만 그들은 사람의 생명으로 갖고 놀지는 않는 줄로 기존에 전 알고 있었어요. 아무런 구호나 지휘 체계도 갖지 않은 자들이라도, 최소한의 신념을 가진 줄로만요. 해커들 사이에 혹 그런 속성상의 불문율은 있기라도 할까요. 정부나 군대나 누가 시켜서 지시받고 만드는 바이러스 따위, 올바른 해커로서 자세가 못 된다거나 그러지 아닌가요. 해커란 모름지기 누구 부탁이 아니라, 이익 관계 걸려서도 아니라, 그저 본인이 신나서 디도스 공격이니 랜섬웨어도 뿌리고 치료제도 만들고 병 주고 약 주고 해야 좀 속박도 안 받고 폼도 나 보이나요. 그렇다면 그 점에서 내 남편은 실격이라고 느낍니다. 그럼 봅니다, 어린 애기들이 가상세계로 소풍 들어갔는데, 그런 세계에다가 그 어떤 이벤트 설정에도 없는 테러 집단을 프로그래밍하여 투척하는 놈들은, 따로이 뭐라고 부르면 좋습니까?

그렇게 부름 받아 모인 이들이, 통곡하는 부모님들 옆을 지나쳐 중앙제어센터로 들어가 모였다지요. 데이터 조작하기로는 둘째 가라면 서운하달 이들로만 일곱 명이나 이르렀다고 해요. 이들이 차례로 가상 체험세계의 프로그램 주요 스크립트를 바꾸는 시도를 했어요. 현실에서는 아이들이 기계 안에 들어간 채로 사흘이나 지났는데, 데이터 세계에선 두 시간 정도 경과된 모습이었다 하지. 그러나 애들은 이미 누군가는 아주 기절했고 누군가는 울다 지쳐 딸꾹질만 하거나 잠들고 만 상태였다고. 아이러니한 일 않습니까. 아이들 기계 안에 잠들어 있는데 데이터 속에서도 이

중으로 잠들었다는 게. 그렇게 아예 감각 정보를 닫아건 아이들이 나중에 회복도 좀 더 순조로웠다곤 합니다만요.

건물 안에서 인질이 되자마자, 시스템에 존재했던 AI 가이드는 테러범들에게 반격을 시도하다 사살당했다며 합니다. 그의 시신은 데이터가 완전히 파괴되면서 그 자리에서 흔적도 없이 증발했대요. 그러니 아이들 얼마나 혼란과 충격에 빠졌겠느냐. 분명 현실은 아닌데 빠져나갈 수도 없지, 누가 확 뚜껑 제끼고 꺼내주는 것도 아니지, 여기서 내보내달라고 아우성을 치지만 그 외침이 몸 밖으로 나오기도 안 하고, 울던 애 하나가 고작 데이터로 구현되었을 뿐인 테러범 중 하나에게 뺨 맞고 나가떨어졌지, 친구 얼굴에 든 파랑 멍을 보니 거짓말 상황이라도 심각하다는 걸 애들이 알아버렸지…… 바깥에서 교사와 직원들 어른은 어른대로 발만 동동 구를 수밖에요, 데이터 세계에서 너무 큰 상해를 입어서 현실과 데이터가 거의 구별되지 않아지면, 현실로 돌아오고 나서도 인간이 본래 자기 데이터가 손상된 상태로 살아야 할지 모른다고…… 데이터 속에서 죽기라도 하면 현실에서마저 죽을 가능성 완전히 배제 못 한다고. 아니 그전까지 그런 부작용이 생길 일이 없었다니까요. 그래서 그 어떤 주사위의 수도 확신하지 못했던 거라니까요. 어쨌든 분명한 거라곤 섣불리 손댔다가 영영들 안 깨어나면 어떡하지 하는 마음이 다 같이 있었다는 터예요.

그 핵심 상황만은 차단 진행되어 방송 관계자 아무도 볼 수 못했지만, 난 한참 뒤에 데이터 플레이어의 가족 자격으로 남은 화면을 자세히 반복 보고 브리핑도 받고 그랬답니다. 데이터 플레이어들은 아이들 상태를 모니터링한 뒤, 어디서 누가 쑤셔 넣었는지 모를 나쁜 데이터를 재구성하거나 파괴하려고 했어요. 네, 발생한 걸 바꿔보려 했어요. 그러나 안 됐어요. 침입자들이 구축한 장벽이 워낙 빈틈이 없었다고. 사물이나 배경 일부 같은 세부 조건 변형은 되는데, 사태가 아주 없던 일만큼 처음으로 돌아가지는 않았다고. 무질서와 혼돈이 이미 디폴트값이 되고 만 양, 세끼 밥 먹고 그거만 해대는 전문가 일곱 명이 매달려서도 파괴되지 않는 강력한 오류였다고. 그러면 이제 어쩌면 좋은가, 그대로 셧다운하고 뚜껑 열어 애들을 끌어내는 게 최선인가. 아이들이 건물 안에 인질로 잡혀 있는 이 사태가, 만약 다른 공간이었다면 어떻게 됐을 텐가? 뉴스에서 가상현실 전문가분들이 나와 논평했어요. 도시 탐방이 아닌 심해 탐험이었다면? 우주선 탑승이었다면? 그런 장소에서 뭔가 데이터 오류가 났을 땐 이미 아이들은 가상공간에서 질식사했을 거라며. 기계에 누운 아이들에게는 최소한의 바이털 사인만 남고 크게 잘못됐을 거라고. 이제 우리는 하드웨어적 사고 일변도로 투우사를 향해 돌진하는 소처럼 미디어에 머리를 들이받을 게 아니라, 이런 최악의 경우부터 성찰하고 고민해야 한다고.

아무래도 소식 없으니 부모들 중 누군가가 닿지 않는 중앙제어 센터 창에 돌을 던지기 시작했네요. 곧 너도나도 따라 던지기 시작. 부모님들을 지탱해주러 온 학생들, 그 초등학교 졸업생들이라 하는데, 이 아이들은 울면서 구호를 외쳤어요. 진상 규명, 책임자 처벌. 뜨락에 잔돌이 한 장도 안 남았을 만치 현관에 창문에 쏘아

댔지만 괜히 중앙제어가 아닌 모양, 쉽게 안 꺼져요. 이러시면 안 된다고 말리던 알바 아이들 넘어지고 구르고, 경찰들도 우는 부모님들 뜯어내고. 그 와중에 테마파크 측에서는 문제가 생긴 W관을 제외한 나머지를 이틀간 내내 영업 돌린 거여서 더욱 난리가 났죠. 그러고 싶을까요? 그런 돈이 벌리면 좋을까요. 주말이라고 성수기라고, 영문 모르고 찾아온 손님들 문 앞에서 돌려보낼 수 없으니 개방했다, 이게 말인가요.

상황이 이쯤 되면 모든 것을 처음으로 되돌리기 위해 선택할 수 있는 방법이, 데이터 플레이어가 직접 그 세계 안으로 들어가는 거요. 가서 불량 데이터, 끼어든 데이터를 물리적으로 해결하고 파괴해서 복원 시점을 설정한단 말입니다. 만약 그 일에 성공한다면 역연산이 별도로 필요 없고요. 화재가 났으면 불을 끄고, 홍수가 났으면 물을 막고, 다쳤으면 치료하고…… 그 논리대로 따른다면 이 경우에는 테러를 진압해야 아이들을 데리고 나올 수 있는 거였어요. 동유럽의 데이터 플레이어 가운데서도 최고 수준이다 불리는 이른바 데이터 마스터도 모의 상황이나 1년에 두 번쯤 치렀을까, 더구나 이런 상황 조건에서 실제로는 시도해본 적 없는 일이었지요. 데이터 마스터 중에는 군인이나 정부 요원 출신이 간혹 있지만 어디까지나 외국의 경우. 외국에도 이 일은 애당초 알려졌으므로 지원 인력 요청을 시도해볼 만한 부분이었는데, 바로 요구가 인정받더라도 최소 열두 시간 뒤에나 인력이 도착할 만했고, 부모님들은 대개 일반적인 생활인 분들이라 관련 설명을 들어도 과정을 이해하지 못하실 테며, 사실상 그 순간 그

분들께 중요한 건 아이들이 무사히 기계에서 해방되는 것이지 이해 여부는 아무래도 좋았습니다.

기다리느냐 혹은 당장 뭘 어떻게든 하느냐의 기로에 놓여, 그때 애들 바이털 체크하니 데이터 세계에서 체온과 호흡 상태 매우 나빠지고, 기계 안의 아이들도 그 반응을 따라갔어요. 그래서 더 지체 이거 안 된다, 플레이어 가운데 네 명이 자원하여 여분의 기계에 탑승하지. 나머지는 모니터링을 하다 양동작전이 성공하는 대로 데이터를 초기화하는 작업을 하기로 하고요. 엄청나게 타이밍 중요하고 손발 맞아야 가능한 일이래요. 밖에서 플레이어들이 제때 데이터 제공 변경을 못 맞춰주면 안에 무방비로 들어가 있는 플레이어들도 못쓰게 된다고요. 그리고 남편은 탑승 멤버에 속했습니다.

네 사람이 작전회의를 하는 동안 다른 플레이어들은 건물의 구조를 이동 편리에 맞게 바꾸는 작업을 했습니다. 나쁜 데이터를 보낸 자들이 이를 눈치챘는지 계속 방해 데이터가 들어오는 기미가 보였지만, 이쪽에는 테마파크 설계자의 기획 멤버가 있잖아. 둘이 계속 맞부딪치면 어느 쪽 부러지겠나요. 결국 최초의 원인 제공자 집단은 자기들 만든 데이터가 변형되는 것을 그대로 버려두고 그 공간을 떠난 모양이에요. 재미를 볼 만큼 봤으니 더 이상 기를 쓰고 맞서기가 시들해졌다는 뜻인지, 그럴 거면 그 왜……. 자기가 싼 쉿은 안 치우고 가고. 아무래도 외국발 데이터 조작이라 수사 협조가 빠르게 되지 않았더랬는데, 어쩌면 그때 좁혀간 수사망을 피하느라 냅다 도망이었는지도 모르지요. 그래도 이런 일을 벌인 게 반드시 한 사람이나 일개 팀이라는 보장도 없고, 도중에 누가 재접속하여 무슨 방해 공작이 실시간으로 일어날지 모르니, 작전 시작에서 종결까지 10분간 타임리미트를 걸어놓았습니다. 10분에 걸친 프로그램을 결말까지 모델링하여, 그 시간 안에는 외부 어떤 추가 데이터가 개입이나 공격이 못 오게 조치한 거였어요.

　나로선 역시 사태가 종결된 뒤 어느 정도 마음 평정을 돌이킨 상태로 열람해서 그런 걸 텐데, 외부 플레이어들이 설정 및 제공한 각종 무기와 도구를 나눠 들고 건물에 침입을 시도한 이이의 모습은 정말이지, 와이어 하나에 매달려서 창문 깨치고 뛰어드는데 어디서 저런 걸 배웠을까, 데이터 세계라서 구사 가능한 동작도 일부 있었을 테고, 건물 진입로와 문이니 방어벽이 이쪽의·동선에 맞게 조작된 결과겠지만, 그 위험한 지경 한복판에서도 거짓말처럼 아름다웠습니다. 남편이 거기 뛰어든 순간 외부세계와 가상세계의 구별은 사라지고, 지독한 현실감만이 나의 내장을 흔들었습니다. 탐색이 아닌 투신, 기피가 아닌 접근, 막연한 대상이자 현실 아닌 모든 것들에 파열음이 일어나는 순간이었어요. 이이가 건드리고 지나간 곳들마다 진실이 생성되었어요. 어떤 열망이나 간절함이 부풀어 오른 끝에 현실 착오에서 착오만 골라 집어삼키는 듯했소. 남편은 발이 바닥에 닿기도 전에 리더로 설정된 듯한 자의 목을 무릎으로 치며 죄었고, 다른 분들도 무기를 쏘아대면서 한 놈씩 맡아 굴렀습니다. 그들이 난사한 총탄이 천장에 가서 박히고 벽에 금을 그었는데, 그러는 동안에도 아이들만

은 털끝 하나 다치지 않게 하느라 이분들이 유해 데이터 제거에
만 주의를 온전히 집중할 수 없었어요. 그 과정에서 네 분 모두
팔다리에 총을 두세 발씩 맞았는데 그것이 얼마나 강인한 통증이
었을지, 그때마다 이분들이 움찔하며 몸을 뒤틀자 체험기 캐노피
가 들썩거릴 정도였다고, 나중에 알바 아이들이 말했어요.

　그런데 그 와중 남편만은 팔다리가 아니라 배에 맞았던 거요.
피가…… 그러고도 어떻게 아직 두 다리로 서 있는지, 이곳이 총
체적인 오류와 미정으로 가득한 데이터 공간이라서 그런지를 따
져볼 겨를 없이, 그게 정말 코끼리 아닌 사람 몸에서 나올 수 있
는 양인지 모르겠는 피바다가, 남편의 두 발 아래 펼쳐졌다오. 설
상가상으로 테러범 가운데 한 명이 자폭을 시도하면서 무너져 내
린 철근 구조물이 남편을 찍어 깔렸어요. 등 아래로는 빠져나올
수 없게 된 거요. 남편은 그 자리에 쓰러져 피를 뿜으면서도 원래
계획대로 아이들을 건물 밖으로 내보내라고 손짓했고, 나머지 플
레이어들은 혼절한 아이들을 안고 끼고 뛰는 것을 수차례 반복하
여 모두를 빼냈어요.

　동료 플레이어가 마지막 어린이를 안고 건물에서 빠지자마자
시간제한을 걸어놓은 딜리트 명령이 자동 실행되었어요. 누군가
가 이이를 찾으러 도로 들어간다든지 뒤를 돌아볼 틈도 안 하고,
그 자리에 건물이 무너짐과 동시에 한 조각 잔해도 없이 깨끗이
소거되었어요. 게임 속 퍼스트 플로어에서 하급 몹을 무찌른대
도 이처럼 아무런 흔적을 남기지 않기가 어려울 거야. 건물과 함
께, 그 안에 있던 모든 집기들과 함께, 그 밑에 깔려 있어야 할 남

편도 사라졌어요. 남편은 가공된 데이터가 아닌 현실에 존재하는 인간이었는데, 그 세계에서는 이진법으로 이루어진 동등한 데이터로만 취급되어 지워졌다고. 이게 무슨 의미인지 나는 정말이지 이해하고 싶지 않아.

그래, 당신도 아시다시피 아이들의 데이터는 모두 사흘 전으로 복원되어 체험기 안에서 나왔어요, 현실의 몸이 데이터 세계에 인질로 붙들려 있다가 탈출을 잘했어. 그러나 아이들 모두 오랫동안 기계 안에서 잠들어 있었기에 나오는 대로 바로 모두가 의식 없는 상태로 구급차에 데려졌어요. 그리고 플레이어들은 남은 한 대를 셧다운하고 이이를 거기서 끄집어냈어요. 이이는 그 세계에서 흔적도 없이, 부서지다 못해 사라졌는데, 이렇게 생체 반응만 남은 껍데기로 만들었습니다. 외부 모니터링을 했던 플레이어들 하는 말이, 그는 이미 데이터 세계에서 피를 너무 많이 흘린 까닭에, 현실에서도 혈압이 떨어지고 죽기 일보직전이었다고, 옳은 판단이었는지는 알 수 없으나 남편의 몸까지 완전히 죽이지 않기 위해선 그 당시로 최선의 선택이었다고 그럽니다. 더구나 아이들의 안전이 걸려 있는 문제로 데이터 세계에서 그 이상 시간을 지체할 수 없었다는군요. 이의의 여지가 없는 현명한 결정이었군요. 안 그랬더라면 딜리트 명령과 함께 그곳 전원 날아갈 일이었으니.

나는 물론 원망은 하지만 그들을 증오하지는 않습니다. 기차의 딜레마 잘 아시오. 통제 불가능한 기차가 달리는데 선로를 왼쪽으로 바꾸면 다섯 명이 치이고, 오른쪽으로 바꾸면 한 명이 치이는데 당신은 어디로 바꾸겠느냐. 그럼 누구라도 오른쪽으로 레버를 당기겠다죠. 내가 기관사였던들 그렇게 말곤 다른 방법이 없었을 테지. 만약 그것이 지금 여기 있는 우리에게 일어난 일 아니었다면, 그러니까 영웅들이 거미줄에 매달리거나 망토를 휘날리며 날아다니는 영화 속이었다면, 그들은 거의 틀림없이 양쪽 선로의 도합 여섯 명을 살려내겠지. 그래야 지켜보는 시민들의 열광적인 호응을 얻고 관객의 기분도…… 정신도? 아무튼 사고도 통합할 테죠. 그런데 이상한 점은, 왜 우리는 다섯 명인지 한 명인지 고르라고만 할 뿐, 애당초 다섯 명에게도 한 명에게도 그런 일이 생기지 않게는 못 합니까 말이에요.

이것은 현실에서 발생한 테러가 아니며, 남편은 어느 회사에게서도 소속된 사람이 아니기에, 산재를 신청할 수 없습니다. 이이를 불러들였던 높은 분들도, 셧다운을 한 다른 플레이어들에게 책임을 돌렸을 뿐 자신들은 기피했어. 정 필요하면 당시 참여했던 플레이어들을 상대로 고소하든지 하라며 내 말을 들어주지는 안 해요. 이이와 같은 생각을 갖고 일을 함께했던 분들께 내가 차마 그럴 수 못한다는 걸 알고 배 내라…… 그, 배 째라는 거겠네요. 그러면 이제 나는 누구에게 호소하는가. 이렇게 여러 번…… 구차한데도 사람들한테 알리고 나설 수밖에 없는 거네요.

제가 말주변 부족이나 지금까지 이야기에서 혹시 짐작하는 부분 있으셨을지 모르겠는데, 이이는 익스피리언스 파크의 개장 당시 계약직 멤버입니다. 이이 말고도 정말 많은 이들이 팀으로 묶어 움직였고, 파크 설계하는 일로 귀국한다고 자주 떨어져 지내다 결국 내가 따라 한국 들어오기로 한 이유 포함입니다. 그 프로젝트에 줄곧 따라가는 줄로 알았고, 계약은 명분과 형식일 뿐 실로는 매해 갱신되는 거라 믿었어요. 그러나 기업에서는 이 사람 비롯해서 그 많은 이들, 개장하고 얼마 안 지났을 때 다 파이어, 잘라버렸습니다. 그 자리 기계 조작 기초만 가르쳐 어린 알바 아이들로 채웠습니다. 안전한 체험만 이루어진다면야 열고 닫고 승하차 돕고, 매뉴얼대로는 대강 어찌할 것입니다. 실제로 이 일이 일어나기 전까지는 그러했고요. 그러나 알바 친구들, 아무리 열심히 살고 배우고 했대도 시간제 교대하는데 위기 상황에 대응 잘할 수 있습니까. 그 기계를, 프로젝트 전체를 설계하고 프로그램 짰던, 데이터를 빚어내고 조작하는 이들과 완전히 대체합니까. 내내 그것만 들여다보고 팠던 이들과, 수시로 리필 갈아 끼우는 학생 아이들과 비교를 가능합니까. 그래놓고 막상 이래 급한 사고 생기면 위험하거나 때로 목숨 걸어야 할 일은 뿔뿔이 흩어진 자들 다시 끌어 불러서 외주로 맡기는 게, 정상인가요. 전문가들을 항상 옆구리에 정규적으로 끼고 있으면 그만큼 비용이 발생한다고, 그 어떤 아름답고 거대하고 충실한 콘텐츠라도 돈이 안 맞으면 소용없다고, 그 얄팍함에 눈멀어 이런 날을 만들지 않았습니까.

어쩌면 이이는 자신을 팽한 곳에 감정이 나빴을 수도 있는데, 높은 데서 사정 애원해도 안 가고 싶었을지 모르는 그걸 내가 떠밀었으니 책임 큽니다. 그러나 한편으론 임하지 않았으면 그만큼 마음이 무거웠을 테요. 내킬 만큼 쓰고 필요 다했다 버려졌어도 남편은 그럼에도 갔을 텝니다. 그건 세상의 모든 라리를 위해서일지도 모르고, 자신이 설계한 데이터가 더럽혀지는 걸 눈 뜨고 못 보겠다는 직업적 자존심 때문일 수도 있겠지요. 사람이 대체로 큰 희생의 결과로 위대해지곤 하지만, 그걸 치르겠다고 결심하는 순간에는 의외로 작고 평범하며 개인적인 이유가 작용하기도 한답니다.

나는 말이지요, 세상 아무리 위대한 사람이나 뛰어난 위인 있어도, 그건 어디까지나 이리 툭 튀어나온 송곳처럼이라고 생각합니다. 그 뭐 낭중…… 가죽을 뚫고 나온다 하던데. 그러나 뚫고 나오면 뭐 할 거냐고, 수틀리면 잘라내 버리지 않나. 나는 한 개 한 개의 송곳이 유난히 튀어나오기보다, 그걸 감싼 가죽이 튼튼하기 바랍니다. 한 개의 송곳이 뾰족 뚫고 나오지 않아도 되는 질기고 억센 가죽 주머니를 원해. 사람이 위대하지 않고서도, 사랑이 위험하지 않고서도 그 꼴이 유지되거나 이루어지는 자리를 바라요. 그 누구도 영화에 나오는 주인공들처럼 복면을 쓰거나 전신 타이츠를 입지 않더라도 함께 행복할 수 있는 곳을요.

맨 첫번 나간 소식을 접한 분들이 SNS로 널리 퍼뜨려주어, 사정은 어렵고도 불가능해 보이지만 저를 돕겠다고 해주시는 분들 연락 조금씩 닿아 생겨요. 이이 기사를 자발적으로 스페인어로 프랑스어로 중국어로 번역해서 알리고, 외국의 데이터 마스터들 몇몇이 위대한 영혼이자 평범한 아빠인 한국의 '슬리핑 맨'을 돕자고 얘기 들어왔다는데, 그걸 또 저한테 전달해줘요. 원하면 와서 접속을 할 용의가 있다. 어디에서 소멸되었는지 모를 슬리핑 맨의 데이터를 찾아 복구해보겠다. 현실의 그를 동화 속 왕자님 구하듯 두드려 깨워보겠다. 실패할 수도 있지만 시도하겠다. 비행기 삯이나 체류비 같은 현실적인 문제들 다 제쳐두고 라리 아빠를 위해 오겠다. 하는 메일들을, 영어로 된 건 그냥 저한테 소트하고 다른 언어로 된 메일은 번역해서 넘겨줬어요. 관계 기관과의 협의가 순조로이 되지 않고, 파크 측에서도 그 뒤로 정상 영업만 지속할 뿐 우리의 꾸준한 타전에 침묵으로 일관하고 있어서 ─ 오히려 사건의 적극 공론화로 인해 이용객이 확 줄고 매출이 떨어졌다며 자기네 어려운 사정만 내세우는 중이라 ─ 그 고마운 분들께 한국으로 와달라 청하지는 아직 못했지만, 어쩌면 진짜로 용감하고 위대한 사람들은 몇몇 특출난 데이터 마스터가 아니라 이 많은 도움 모아주는 분들이라고 믿어. 이분들이 있는 한 언젠가 이이는 깨어날 거라고, 이 세상에는 데이터로 설명되지 않는 어떤 힘이 분명 있다고, 무엇보다 사람은 기계나 물리나 생체 데이터의 총합으로 이루어진 존재만은 아니라고 말이오.

그러니 나를 동정하지 않아도 좋습니다. 지금 비록 나 이렇게 말 어수룩하고 불쌍해 보이겠지만 크게 잘못 여기는 겁니다. 나 정말은 내 나라에선 할 만큼 하던 사람이고 약한 사람 아니며, 화면 너머에서 눈 돌리지 않고 나를 바라봐주는 바로 당신들 덕분에 이이는 깨어날 텝니다. 그때는 더 이상 슬리핑 맨이 아닌 웨이큰 맨으로 불러주시오. 스스로 깨어나기만 하는 게 아니라 다른 이들을 깨우는 사람에게는 그런 이름이 어울릴 겁니다. 게다가 라리 아빠만이 아니라, 그가 현실로 돌아와야 마땅하다는 사실을 알고 그러자며 애써주는 당신들 모두를 가리켜서 말입니다.

영웅도전
(英雄盜傳)

곽재식

1990년대 초 「슈퍼소년 앤드류」가 TV극 중에 가장 재밌다고
생각했고, 이후 어떻게 하면 그런 재미를 가진 이야기를 쓸 수
있을까? 항상 고민하고 있다. 2006년 단편 「토끼의 아리아」를 MBC
TV 「베스트극장」의 원작으로 판매하면서 본격적으로 소설을 쓰기
시작했으며, 소설집 「당신과 꼭 결혼하고 싶습니다」, 「행성 대관람차」,
장편소설 「가장 무서운 이야기 사건」 등을 썼고, 최근에는 KBS 라디오
「생생 라디오 매거진」에 출연하여 과학에 대한 극적인 사연들을
들려주고 있다.

신라의 장보고(張保皐)가 세상을 뜨고 5년이 지난 무렵*이 되자, 다시 조금씩 바다에 해적들이 나타나기 시작했다. 그중에서 도둑 중의 영웅이라 하여, 사람들이 영웅도(英雄盜)라고 부르던 자가 있었다. 영웅도는 해적이면서도 오직 관청과 부유한 진골(眞骨)의 재물만을 훔쳤으며 훔친 재물 중 절반을 항상 가난한 사람들에게 나누어주곤 하였다.

　특히 영웅도는 청해진(淸海鎭)의 창고를 공격하여 보물을 훔치기를 잘했다. 이 시절 해적들은 모두 장보고를 원수로 여겨, 해적들끼리 서로 만나거나 헤어질 때 항시 "장보고는 개밥과 같고, 그 자식들도 개같이 생겼다"라는 말로 인사를 할 정도였다. 그런데,

---

* 서기 846년에서 851년경을 말함.

청해진은 장보고가 살아 있을 때 가장 귀중한 요새로 다스렸던 곳이었으므로 영웅도가 청해진의 보물을 훔친다는 소문을 듣자, 해적들은 영웅도를 그야말로 영웅으로 우러러보았다.

그러니, 사람들 사이에서는 영웅도가 하늘을 날 수 있고 화살을 맞아도 다치지 않으며, 손을 휘저어 바람을 만들면 돛단배도 쓰러뜨릴 수 있다는 말이 돌았다. 덩달아 영웅도라는 그 이름도 널리 알려졌다. 서남해의 아이들이 이야기하기로, 영웅도는 평소에는 아무 생각이 없는 것처럼 그저 배 위에 앉아 바닷바람에 연날리기 놀이를 하며 빙긋빙긋 웃기만 하는데, 그러다 갑자기 해적질을 하겠다고 결심을 하면, 문득 밀어닥쳐서는 혼자 100명의 군사를 때려눕히고 강철 자물쇠로 채워놓은 창고를 맨주먹으로 부수고는 보물을 가져간다고 하였다.

하루는 영웅도가 청해진의 북보(北堡)에 있는 창고를 공격하기로 했다. 영웅도와 해적 무리들은 함께 빠른 배를 타고 청해진의 북쪽으로 들이닥쳤다.

육지로 올라온 영웅도가 창고 앞으로 가보니, 창고 문에는 두꺼운 나무 빗장이 겹겹이 걸려 있었다.

"기름을 붓고 불을 붙이면 되지 않겠습니까?"

영웅도가 외치니, 다른 해적들이 "영웅도가 왔다"라고 소리를 지르며 뛰어다니면서 불을 붙였다.

창고를 지켜야 할 병사들도 어딘가 사라지고 없었으므로, 영웅도는 연기 사이로 걸어 나가 창고 앞으로 갔다. 그런데, 창고 앞을 보니 한 남자가 창고 빗장에 밧줄로 자신의 몸을 꽁꽁 묶은 채로 있었다. 연기가 다가오고 불길이 가까워지므로 그 남자는 겁이 나서 자기를 묶고 있던 밧줄을 풀려고 했는데, 밧줄 묶은 것이 잘 풀리지 않아 괴로워하며 땀을 흘리고 있었다.

영웅도가 남자에게 물었다.

"공께서는 누구시기에 창고 문 앞에 몸을 묶고 계십니까?"

남자가 내답했다.

"저는 본시 강주(康州)* 땅에서 온 선우생(鮮于生)이라는 사람으로, 얼마 전 조위(造位)의 벼슬을 하게 되어 청해진 북보의 창고를 지키라는 조정의 명령을 받았습니다. 그런데, 다들 영웅도라는 해적이 무섭다고 하기에 저 또한 겁을 먹고 도망칠까 봐, 아예 제 몸을 창고 문에 묶어놓아서 도망치지 않으려고 한 것입니다. 그런데, 이렇게 불길이 먼저 치솟을 줄 어찌 알았겠습니까?"

그 말을 듣고 영웅도는 자신의 검을 꺼내어 한 번에 선우생이 묶인 밧줄을 잘라주었다. 그리고 말하기를,

"제가 바로 영웅도입니다. 공의 용감함을 높이 사, 저는 공을 다치게 하지 않고 그냥 보내드릴 터이니, 얼른 이 연기와 불 속에서 빠져나가시기 바랍니다" 하였다.

선우생은 그 말을 듣고 크게 놀라 바닥에 주저앉았다. 그러다가 영웅도가 창고 안으로 들어가려는 것을 보고, 뒤에서 소리를 지르며, "죄도(罪徒)**로서 어찌 나라의 재물을 탐내느냐?"라고 하면

---

* 지금의 경상남도 지역 서부를 말함. 실제 이 시기의 공식 명칭은 청주였음.

** 『대안사적인선사조륜청정탑비(大安寺寂忍禪師照輪淸淨塔碑)』에 기록된 내용에는 승려인 혜철(慧徹)이 '죄도'라고 하는 무리들과 함께 배를 타고 서해를 건너려고 했다는 기록이 나와 있다. 여기서

서 자신도 칼을 뽑아 덤비려고 하였다. 그런데 그 칼을 들고 휘두르는 재주가 매우 엉성하였다.

영웅도가 말했다.

"공의 칼 쓰는 재주는 너무나 추하니, 마치 들개가 갯벌에서 새우를 잡으려다가 네발이 진흙 속에 빠지는 것과 같습니다. 처음에는 우스웠으나 보고 있으면 오히려 슬픈 마음이 들 정도입니다. 칼로 저와 싸우면 다치실 뿐입니다. 얼른 가도록 하십시오. 만약 벼슬아치로서 적 앞에서 등을 보이고 도망치는 것이 부끄러우신 것이라면, 제가 지금 창고를 한 바퀴 돌고 올 터이니, 제가 창고 뒤편으로 가서 보이지 않을 때 불길을 피한다는 이유로 몸을 피하신다면, 남들에게 해적이 무서워 도망쳤다는 말은 하지 않을 수 있지 않겠습니까?"

그러고 나서, 영웅도가 창고를 한 바퀴 돌고 왔는데, 선우생은 그때까지도 그 자리에 그대로 있었다. 선우생은 두 손으로 칼을 꼭 잡고 부들부들 떨고 있었는데, 영웅도를 보자 울부짖듯이 소리치면서 다시 칼을 휘둘렀다.

영웅도는 잠깐 몸을 움직여 칼을 피했다. 그러니 선우생은 발을 헛디디며 앞으로 넘어졌다. 선우생이 칼을 놓친 것을 보고 영웅도는 그 칼을 밟고 섰다.

"이제 칼도 놓치셨습니다. 이제 제가 공을 다치게 하면, 저는 무

'죄도'라는 말은 죄를 지은 무리 정도로 직역할 수 있는데, 권덕영 교수의 『재당 신라인사회 연구』에서는 전후 정황을 보아 이들이 해적이었을 가능성에 대해 추정하고 있으므로, 이 이야기에서는 해적, 범법자들을 낮추어 말하는 표현으로 보았다.

엇이 즐겁겠습니까? 공께서는 이 영웅도와 지금까지 잘 싸우셨으니 이제야말로 목숨을 건져 이곳을 떠나시기 바랍니다."

그러나 그래도 선우생은 자리를 피하려고 하지 않았다. 이윽고 영웅도의 팔을 부여잡으며 오히려 이렇게 말했다.

"해적 선생, 목숨을 건져 도망가는 것보다, 차라리 해적 선생에게 죽는 것이 나으니, 차라리 그 칼로 이 목을 잘라주십시오."

그 말을 듣고, 영웅도는 선우생의 사연을 의아하게 여겼다. 영웅도는 선우생이 도망치지 않는 까닭을 듣고자 하였다.

"창고 안으로 들어가시면 불길을 조금 더 오래 피할 수 있을 것입니다. 창고 안에서 도대체 무슨 사연으로 이 위험한 자리를 피하려 하시지 않는지, 저에게 알려주실 수 있겠습니까?"

그리하여, 선우생은 영웅도에게 불타는 창고 한가운데에 앉아 이야기를 들려주기 시작했다.

그 이야기는 다음과 같다.

얼마 전까지만 해도 선우생은 강주에서 농사를 지으며 살고 있었다. 그런데, 선우생의 살림이 차차 어려워져가는데, 이때 세금이 무거워지고 흉년이 들자 마침내 선우생의 가족은 끼니를 잇지 못하여 크게 굶주릴 지경이 되었다.

그러다 어느 날 밤에 선우생의 부인이 곱게 단장을 하고 선우생 앞에 앉아 말하였다.

"지금, 강주 사람들이 모두 굶주리고 있으나, 다만 나라에서 꼬박꼬박 재물을 내려주는 벼슬아치들은 그래도 먹고살 길이 있다

하네. 그러니, 그대도 벼슬아치가 되어보는 것이 어떻겠는가? 그렇다면 그대와 나, 또한 우리 자식이 먹을 양식을 구해 살아날 길을 찾을 수 있을 것이네."

그 말을 듣고 선우생이 답했다.

"부인, 그 말은 당치 않습니다. 나는 특별히 세운 공이 있는 것도 아니고, 그렇다고 학식이 깊은 것도 아닙니다. 하물며 높은 다른 벼슬아치 중에 친하게 지내는 사람이 있는 것도 아니니, 갑자기 내가 무슨 방법으로 벼슬아치가 되겠습니까?"

"그러니, 지금 내가 하는 말을 잘 들어보게. 지금 조정에서는 좋은 사람을 골라 벼슬을 줄 길을 알지 못해, 그저 대강 명문의 후예나 이름이 알려진 자에게 벼슬을 아무렇게나 내려주고 있네. 그게 아니면, 재물이나 뇌물을 바치는 사람을 두고, '나라의 높은 분에게 재물을 바쳤으니, 이 사람이 나라를 위하는 마음이 갸륵한 사람이다'라고 하여, 그런 사람에게 벼슬을 주고 있단 말일세. 그러니, 그대도 걸맞은 사람을 찾아 뇌물을 바치면 작은 벼슬 하나는 구할 수 있지 않겠는가?"

이에, 선우생은 허허 하는 소리를 내었다.

"부인, 지금 우리가 당장 먹을 양식이 없어 열흘 뒤면 굶어 죽겠는가, 보름 뒤면 굶어 죽겠는가를 헤아리고 있는데, 무슨 수로 벼슬자리를 구할 뇌물이 있겠습니까?"

그러자 부인은 미소를 띠었다.

"그것이 바로 내가 이와 같이 아름다운 옷을 입고 곱게 단장을 한 까닭이네. 오늘 내가 자식들과 함께 이웃 진골 부잣집에 나와 자식의 몸을 담보로 잡히고 재물을 빌려 왔네. 이 재물을 이자와 함께 기한 안에 갚지 못하면 나와 자식들은 그 집의 노비가 되는 것일세. 그래도 다행히 내가 아직 늙지 않았고, 자식들이 모두 총명하고 귀여우니, 빌려주는 재물이 적지 않네. 그러니, 자네는 반드시 이 재물을 뇌물로 바치고 벼슬을 얻은 뒤에 빚을 갚아 처자식을 구하도록 하게."

이어서 부인은 선우생 앞에 황금 가락지 몇 개를 내어놓았다. 그것을 보고 선우생은 깜짝 놀랐다.

"부인, 이게 무슨 짓입니까? 차라리 이 재물의 일부를 팔아 양식을 구하여 굶어 죽을 위기를 넘긴 뒤에, 이후 농사일에 힘을 쓰고, 틈이 날 때마다 베를 짜고 짚신을 삼고 날품팔이를 하면 빚을 갚을 수 있지 않겠습니까?"

그러나, 부인은 웃으며 고개를 가로저었다.

"그렇지 않네. 그대의 말대로 한다면, 이자를 갚고 빚을 갚아 아마 반년이나 1년은 더 버틸 수 있을지 모르네. 그러나, 만일 내년에 또 흉년이 지고 재물을 벌기 어려워진다면 어쩌겠는가? 그러면 그때는 어차피 나와 자식들이 노비가 되어야 하네. 게다가 그러는 중에 우리 손에 있는 재물이 줄어들 터이니 그때는 뒤늦게 벼슬을 구하려 해도 뇌물을 할 만큼 재물이 많지가 않을 것이네. 그러니, 지금 이 재물을 팔아 양식을 먹고 열심히 일해서 갚는다고 하는 것은 고작 몇 달을 더 버틸 계책일 뿐이요, 무슨 수로든 벼슬자리를 얻는 것이야말로 평생 우리가 먹을 양식을 구하는 계책이란 말일세. 평생 먹고살 길은 뇌물을 바쳐 벼슬자리를 얻는 그 길, 하나뿐일세. 그러니, 반드시 지금 하루라도 빨리 뇌물을 바쳐 벼슬자리를 얻어야 하네. 다행히 그대는 골품(骨品)이 낮지 않고, 얼굴이 벼슬아치에 어울리게 생겼으니, 이것이 하늘의 뜻 아니겠는가?"

선우생이 울상이 되어 인상을 찌푸리고 있으니, 부인이 선우생의 얼굴을 보듬어주며 다시 말했다.

"그대는 내 남편이 되어 이제 10년을 넘게 같이 살면서 내 말을 듣고 후회해본 적이 있는가?"

선우생은 그날 긴 밤을 보냈으나, 하는 수 없이 부인의 말대로 하기로 하고 벼슬자리를 구하러 서라벌(徐羅伐)로 떠났다.

선우생은 길을 걸으면서 갖고 있는 황금 가락지를 생각하면, "이 가락지가 내 처자식의 목숨이다"라는 말이 귓가에 마치 들리는 것 같았다. 그리고 주위를 돌아보면, 혹시 넘어졌을 때 금가락지를 떨어뜨리지는 않을까 겁이 나고, 혹시 도둑이 가락지를 훔쳐 가지는 않을까 겁이 났다. 선우생은 그래서 가락지를 아홉 겹으로 싸매고 품속에 단단히 여러 차례 묶어놓아 결코 잃지 않고자 했다. 그 때문에 선우생은 가슴팍에 시퍼렇게 멍 자국이 생겼다.

그런데 막상 서라벌에 도착해서 그 부인이 알려준 곳들을 찾아가보니, 선우생 이외에도 벼슬자리를 구하고자 하는 사람들이 문앞에 바글바글하였다. 그중에 많은 사람들이 화려한 옷과 아름다운 모자로 장식을 하고 있었으며, 그 사람들이 벼슬을 얻겠다고 내놓는 재물은 양이 막대하였다. 이들은 여러 명의 남녀 노비들

을 몰고 다녔는데, 선우생이 보니 이들이 부리는 노비들의 행색
조차도 선우생보다 화려했다.

선우생은 그 기세에 눌려 노비들에게 굽실거리며 사람들 틈바
구니를 다녔는데, 그러면서 온종일 네 군데의 관청을 찾아갔는데
도 벼슬자리를 얻기는커녕, 벼슬자리를 줄 수 있는 사람을 만나
지도 못했다.

이윽고 저녁에 다 되어서야 선우생은 마지막으로 가장 한미한
벼슬아치를 찾아가게 되었다. 그곳은 해진관(海鎭官)이라는 곳이
었는데, 주위에 사람이 드물고 문에 부서진 자국과 불탄 자국이
있으며, 기왓장은 깨어져 있는데 어디선가 희미하게 곡소리가 들
리는 것 같기도 하였다. 건물과 주변에 붉고 검은 것이 묻은 것이
보였으니, 선우생은 혹시 그것이 핏자국은 아닌가 싶었다.

선우생이 공손히 사람을 만나러 왔다고 문지기 병졸에게 물으
니, 문지기 병졸은 그 말을 전하러 건물 안으로 들어갔다.

병졸이 만나러 간 사람은 어느 대오(大烏)*였다. 그러나 대오는
그때 자리에 없었다. 그러므로 선우생은 대오가 올 때까지 문 앞
에서 기다리기로 하였다.

한편 대오는 김계명(金啓明)이라는 자에게 불려간 것이었다.

김계명은 사람들이 파진찬(波珍湌)이라 칭하는 인물로 당시 조
정에서 가장 신망이 두텁고 힘이 센 진골(眞骨)이었다. 그러므로,
무릇 조정 사람들은 나라의 온갖 일들을 김계명에게 물어보고 처

---

* 신라 때 관리의 17등급 중 열다섯째.

리하였다. 김계명은 묻는 말을 한 번 듣고 고개를 두어 번 끄덕거리며 잠깐 생각해본 뒤에 어떻게 처리할지 답을 해주었다. 그러므로, 김계명은 하루에 삼백예순 가지 일을 결정한다 하였고, 사람들이 말하기를 "파진찬이 고개 두 번 끄덕이는 사이에 100근 황금이 생기기도 하고, 백 사람의 목숨이 날아가기도 한다"고 하였다.

김계명이 사람을 모아놓은 곳에 대오가 찾아가보니, 비단 관복을 입고 보도 듣도 못한 빛깔을 내는 신비로운 새의 깃털로 장식한 노인들이 여럿 모여 있었다. 대오가 눈을 흘깃거리며 살펴보니, 모두 조정의 높은 벼슬아치들이었다.

흰 수염을 길게 기른 벼슬아치가 김계명에게 말했다.

"지난달 말에 다시 또 그 영웅도라고 하는 해적이 나타나 청해진 북보의 창고 문을 부수고 나라의 세금과 인근에서 거두어들인 보물을 훔쳐 갔다 합니다. 그리하여 이제 무주(武州) 땅의 관청에서 쓸 재물이 바닥이 날 정도가 되었습니다."

그 말을 듣고 김계명이 말했다.

"지금 조정에는 홍종(興宗)*의 무리들 중에 살아남은 자들이 한 파벌을 이루고 있어, 항시 우리가 잘못한 일의 책임을 물어 우리를 무너뜨리려고 노리고 있다. 그런데 그자들이 가장 깊게 우리의 잘못이라고 탓하는 것이 청해진과 해적들을 제대로 다스리지 못한다는 것이다. 이제 그들이 우리를 비난하는 것이 더욱 거세

---

* 847년 5월 이찬 양순과 함께 반란을 일으킨 파진찬 홍종을 말한다.

질 터이다. 우리는 반드시 무슨 방책이 있어야 하지 않겠는가?"

무리들은 잠시 말이 없이 고민하였다. 그러다 다른 벼슬아치가 말했다.

"영웅도가 나타나 창고의 재물을 훔칠 동안 북보의 병졸들은 무엇을 하고 있었습니까?"

"영웅도는 청해진의 뱃사람들이 도둑 중의 영웅이라 부르는 자로, 힘이 뛰어나고 몸이 날래며 온갖 술법에도 능하여, 하늘을 날고 발길질로 성벽을 부러뜨릴 수 있다고 합니다. 그러니, 병졸들은 그와 대적하지 못하고 일시에 도망쳤다고 합니다."

수염을 아름답게 다듬은 다른 벼슬아치가 눈을 부릅뜨고 화를 냈다.

"어찌 병졸들이 도둑을 보고 도망치기만 한단 말입니까? 이런 것은 나라를 거역하는 짓이며, 백성을 배반하는 일입니다. 이런 일이 다시는 일어나지 않도록, 일을 맡은 사람을 붙잡아 처벌하여야 합니다. 어찌 이토록 비겁하고 사악한 자들이 조정의 관리라고 할 수 있단 말입니까?"

그 말을 듣자, 앉아 있던 벼슬아치들은 저마다 "비겁하도다", "사악하도다" 하고 소리 지르며 그 말이 맞다고 했다.

"지난번에 영웅도가 재물을 훔쳤을 때도 그곳을 지키던 사람을 붙잡아 일을 똑바로 하지 못했다 하여 처벌하기는 하였습니다."

그러자, 다른 벼슬아치 셋이 같이 성을 내며 소리를 크게 질렀다.

"그때 처벌이 너무 약했기 때문에, 일을 똑바로 하지 않아도 된다고 여기고 청해진 북보를 지키는 자들이 그렇게 일을 소홀히

하며 그저 도망치기만 하는 것입니다. 이제 잘못한 자를 찾아내어 무거운 형벌을 내리시어 다들 부들부들 떨며 두려워하게 하시는 것이 옳습니다. 그렇게 제 할 일을 다 하지 못한 사람은 엄하게 처벌해서 잔뜩 겁이 나게 해야만, 온 힘을 다하여 도둑을 방비하고자 할 것 아니겠습니까?"

"지난번에 재물을 빼앗긴 사람의 목을 베어 죽였는데, 죽이는 것보다 더 큰 형벌이 또 있겠습니까?"

이에, 말을 듣고 있던 김계명이 고개를 까닥까닥하며 생각에 잠기었다. 고개를 세 번째 까닥일 때 김계명이 말했다.

"이번에 영웅도를 만나 도망친 관리를 붙잡으면, 먼저 다리의 힘줄을 끊어 움직이지 못하게 만들고 그 상태로 시장에 던져두어 열흘 동안 굶긴 뒤에 다시 형장으로 옮겨 불태워 죽이도록 하라. 그리고 그 가족이 있거든 가족도 모두 목을 베어 죽이고, 그 부모가 이미 죽었거든 그 무덤의 시체를 파내어 짐승의 먹이로 주도록 하라."

그러자, 앉아 있던 벼슬아치들이 모두 기뻐하며, 김계명을 칭송하였다.

"도망친 관리에게 이렇게 엄벌을 내리셨으니, 이제 반드시 도둑으로부터 철저히 청해진을 지킬 수 있을 것입니다."

그리고 김계명은 기다리고 있던 대오를 불러, "지금 북보를 지킬 관리 자리가 비었으니, 무예와 지략이 뛰어나고 뱃길을 잘 아는 자를 뽑아 청해진 북보를 지키는 관리로 보내도록 하라"라고 시켰다.

그리고 모여 있던 벼슬아치들은 또 다른 나랏일을 의논하기 시작했으니, 대오는 자리에서 물러나 다시 해진관으로 돌아갔다.

해진관에 가보니, 문지기 병졸이 자신을 찾아왔다. 문지기 병졸은 인사를 하면서 먼저 파진찬 어른을 찾아간 일이 잘되었는지 물었다. 대오가 말했다.

"청해진을 다스리며 주변의 해적을 잡던 장보고가 죽으면서 청해진의 힘이 약해져서 다시 해적이 나타나기 시작한 것인데, 해적을 물리칠 군사와 병기는 주지 않고 그저 조금이라도 도둑질을 당하면 벌을 주는 것만 조정의 일이라고 생각하고 있느니, 참으로 한심한 일이다.

조정에서는 재주가 뛰어난 자를 청해진에 보내서 영웅도와 싸우라고 하는데, 청해진은 조금이라도 일을 그르치면 자신과 가족까지 목이 잘리는 곳이 아닌가? 그런 곳에 왜 재주가 뛰어난 자가 가려고 하겠는가? 청해진에 가면 벌 받는 일만 있다는 것을 이제 다들 알고 있으니, 영리하고 뛰어난 벼슬아치는 아무도 청해진에 가지 않고 어쩔 수 없이 다툼에 밀려난 어리석은 벼슬아치만이 청해진에 갈 뿐이다. 이러니, 청해진을 지키는 것은 얼간이들뿐이므로 도둑질은 도리어 더더욱 쉬워지고, 그러면 조정에서는 더 화를 내며 처벌을 더 무겁게 하라고 떠들 뿐이니, 청해진에 가려고 하는 사람은 더욱더 없어진다. 이러니, 영웅도가 아니라 아기 도적이라고 한들 청해진에서 물건을 훔치기가 어렵겠는가?"

대오가 한탄하는 말을 듣고, 문지기 병졸이 말했다.

"대오께서 근심이 깊으신 듯합니다."

"지금, 청해진에 갈 벼슬아치를 뽑으라는 명을 받았는데, 어떤 얼간이가 청해진에 갔다가 처벌을 받아 죽기를 원하겠는가? 보낼 사람을 찾을 길이 없으니, 이것이 내 깊은 근심이다."

그러자 병졸이 웃으며 대답했다.

"지금 제가 대오께서 필요한 얼간이를 바로 문 앞에 데려다 놓았으니, 무엇을 근심하십니까?"

그 말을 듣고, 대오는 기다리고 있던 선우생을 만나보았다. 선우생을 보니, 꼭꼭 숨겨둔 황금 가락지를 꺼내어 바치고, 바닥에 엎드려 빌면서 아무 벼슬이든 달라고 하는 것이었다. 대오는 짐짓, "그대와 같이 무예도 모르고 문장도 모르는 자를 어찌 벼슬을 주겠는가? 그러나 그대의 사정이 딱하고 또 나라를 위해 일하고 싶은 마음이 너무나 뜨거우니, 특별히 가엾게 여겨 청해진 북보의 비장(裨將) 벼슬을 주어 조위로 삼을까 하노라"라고 말했다. 그러니 선우생은 너무나 기뻐 눈물을 글썽거렸는데, 한편으로는 황금 가락지를 다 바치지 않고 조금만 바치고도 벼슬자리를 얻었다고 기뻐하였다. 그리고 선우생이 무수히 절을 하고 돌아가자, 대오와 문지기 병졸은 너무나 기뻐 춤을 추면서 해진관 마당을 빙빙 돌았다.

선우생이 벼슬자리를 얻었다고 하니, 주변에서 온갖 장사꾼들이 달려들어 벼슬에 어울리는 좋은 옷을 사라고 하고, 크게 잔치를 열어 축하하라고 하고, 부임지까지 타고 갈 좋은 배를 빌리라고 하였다. 다른 사람들은 벼슬을 얻고 나면 기뻐서 그런 곳에 돈을 썼다. 그래서 새 벼슬아치들은 붉은 깃발을 높이 세운 날렵하고 빠른 배에 비단으로 된 온갖 색깔로 꾸민 장막을 치고 사방에 꽃을 뿌리면서 바다로 떠나갔다. 그러나 선우생은 자신이 갖고 있는 재물이 부인과 자식들의 목숨값이라는 목소리가 다시 들리는 듯하였으므로, 재물을 아끼고 아꼈다. 선우생은 청해진으로 갈 때도 통나무와 천을 싣고 가는 배의 빈자리에 끼어 타고 헐값으로 갔다.

고생 끝에 청해진에 도착해보니, 청해진은 이미 쇠락하여 옛날 장보고와 함께 싸우던 호걸들이 처형당하여 성벽과 관문 높은 곳에 줄줄이 매달려 있었는데, 썩어서 백골이 되어 있었다. 또한 장보고와 부하들이 타고 다니던 배들은 부서진 채 펄에 박혀 있어서 게와 갈매기가 사는 집으로 변해 있었다.

선우생은 청해진의 장사꾼들과 병졸들에게 물어, 자신이 머물기로 한 북보를 찾아갔다. 그런데 북보에는 단 한 사람의 병졸도 없었으며 다만 잡일을 도와주는 담라녀(憺羅女)라는 사람이 있을 뿐이었다. 게다가 주위의 마을을 돌아보니, 사람들이 모두 영웅도를 칭송하고 있어서, 다들 영웅도가 다시 창고를 습격하여 재물을 훔칠 것을 간절히 바라고 있는 것이었다.

사람들이 부르는 노래가 하나 있었으니, 가사가 이러하였다.

"해적 중에 영웅이라, 영웅도라 높여 부르니, 날개 없이 하늘을 날고, 입술로 화살을 들이마실 줄 안다네. 장보고 이후로 사해(四海)에 영웅이 없었는데, 이제 영웅도가 악한 무리의 재물을 훔쳐 가난하고 굶주린 사람들에게 나누어주니, 어찌 영웅도라는 이름이 틀린 이름인가?"

선우생은 영웅도가 들이닥치면 이제 곧 죽겠구나 생각하여 겁이 덜컥 났다. 또한 청해진의 다른 벼슬아치들도 선우생을 보고 곧 죽을 사람처럼 대하니, 선우생은 더욱 두렵고 슬펐다.

그런데 그런 중에도 선우생이 지켜야 하는 북보에 있는 창고에, 청해진 사람들이 자꾸 황금과 보석을 넣어두려고 오는 것이었다. 선우생은 그것을 너무나 이상하게 여겼다.

"지금 이곳 북보에는 지킬 군사라고는 나 말고 한 명도 없는데, 영웅도가 쳐들어온다는 기별은 나날이 들려온다. 그런데 왜 이곳의 창고에 일부러 재물을 넣어두는 것인가? 영웅도에게 빼앗길 것이 뻔하지 않은가?"

그 말을 듣더니, 담라녀가 선우생을 한심하게 여기고 그 의문에 답해주었다.

"조위께서는 어찌 그것도 모르십니까? 만약에 북보의 창고가 비어 있으면 영웅도는 다른 창고의 재물을 훔치려고 할 텐데, 만약 그렇게 되면 재물을 빼앗긴 죄로 그 다른 창고를 지키는 사람이 조정의 처벌을 받지 않겠습니까? 그러니, 영웅도에게 빼앗기는 것은 아깝지만 재물을 조금 떼어 이곳 북보의 창고에 넣어두면, 영웅도가 그 재물을 빼앗아 가고 말 뿐이니, 자기들은 죄가 없어 처벌을 받지 않고, 다만 북보 창고를 지키는 비장만 처벌을 받을 것입니다. 그 때문에 일부러 도둑맞을 것을 알면서도 재물을 조금 넣어두는 것입니다."

그 말을 듣고 선우생은 주저앉아 한참 생각했다. 그러더니, 마침내 일이 돌아가는 것을 깨달아 울상이 되었다.

"알고 보니, 나는 여기에 죄를 뒤집어쓰러 들어온 것이구나. 그리고 나 때문에 내 부인과 자식까지 죽게 생겼구나."

선우생은 영웅도가 오기 전까지 무엇이라도 해보려고 검법 책을 구해 검 쓰는 것을 연습해보기도 하고, 청해진을 오가는 병졸과 칼잡이 들에게 황금 가락지를 줄 테니 같이 창고를 지키자고 부탁하러 다니기도 했다. 그러나 평생 검을 잡아본 적이 없던 선우생은 검을 똑바로 들지도 못했다. 또한 선우생이 처자식의 목숨값이라고 생각했던 황금 가락지를 걸어도, 같이 싸우겠다고 나서는 사람은 아무도 없었다.

다만, 담라녀가 그 모습을 측은히 여겨, "만약 영웅도가 쳐들어왔을 때 조위께서 죽게 된다면, 제가 뭇 사람들에게 용감하게 끝까지 싸우다가 안타깝게 죽었다고 말하겠습니다" 하고 말해줄 뿐이었다.

이윽고 영웅도가 온다고 한 날이 되자, 선우생은 너무나 겁이 나서 밥을 먹다 토할 정도였다. 스스로 자신이 크게 겁먹은 것을 안 선우생은 담라녀에게 자신을 창고 문에 밧줄로 꽁꽁 묶어달라고 부탁했다.

"영웅도의 무서운 모습을 보고 나도 모르게 도망치게 되면, 그 죄 때문에 내 부인과 자식이 목을 잘릴 것이니, 비록 내가 죽더라도 도망쳐서는 안 된다."

얼마 후, 해가 지자 청해진 사람들이 저마다 성벽과 관문 뒤에 숨고 다른 일을 멈춘 채 영웅도가 오기만을 기다렸다. 그러니 마치 세상 사람들이 모두 죽어 없어진 것처럼 고요하게 되었다. 그러고 있는데 문득 동쪽 하늘로 빛을 내뿜으며 사람 형상 같은 것이 높이 하늘로 솟구치는 것이었다. 그러자, 한 사람이, "영웅도가 나타났다!" 하고 소리쳤다. 그러자 사방에서 사람들이 놀라, "영웅도가 나타났다", "영웅도가 하늘에서 날아온다" 하고 소리를 질렀다. 사방에서 웅성거리는 소리가 들려오는 가운데 묶여 있던 선우생도 하늘을 올려다보았다. 과연 구름을 뚫는 듯한 사람 형체가 있었는데, 바람에 옷깃이 펄럭이는 것이 지옥의 마귀와 같아 보였다.

이때, 자신의 이름을 드날리고 싶었던 한 활을 잘 쏘는 어린아이가 있어, 영웅도를 향해 화살을 쏘았다. 화살을 맞은 영웅도는 잠시 빛을 잃고 떨어지는 것 같았는데 잘 보이지 않았다. 그런데 얼마 지나지 않아, 다시 빛을 내뿜으며 이번에는 북쪽에서 다시 영웅도가 날아오르는 것이었다. 그러자 사람들은 감탄하여, "영웅도는 정말로 화살을 맞아도 다치지 않는구나" 하고 소리쳤다. 그 소리를 듣자 선우생은 너무 무서워서 자기도 모르게 눈물이 줄줄 흐를 정도였다.

얼마 후, 영웅도와 그 해적 무리들이 나타나 불을 지르고 북보의 창고로 다가왔다. 그것을 보고 선우생은 영웅도와 싸우려고 했는데, 영웅도가 선우생을 살려주려고 하면서 사연을 묻자, 선우생은 지금까지의 일을 이야기하게 된 것이었다.

이야기를 하는 사이에 어느새 천장에서는 작은 불꽃이 떨어지고 좌우에서는 매캐한 연기가 다가왔다.

선우생이 영웅도에게 말했다.

"해적 선생, 선생께서 나를 살려주려고 한 것은 너무도 고마운 일입니다. 그러나, 지금까지 들려준 사연과 같이, 조정에서는 병졸 하나 보내주지 않으면서도 다만 이곳을 지키지 못하면 엄한 벌을 주는 것만이 좋은 방책이라 여기고 있습니다. 그러므로 만약 제가 여기서 살아서 도망치면 결국 저를 잡아 죽일 것이고 제 부인과 자식까지 죽일 것입니다. 제 부인과 자식은 오직 제가 양식을 구해 올 것만을 믿고 노비로 잡힌 불쌍한 사람들인데, 저를 믿다 저 때문에 죽으면 더욱 불쌍하지 않겠습니까? 그러니, 해적 선생, 흉한 일을 시키는 것은 미안하나, 차라리 그 장검을 휘둘러 이 못난 얼굴을 몸에서 떼어주면 안 되겠습니까?"

그 말을 듣고, 영웅도는 한바탕 웃었다. 그리고 대답했다.

"조위는 들으십시오. 제가 죄도이며 해적질로 먹고산다고는 하나, 그래도 그 이름은 영웅도라고 하고 있습니다. 어찌, 이런 이야기를 듣고 가만히 있겠습니까?"

그렇게 말을 하고, 자기 부하들을 부르더니 오히려 선우생을 같이 데리고 가기로 하였다.

사방에 불길이 오르고 연기가 치솟는 가운데 바닷가로 나와보니, 좁지만 긴 배에 스무 명 정도의 남녀 해적들이 모여들고 있었다. 선우생은 주위를 살펴보았다. 그 해적들은 영웅도의 부하들인 것 같았는데, 특히 맨 앞에는 화려한 옷을 입은 두 여자가 있었다.

그중에 한 사람은 긴 채찍을 손에 들고 있었는데, 웃는 얼굴로 영웅도와 선우생을 맞아주었다.

"나는 서천녀(西天女)라고 합니다. 연기를 많이 마시고 목이 마를 터이니, 이것을 드시고 목을 축이십시오."

그리고 서천녀는 선우생의 입에 배로 만든 과자 같은 것을 넣어주었는데, 매우 달고 상쾌하였다. 선우생은 고맙다고 인사했다. 그리고 서천녀 옆에 다른 한 사람을 보니, 그 사람은 불타는 청해진의 풍경을 보며 배 위에 앉아 그 모습을 태연히 그림으로 그리고 있었다. 선우생은 그 사람에게도 인사하고 웃으며 말을 걸었다.

"저분이 서천녀이시면, 부인께서는 동천녀이십니까?"

그런데 그 사람은 선우생의 말을 듣자 성난 표정으로 그 뺨을 후려쳤다.

"동천녀(東天女), 북천녀(北天女), 남천녀(南天女)는 모두 장보고에게 죽었으며, 내 부하들이었던 춘부인(春夫人), 하부인(夏夫人), 동부인(冬夫人)도 모두 장보고에게 죽어서, 이제는 추부인(秋夫人), 나 하나만 남았는데, 너는 뭐가 좋아서 웃느냐?"

선우생은 추부인이 때린 것이 아파서 얼굴을 감싸 쥐고 배 위에서 뒹굴었는데, 영웅도와 서천녀는 그 모습을 보고 재밌어서 크게 웃었다.

잠깐 사이에 배는 청해진을 멀리 떠났고, 밤새 안개와 암초 사이를 지나쳐 계속해서 바다 위를 달렸다. 영웅도는 '칼새우'라는 별명을 가진 해적을 시켜 종종 등불로 어딘가를 비추었다 말았다가 하게 했다. 가만히 보니 그것은 다른 먼 곳에 있는 사람들과 불빛으로 무슨 신호를 주고받으며 길을 찾는 듯했다.

어슴푸레하게 새벽이 밝아올 때, 해적들의 배가 어느 섬에 도착했다. 배는 큰 집 같기도 하고 커다란 굴의 입구 같기도 한 곳으로 들어갔다.

그 안을 보니, 환하게 불이 밝혀져 있고 온갖 귀신 같은 꼴의 해적들 삼사십 명이 모여 우글거리고 있는데, 술을 마시고 고기를 뜯어 먹고 춤을 추고 노래를 하고 있었다. 배에 타고 있던 해적들은 기다리고 있던 해적들을 만나면 저마다, "장보고는 개밥과 같고"라고 말하며 인사했고, 그러면 기다리고 있던 해적들은 그에 답하여 "그 자식들도 개같이 생겼다"라고 말하며 인사했다. 곧 서천녀는 웃으며 뛰어나가 어울려 춤을 추기 시작했고, 추부인은 그리던 그림을 완성하여 품속에 접어 넣었다. 한편, 칼새우는 이제 배가 다 도착했으니 할 일을 마쳤다 하여 드러누워 잠을 자고자 했다.

배가 닿을 때 영웅도는 몇몇 해적들과 함께 배에 실려 있는 물건들을 내렸는데, 그중에는 연에 매달아놓은 허수아비가 몇 개 있었다. 허수아비에는 꺼진 등잔이 달려 있었고 그 심지가 실로 연결되어 있었다. 선우생이 살펴보니 허수아비 중 하나에는 지난 저녁에 아이가 영웅도를 향해 쏘았던 화살이 박혀 있었다.

"이 연을 날리면서 거기에 영웅도 모양으로 꾸민 허수아비와 등불을 붙여 하늘로 올리니, 멀리서 그것을 보고 영웅도가 하늘을 난다고 착각하는 것이로구나. 가짜 허수아비일 뿐이니 화살을 쏜다고 해도 다칠 리가 있겠는가?"

선우생이 그렇게 중얼거리자, 춤을 추던 서천녀가 다가와 "그러나 이곳의 술과 고기는 모두 진짜이지요"라고 말하며, 선우생을 이끌어 술을 권했다.

해적들이 푸진 음식을 먹으면서 저마다 하고 싶은 이야기를 하고, 어떤 자는 시를 읊기도 하고, 어떤 자는 우스갯소리를 하기도 했는데, 그러는 동안 영웅도는 선우생의 사연을 해적들에게 들려주었다.

날이 밝아 햇빛이 들어올 즈음이 되었을 때, 영웅도는 뭇 해적들 앞에 나가 말했다.

"사연이 이러한즉, 여기 계신 조위의 이야기는 답답하기 그지없습니다. 그러니 제가 이것을 해결해보고자 하여, 이제 새로운 일을 벌일 생각입니다. 이곳에 모인 호걸, 협사, 여러분. 제가 지금껏 한 번이라도 여러분을 실망시킨 적이 있습니까? 만약, 여기 이 영웅도의 이름을 믿으신다면, 이번에도 한번 힘을 빌려주시지 않겠습니까?"

그 말이 끝나자, 해적들은 모두 기뻐 소리를 질렀고, 어떤 자들은 춤을 추듯이 칼을 머리 위로 빙빙 돌렸다.

이때 조정에서는 영웅도가 또 청해진을 습격했다고 하여, 다시 벼슬아치들끼리 의논을 하게 되었다.

이번에는 그다지 높지 않은 관리들끼리 먼저 의논을 했는데, 해

관진의 대오와 그와 엇비슷한 다른 관리들이 모였다. 관리들 중에는 영웅도를 물리치지 못했으니, 그 책임을 물어, 일을 맡은 관리를 잡아 죽이고 그 가족들도 다 죽여야 한다고 말을 하는 사람들이 대부분이었다.

그런데, 대오가 그때 일을 아는 사람에게 물어보고 확실히 한 뒤에 일을 처결하고자 했으므로, 선우생과 같이 일했던 담라녀를 데려오도록 하였다.

담라녀는 말하기로, "제가 불길과 연기 때문에 자세히 보지는 못했지만, 선우생이 도망치는 것을 보지는 못했습니다. 몸을 창고에 꽁꽁 묶어놓고 버텼으니, 불에 타서 재가 되지 않았으면, 해적들에게 끌려가서 죽임을 당했을 것입니다"라고 하였다.

이와 같이 선우생이 죽었다는 말이 나오자, 이제 갑자기 의논하던 사람들의 말이 바뀌어, "용맹하게 싸우다가 죽었으니, 이는 참으로 영웅과 같은 일이 아닌가? 태종(太宗)* 때의 화랑(花郎)과 비할 만한 일이니, 비석을 세워 칭송함이 좋지 않은가?"라고 하는 사람도 나왔다. 그런데 한편으로는, "죽는 모습을 똑똑히 본 사람이 없으니, 사실은 도망쳤을지도 모른다. 그렇다면 붙잡아서 처형하고 처자식도 죽여야 하지 않는가?"라고 의심하는 무리도 있었다.

그 모습을 지켜보면서, 담라녀는 혼잣말로 중얼거렸다.

"안 죽고 살아나면 사형시키고, 싸우다가 죽으면 비석을 세워주니, 그저 이러나저러나 죽는 길뿐이었구나."

---

* 김춘추를 말함.

마침내, 의논하던 사람 중 하나가 "정확한 일을 알기 위해서는, 그곳에서 사정을 가장 가까이 살펴본 저 담라녀를 고문하는 것이 가장 좋지 않겠습니까?"라고 했다. 그러므로 담라녀는 붙잡혀서 고문을 당할 참이 되었다.

해진관의 일에 관여된 관리들은 파벌이 둘로 나뉘어, 대오의 파벌은 선우생이 죽었다고 주장했고, 그 반대 파벌은 선우생이 도망쳤다고 주장했다. 담라녀는 고문당하는 것이 두려웠으므로, 대오의 파벌이 보낸 병사가 고문 도구를 갖고 오면 "선우생은 끝까지 싸우다 죽었다"라고 했고, 그 반대 파벌이 보낸 병사가 고문 도구를 갖고 오면 "선우생은 바로 도망쳤다"라고 하면서, 계속 말을 바꾸었다. 그러니, 두 쪽의 병사들이 같이 동시에 고문을 하는 것이 어떤가 하면서 다투기 시작했다.

한참을 그러고 있는데, 해진관으로 한 소식이 전해져 왔다. 그 말을 듣고 놀라지 않는 사람이 없었으니, 전해진 소식은 이러하였다.

"지금 청해진 북보 창고의 비장인 조위 선우생이 스스로 해적 대장군(大將軍)*이라 하는 죄도, 영웅도를 붙잡아서 수레에 묶어 서라벌로 싣고 오고 있다고 합니다."

그 말을 듣고 대오와 병졸들이 말을 타고 달려 나갔다.

---

* 일본의 기록인 『부상략기(扶桑略記)』에 나오는 894년 신라 해적 현춘(賢春)에 얽힌 이야기에서는 일본에 들어 온 신라 해적들을 일본인들이 물리친 일을 설명하고 있는데, 이때 해적들의 우두머리로 '대장군(大將軍)' 3명과 '부장군(副將軍)' 11명을 언급하고 있다. 이에 따라 신라 해적들의 가장 높은 우두머리를 일컫는 말은 '대장군'으로, 그 수하의 2인자를 일컫는 말은 '부장군'으로 보았다.

본즉, 과연 선우생은 말 두 마리가 이끄는 매우 거대한 수레를 이끌고 길 한복판으로 나와 서라벌 성문으로 오고 있었다.

수레 안에는 해적들로부터 빼앗았다는 칼과 창, 활과 화살 들이 수북하게 쌓여 있었는데, 모두 금은으로 장식된 아름다운 것이었다. 그리고 그 한가운데에는 영웅도가 붙잡혀 있었는데, 온몸에 밧줄과 쇠사슬이 묶여 있었고 팔과 다리에 기다란 나무로 된 칼이 채워져 있었다. 밧줄과 쇠사슬은 큰 자물쇠에 물려 있었는데, 쇠사슬 끝은 수레에 같이 실어놓은 커다란 바위에 연결되어 있었다. 그것을 보고 사람들이 묻기로, "왜 바위에 영웅도를 묶어 놓았습니까?" 하고 물으면, 대답하기로, "영웅도는 하늘로 날아오를 수 있으므로, 날아서 도망칠지 몰라 이렇게 묶어 놓은 것입니다"라고 했다. 그러면 그 말을 듣고 저마다 감탄하여 고개를 끄덕였다.

어떤 사람들은 영웅도의 얼굴이 잘생겼고 생김새가 늠름하다는 소문을 듣고 그 모습을 보려고 선우생의 행차에 가까이 오려고 했다. 또 영웅도에게 도움을 받았던 가난한 사람들 중에는 영웅도가 묶여 있는 수레에 꽃을 뿌리며 따라오는 사람도 있었다. 게다가 평소 영웅도의 해적질 이야기를 밤새워 같이하던 어린아이 중에는 영웅도가 붙잡힌 것이 안타까워서 그 모습을 보며 눈물을 흘리기도 했다.

그리하여, 길가 좌우에 사람들이 끝없이 모여들었으니, 말하기 좋아하는 사람들은 그것을 보고, "김인문(金仁問)과 김흠순(金欽純)이 고구려 평양성을 무너뜨리고 돌아왔을 때 이후로 서라벌 사람들이 이렇게 사람들이 들뜬 것은 처음 본다"라고 했다.

대오는 선우생을 겉으로는 반갑게 맞이하는 듯하면서도 속으로는 끊임없이 의심하였다. 자신의 부하인 문지기와 함께 고민하며 말을 나누기를, "선우생은 시골에서 온 멋모르는 가난뱅이인 줄로만 알았는데, 사실은 놀라운 무예를 숨기고 있어서 영웅도를 창칼로 이긴 것인가? 그게 아니면, 사실은 많은 재산을 숨기고 있는 자라서 막대한 재물을 주고 영웅도의 부하를 배반시켜 이긴 것인가?"

그러나, 아무리 선우생을 살펴보아도 여전히 무예도 알지 못하고 재산도 없는 것이 분명하여 계속 궁금해했다. 대오는 선우생을 파진찬 김계명과 높은 벼슬아치들이 모인 자리로 데려갔는데, 데려가는 길에서도 대오는 선우생이 숨기고 있는 것을 알아내기 위해, 항시 선우생을 지켜보았다.

김계명 앞에 도착하니, 김계명은 선우생을 보고, 우선 큰 골칫거리였던 영웅도를 붙잡은 것을 좋은 말로 칭찬하였다. 다른 벼슬아치들도 그렇다면서 말을 거들었다.

그러고 있는데, 금장식으로 관모를 장식한 어느 벼슬아치가 말했다.

"저 조위의 공적은 높은 것이기는 하나, 저 조위는 무예가 뛰어난 것도 아니고, 지략이 뛰어난 것도 아닙니다. 그런데 저 조위가 어떻게 이런 큰 공을 세웠겠습니까? 그것은 바로 지난번에 파진찬께서 방비를 게을리하는 자는 엄벌에 처하라고 명을 내렸기 때문입니다. 즉 영웅도를 붙잡은 것은 바로 파진찬의 계책이 뛰어났기 때문인 것입니다.

즉 파진찬이 머리였으며 저 조위는 손끝이나 발끝에 지나지 않는 것입니다. 무릇 사람들은 이사부(異斯夫) 장군이 우산국을 무너뜨렸다고 하지 화살 속에서 배의 노를 저은 병사가 우산국을 무너뜨렸다고 하지 않습니다. 우리는 태종의 공으로 백제를 무너뜨렸다고 하지, 의자왕 궁전의 문을 부순 병사가 백제를 무너뜨렸다고 하지 않습니다. 그 병사가 명을 받고 싸우는 동안 백제군의 칼날에 몇 번을 맞고 창에 몇 번 찔렸다 해도, 그 병사의 공을 말하지는 않는 것입니다.

그러니, 당연히 이번에 영웅도를 붙잡은 것도 조위의 공이 아니라, 바로 다름 아닌 이 모든 일에 대해 명령을 내리신 파진찬인 것이 옳습니다. 그러므로 조정에서는 파진찬께 큰 상을 내리고, 봉작을 더하며, 벼슬을 높이고, 비석에 이 사실을 새겨서, 그 공을 치하해야 하지 않겠습니까?"

그 말이 끝나자, 모여 있던 벼슬아치들은 다 같이 그 말이 옳다고 소리를 높였으며, 박수를 치기도 하고 일어서서 발을 구르며 감탄을 하기도 하였다. 그와 같이 파진찬 김계명을 칭송하는 소리가 높았으므로 김계명은 스스로 세 번이나 소란한 것을 멈추라고 타일러야 했다.

그런 뒤에 김계명은 마지못하여 고개를 두 번 끄덕거리더니, 조정의 명으로 자신에게 보물과 땅을 상으로 내리라고 했다.

그러자 한참 김계명의 지략을 칭송하던 다른 벼슬아치가 또 말하기로, "지금 도적을 방비하지 못한 관리에게 엄하게 벌을 내리는 계책이 이처럼 효험이 있으니, 이제 이것을 청해진에서만 시행하는 것이 아니라, 9주(九州)에 온통 널리 다 시행토록 하면 어떻겠습니까? 그리하여, 혹 도둑에게 물건을 빼앗겼다고 하면 그것을 지켜야 하는 책임이 있는 관리를 고문한 뒤 죽이고 그 자식까지 모두 죽이는 법을 모든 곳에서 다 시행하면 온 나라에 도둑이 사라지지 않겠습니까?"라고 했다. 그러니, 무릇 벼슬아치들이 다 같이 기뻐하며, "참으로 간단하면서도 뛰어난 묘책입니다"라면서 그 말이 맞다고 했다.

김계명은 웃으며 즐거워하더니, 선우생에게 고개를 돌리며, "자네 또한 고생이 많았으니, 자네에게도 상을 내릴 것일세"라고 말하고는, 그가 다시 돌아가도록 하였다.

선우생이 돌아가고 얼마 후, 또 다른 벼슬아치가 나서서 김계명에게 말했다.

"지금 조정에 벼슬자리를 차지한 홍종의 남은 무리들은 역적 장보고가 죽을 때에 그 재물을 나누어 받지 못했으므로 불만이 많았습니다. 지금도 청해진에 관한 일이라면 무엇이든 조정의 일에는 항상 반대하며 잘못되었다, 잘못하고 있다는 말을 하고 있는데, 지금 우리가 영웅도를 잡았다고 하여 우리끼리 축하하고 높은 상을 내린다면, 반드시 우리를 미워함이 크지 않겠습니까?"

그러자 한 벼슬아치가, "그렇다면 그쪽에서 민망하지 않도록, 그자들이 잘못되었다고 하는 것 중에 작은 일 하나를 우리도 받아들여서 잘못했다고 사죄하고 벌을 받으면 적당하지 않겠습니까?"라고 하니, 다들 참으로 좋은 방법이라고 뜻을 모았다.

이튿날이 되자, 대오가 동료 관리들을 모아놓고 잔치를 열었다.

"이는 조정에서 우리가 고생한 것을 위로하기 위해 특별히 재물을 풀어 여는 잔치이니, 마음껏 즐기도록 하자."

이때 대오는 자신과 가까운 관리들뿐만 아니라, 자신을 싫어하는 관리들과 김계명의 적인 홍종의 남은 무리들의 부하들까지도 모두 불렀다. 이는 조정 여러 무리들의 불만을 두루 달래고자 한 것이었다. 모여든 관리들은 그 처와 자식들도 불러 같이 모여들었으니, 서로 아름답고 멋진 것을 겨루기 위해 저마다 좋은 옷과 눈부신 장신구로 한껏 꾸미고 있어서, 멀리서 보면 공작의 날개가 겹겹이 쌓여 있는 것 같았다.

대오는 무리를 이끌고 큰 정자 같은 곳으로 나아갔다. 그곳은 서라벌에 있는 서른다섯 군데의 금입택(金入宅) 중에 하나인 수망택(水望宅)이 있는 곳으로, 좋은 술과 술잔이 많이 쌓여 있는 창고가 있었다.

수망택의 창고 주변은 높고 두꺼운 담장을 두 겹으로 두른 곳이었는데, 그 담장조차도 번쩍이는 쇠붙이로 현란하게 장식되어 있었다. 담장 둘을 지나 안으로 들어가니 넓은 마루 가운데로 바닥이 파여 있고, 주변에 아름다운 꽃들이 가득했으며 작은 개천처럼 물이 흘렀다.

그런데 자세히 보니 그 개천에 흐르는 것은 물이 아니라 술이었다. 그 술 위에는 나무 그릇이 띄워져서 마치 작은 배처럼 떠다녔는데 그 안에는 안주가 놓여 있었다. 그러니 모여든 관리들은 술 위에 술잔 배가 떠다니는 것을 구경하면서 "바다를 마신다"라면서 술을 마셨다. 이윽고, 미남과 미녀 여럿이 뛰어나와 노래를 부르고 춤을 추었는데, 그 춤추는 솜씨는 서라벌에서도 보기 드물 정도로 아름다웠다.

모여 있던 관리들이 조금 술에 취하자, 춤추는 무리들이 영웅도를 묶어놓은 수레를 끌고 나왔다. 영웅도는 전날 밤에 다른 병사들에게 희롱당하여 옷이 찢기고, 얼굴에는 먹으로 낙서가 되어 있었다. 그 꼴을 보고 우습다고 관리들은 크게 웃었으며, 돌아가면서 한마디씩 그를 놀리는 말을 하면서 구운 고기를 영웅도의 얼굴에 던지고, 꿀 과자를 머리 위에 뿌렸다. 당당하던 영웅도가 눈을 뜨지 못하고 얼굴이 일그러지자, 관리들과 춤추던 사람들은 모두가 즐거워하여 허공에 술을 뿌리며 팔짝팔짝 뛰었다.

그 자리에는 선우생도 있었는데, 선우생은 질탕한 잔치에 익숙하지 않은지 웃고 노는 데에 잘 끼지를 못하는 것 같았다.

이에 대오가 선우생을 긴히 구석진 곳으로 불렀다.

"자네도 한번 즐겁게 놀아보게."

그러고는 대오가 선우생에게 다른 사람은 듣지 못하도록 말했다.

"이렇게 크게 잔치를 여는 것은 다름 아닌 자네를 위로하기 위함이네. 자네에게는 미안한 소식이나, 내가 어젯밤 늦게 들으니, 조정에서 홍종의 남은 무리들이 말하기로, 이번에 영웅도를 붙잡은 일 중에서도 작은 잘못한 일이 있으며, 이는 분명히 사리를 밝혀 처벌할 거라고 하네.

그 말인즉, 영웅도와 같은 무서운 도둑을 잡았으면 바닷가에서 바로 목을 벨 것이지, 일부러 궁전이 있는 도성까지 데려온 것은 너무 위험한 일을 한 것이니 잘못했다는 것일세. 그러니, 영웅도를 도성에 데려온 자네가 죄를 지은 것이라고 하여 처벌을 해야 한다네."

그 말을 듣고 선우생은 대오를 말없이 바라보다가 물었다.

"왜 누구든지 항상 꼭 처벌하고자 하는 데에 이렇게까지나 애를 쓰는 것입니까?"

그러자 대오가 대답하기를, "세상이 그렇지 않은가? 직접 칼을 들고 맞서 싸우는 사람들이 아닌 다음에야 할 수 있는 것은 상을 내리거나 벌을 주는 것밖에 없는데, 상을 내리는 것은 재물이 한도가 있어 아깝지 않은가? 게다가 다른 사람이 큰 상을 받는 것을 보면 배가 아프기 마련이니, 상을 많이 내릴 수는 없다네. 그러므로 자연히, 무엇인가 열심히 하고자 하는 이들은 벌을 내리는 일에 몰두하게 되는 이치이네" 하였다. 그리고 대오가 이어서 말했다.

"영웅도를 도성에 데려온 사람의 목을 베어야 한다는 말도 있기는 하나, 내가 파진찬께 빌고 빌었으니, 아마 자네는 몽둥이를 몇 대 맞고 관직을 빼앗기는 정도의 벌을 받을 것일세. 그렇다 해도 자네는 곧 벼슬을 빼앗기게 될 것이니, 아쉽고 슬프지 않은가?

이제 자네에게 해줄 수 있는 것은 위로해주는 한바탕 잔치뿐이니, 이에 내가 특별히 조정의 재물을 받아, 다른 곳에서는 결코 놀지 못할 만큼 흥겹고 즐겁게 놀 기회를 마지막으로 한 번 베풀게 되었네. 이제, 자네는 사양하지 말고 정신을 잃고 몸이 망가지도록 놀아보게."

 말을 마치고 돌아가보니, 술 취한 사람들은 서로 돌아가며 노래를 부르고 시를 읊다가 거기에 맞춰 춤을 추고 있었다.

 마침 취한 병사 몇몇이 선우생에게도 시를 읊을 것을 청했다. 선우생은 몇 차례 거절하다가, 결국 자리 가운데에 서서 시를 읊기 시작했다. 그 목소리는 떨고 있었으나, 멀리까지 맑게 울려 퍼졌다.

 "천하에 영웅이 누가 있으며 그 모습은 어떤가? 김유신(金庾信)은 높은 산과 같고, 설총(薛聰)은 넓은 바다와 같고, 또한 기파랑(耆婆郎)은 봄날의 꽃과 같고, 을지문덕(乙支文德)은 늙은 큰 나무와 같고……."

 선우생은 그리고 잠시 멈칫하였다. 그리고 더 큰 소리로 시를 읊어나가기를, "그리고 장보고는 개밥과 같고……"라고 말하자, 주위 사방에서 갑자기 우렁찬 소리로 거기에 응답하여 많은 사람들이 부르짖는 소리가 나더니, "그 자식들도 개같이 생겼다!"라고 했다.

 곧 주위에 있던 사람들이 돌변했는데, 가장 춤을 잘 추던 사람은 바로 다름 아닌 서천녀였으며, 그 부하들도 다 춤추는 사람으로 꾸미고 있었다. 안주와 술을 나르던 사람은 칼새우였으며 그 부하들도 모두 요리사와 말몰이꾼으로 꾸미고 있었다.

 또한 영웅도를 묶어놓았던 바위가 쪼개졌는데, 다시 보니 그것은 바위가 아니라 속이 빈 항아리 같은 것에 추부인이 바위 모양으로 보이도록 교묘히 그림을 그려놓은 것이었다. 쪼개진 바위 안에는 검과 창이 가득하여서 해적들이 그 병장기를 재빨리 가졌고, 영웅도를 묶어놓은 자물쇠를 열 열쇠도 있었다. 영웅도는 단숨에 묶인 것을 풀고 나와 술과 고기를 올려놓은 탁자 위로 뛰쳐 올라갔다.

영웅도가 외쳤다.

"여러분, 지금 영웅도가 안내하는 이곳이 바로 서라벌의 금입택이라는 곳입니다. 여기 계신 벼슬아치 한 사람을 붙잡아 털어내면, 거기에서 떨어지는 것이 각각 창고 하나와 맞먹습니다. 이곳이 해적들의 극락 아니겠습니까?"

그 말을 들고 뭇 해적들이 저마다 무기를 들고 웃으니, 그 소리를 들고 모여 있던 관리들은 크게 겁을 먹었고, 어떤 자는 혼절하기도 하였다.

소란한 것을 듣고 담벼락 아래에서 술을 얻어먹고 있던 병졸들이 뛰어와서 더러는 화살을 쏘기도 했다. 그런데, 전날 병졸들은 영웅도를 묶어둔 수레에 실려 있던 황금 칼, 황금 활을 탐내어 원래 갖고 있던 병장기를 몰래 수레에 실려 있던 것으로 바꾸어 들고 있었다. 그런데 그 황금 칼과 활은 날과 촉이 부러지게 미리 깎아놓은 것이어서, 막상 싸우려고 하니 해적들과 맞설 수가 없었다. 영웅도를 겨누고 활을 쏘자 활과 화살이 날아가기도 전에 부러졌다. 그것을 보고 한 관리가 놀라서,

"영웅도는 정말로 화살을 맞아도 다치지 않는다!"

하고 외치니, 모두 무서워져서 서로 도망치려고만 들었다.

해적들은 그곳의 창고를 부수어 황금과 유리잔, 귀한 술과 진기한 향료 들을 모두 빼앗았으며, 모여 있던 관리들의 금은 장식과 귀고리, 가락지를 빼앗고, 몸에 지니고 있던 장신구와 꿩 깃털을 꽂은 모자도 빼앗았다. 그리고 마침내 비단옷과 신발까지 벗겼으니, 그렇게 빼앗은 것이 높다랗게 쌓였다.

"바다까지 가야 몸을 피할 것인데, 배가 없으니 어떻게 큰 바다까지 가실 것입니까?"

선우생이 영웅도에게 묻자, 영웅도는 답했다.

"영웅도가 타고 있는 것이 영웅도의 배가 아니겠습니까?"

그러고는 부하들을 모두 자신이 묶여 있던 수레에 태우고 떠났다.

마침 강물에 이르자 그 바퀴를 떼어내니 그 수레가 그대로 배가 되었으며, 영웅도에게 채웠던 차꼬와 칼을 뜯어냈더니 그대로 배를 저을 수 있는 노가 되었다. 그리하여 단숨에 물살을 헤치고 나아갔으니, 얼마 후, 기병대가 말발굽 소리를 내며 달려왔을 때는, 이미 강을 거슬러 마중 온 추부인의 큰 배를 만났다.

추부인이 물에 뜬 수레를 타고 오는 영웅도와 해적들을 배에 타라고 하며 그 보물이 쌓인 것을 보고 감탄하기를, "해적질로 한평생을 사는 동안, 어찌 서라벌 깊숙한 곳의 금입택까지 들어갈 날이 올 줄을 알았겠는가?"라고 하였다. 해적들이 올라타는 대로 배는 빠르게 바다로 나아갔으니, 잠깐 사이에 멀리 물안개 속으로 해적들은 모두 사라져버렸다.

해적들을 피하여 옷을 빼앗긴 관리들이 모두 도망가 숨어버렸을 때, 다만 선우생이 홀로 남아 있었다. 선우생은 터덜터덜 걸어서 김계명에게 찾아갔다.

선우생이 말했다.

"이제 궁전이 있는 도성에서 감히 해적들이 도둑질을 했는데, 삼사십 명의 관리들이 모두 막지 못하고 도망을 쳤습니다. 법에 따르자면, 이들 모두의 다리 힘줄을 끊고, 시장에 던져 굶기며 욕보이고, 불태워 죽인 뒤에, 그 가족을 죽이고, 죽은 부모도 무덤에서 시체를 파내어 짐승의 먹이로 주어야 하지 않습니까? 이는 너무 가혹하니, 파진찬께서 특별히 자비를 베푸시어, 용서해주시는 것이 어떠합니까?"

그 말을 듣고 김계명은 대답하지 않고 다만 돌아가라고 하였는데, 선우생은 돌아가다가 다시 찾아와, 김계명 앞에 무릎을 꿇고 청해진에 엄한 벌을 함부로 내리는 일이 잘못되었다고 생각하는 바를 상세히 말하였다.

그러고 나서 선우생은 고향으로 돌아가 조정에서 보낸 관병들에게 붙잡혀 죽기만을 기다리고자 했다. 그런데 막상 고향에 돌아가보니, 관병들은 오지 않았다. 나중에 대오가 편지를 보내왔는데, 거기에는 다음과 같이 적혀 있었다.

"해적들을 막는 것을 소홀히 하고 도망친 관리와 병졸들을 엄히 처벌해야 한다는 말이 처음에는 없지 않았네. 그러나, 이번에는 조정의 온갖 파벌에 엮여 있는 관리들이 너무 많았네. 그러므로 한쪽이 특별히 한쪽을 비난할 수 있지 않았으므로, 서로 서로 없던 일로 하였네. 그러므로 특별히 파진찬께서 자비를 베풀어 벌을 받는 사람은 없을 것이네."

그리고 부인은 누군가 재물을 보내주어 빚을 다 갚았다고 했다. 누가 재물을 주었냐고 물어보니 아는 사람이 없었다. 다만 선우생의 딸이 이렇게 말했다.

"지난날 밤에 꿈을 꾼 것 같은데, 선녀 두 분이 나타나서 우리 집에 보물을 두고 갔습니다."

선우생이 이상하게 여겨, "혹시 그 선녀 중에 한 사람은 웃으며 춤추기를 잘하고, 다른 한 사람은 표정이 무섭더냐?" 하고 물었다. 딸이 그렇다고 하므로, 선우생은 그것이 서천녀와 추부인인 것을 짐작했다.

조정에서는 그러고 나서도 한동안 청해진을 어떻게 방비해야 하느냐를 두고 의논만 많았다. 그러나 결국 어떻게 하는 것이 좋은지 결정하지를 못하여 얼마 되지 않아 그저 청해진 자체를 없애버리기로 했다. 청해진은 비워버리기로 하고 군사, 관리, 백성들은 모두 벽골(碧骨)로 옮겼으니, 청해진이 생긴 지 23년 만이었다.

그 후, 선우생은 관직을 빼앗기지 않고 한주(漢州)*의 산골 깊숙한 곳에 있는 작은 창고를 지키는 일을 맡게 되었다. 그곳은 궁벽하고 가난한 곳이라 창고에 아무런 재물도 없이 항상 텅 비어 있었으므로, 선우생은 한가롭게 40년 동안 그곳에서 벼슬살이하며

---

* 지금의 경기도와 황해도 지역을 말함.

장수했다고 한다. 종종 주부(州府)나 중원경(中原京) 또는 서라벌에서 창고에 대해 보고해달라는 명령이 내려오면, "아무 일도 없다"라고 답을 주는 것만이 오직 하나뿐인 일거리였는데, 일 처리하는 것이 공평한 것으로 칭송을 받았다.

다만 영웅도에 대한 소식은 이후로 전해지는 것이 없다. 선우생이 나이가 들었을 때 그 손주들이 찾아와 할아버지가 젊었을 때 영웅도를 만난 이야기를 해달라고 하면, 선우생은 그저 웃으며 "너무 옛날 일이라 기억이 나지 않는다"라고만 했다더라.

캘리번

듀나

하이텔 때부터 SF를 써왔고 영화 관련 글도 쓴다. 낸 책으로는
『면세구역』, 『태평양 횡단특급』, 『대리전』, 『용의 이』, 『브로콜리 평원의
혈투』, 『제저벨』, 『아직은 신이 아니야』 등이 있다. 영화 관련 책으로는
『스크린 앞에서 투덜대기』와 『가능한 꿈의 공간들』을 썼다.
요새 유행하는 슈퍼히어로 시네마틱 유니버스를 아주 좋아하지는
않는다. 고담 시는 훌륭한 코믹북 유니버스지만 슈퍼맨과 엮이면
이상해진다고 생각한다. 가장 궁금해하는 슈퍼히어로 영화는 지금
필리핀에서 만들고 있다.

1

물구나무선 남자는 남아 있는 한쪽 눈으로 소년을 응시하며 말
했다.

이리 와.

소년은 고개를 저으며 뒷걸음질 쳤다. 남자는 한 걸음 더 다가
와 깨진 유리창 구멍으로 얼굴을 들이댔다. 소년은 들고 있던 창
을 고쳐 잡고 휘둘렀다. 알루미늄 막대 끝에 달린 회칼 끝이 남자
얼굴에 덮인 젤리층을 뚫고 들어가 길쭉한 상처를 냈다. 남자는
휘청거리는 두 팔을 놀려 뒤로 물러났다.

이리 와.

남자가 말했다.

"싫어."

소년은 속삭였다.

목뼈가 부러진 목에 매달린 표정 없는 얼굴이 늘어진 음낭처럼 흔들렸다. 머리와 연결된, 허리 아래가 떨어져 나간 시체는 흐느적거리며 어둠 속으로 사라졌다. 하지만 몇 달째 그를 괴롭히던 목소리는 체셔 고양이처럼 텅 빈 허공 속에 남아 있었다.

이리 와.

시체 짐승들이 창문을 통해 쏟아져 들어왔다. 처음에 들어온 건 대부분 잘려 나간 손이었다. 그 뒤에 들어온 건 그보다 구분이 어려웠다. 적사병으로 죽은 이들의 썩은 신체 조각들이 뭉쳐져 만들어진 개만 한 짐승들이었다. 조각 대부분은 인간들이었지만 군데군데 죽은 개와 고양이와 비둘기 사체가 섞여 있었다. 분홍색 젤리에 덮인 그들의 몸은 창문을 통해 스며들어오는 달빛에 창백하게 번뜩였다.

소년은 허벅지 위에 묶은 지혈대를 다시 고쳐 묶고 거꾸로 잡은 창으로 고장 난 문손잡이를 다시 후려쳤다. 철컥하며 손잡이가 옆으로 꺾였다. 발로 걷어차자 문이 열렸다. 틈 사이로 빠져나온 소년은 다시 문을 걷어차 닫았다. 그는 쉭쉭 소리를 내는 잘려나간 손을 바짓가랑이에 매달고 계단을 향해 달렸다.

유리문 앞에서 선 소년은 아직도 매달려 있는 손을 잡아 계단 밑으로 내팽개쳤다. 잘린 손이 손목 구멍으로 내는 비명을 뒤로하고 그는 문 밖으로 뛰어나왔다. 절룩거리면서 텅 빈 상가를 질주했다. 상가 끝에 있는, 실제보다 가까워 보이는 대구역이 소년의 목적지였다. 목적지 자체는 의미가 없었다. 어떻게든 저들을 따돌리는 게 먼저였다. 하지만 이 다리로 그게 가능할까?

처음 마주쳤을 때 저들은 징그럽고 신기한 구경거리에 불과했다. 꿈틀거리는 시체 조각들보다 다른 생존자들이, 가끔 예고도 없이 날아들어 기관총을 쏘고 폭탄을 떨어뜨린 뒤 사라지는 드론들이 더 무서웠다. 하지만 드론도, 생존자도 보이지 않은 지 오래였다. 이제 저들만이 소년과 함께 남아 있었다. 그리고 그들은 점점 더 빨라지고 강해지고 커지고 있었다.

드르륵거리는 소리가 났고 땅이 진동했다. 무언가 거대한 것이 아스팔트를 긁으며 소년에게 다가오고 있었다.

아나콘다였다.

대구에는 최소한 다섯 마리의 아나콘다가 살고 있었다. 시체 조각들이 붙어서 짐승이 될 때는 무슨 모양이든 취할 수 있었다. 하지만 덩치가 커지면 선택의 여지는 줄어들었다. 다시 두 조각으로 쪼개지거나 뱀이 되거나.

지금 소년의 뒤를 쫓아오고 있는 건 길이 25미터 길이의 적갈색 뱀이었다. 인간의 몸이었을 때는 절대로 입이었을 리가 없는 조각들로 이루어진 거대한 아가리 안에는 부러진 누런 뼈들이 이빨 대신 박혀 있었다. 눈은 없었다. 적어도 눈처럼 생긴 것들은.

뱀은 빨랐다. 지금과 같은 절름거리는 다리로는 도저히 따돌릴 수 없었다. 벌써부터 뱀이 땀구멍으로 뿜어대는 시큰한 냄새가 코를 찔렀다. 15미터, 10미터, 5미터.

소년은 갑자기 방향을 바꾸었다. 속도로 따돌릴 수 없다면 저것의 운동량을 이용할 수밖에 없다. 소년은 뱀의 떡 벌어진 아가리를 스치며 반대 방향으로 달렸다. 뱀은 몸부림쳤지만 10톤이 넘는 몸뚱이가 그렇게 쉽게 멈출 수는 없었다. 꿈틀거리는 뱀의 몸은 버려진 트럭과 비스듬히 충돌했다.

따돌린 것일까? 아니. 이제 소년은 뱀을 따라 달려오는 다른 짐승들을 향해 달려가고 있었다. 다시 90도로 꺾어 골목으로 빠지려 했지만, 그쪽에서도 짐승 무리들이 달려오고 있었다. 뒤에서는 다시 자세를 잡은 아나콘다가 그를 향해 돌진했다. 사방이 막혔다.

소년은 창을 떨어뜨리고 그 자리에 엉거주춤 섰다. 잘 버텨왔어. 지나치게 오래 버틴 건지도 몰라. 왜 처음부터 포기하지 않았던 걸까? 왜 이 망할 도시에서 1년 반 동안 살아남았던 걸까. 세상 어느 누구도 나를 원치 않는데. 소년은 쭈그리고 앉아 눈을 감고 그를 집어삼키려 달려드는 뱀을 기다렸다.

그때였다. 소년의 주변이 불타오른 것은.

2

"생존자다!"

맑은 여자 목소리가 들렸다.

소년은 쿨럭쿨럭 기침을 하며 한쪽 눈을 떴다. 맨 처음 눈에 들어온 것은 적갈색의 연기와 회색 잿가루였다. 연기가 어느 정도 걷히자 불에 탄 시체들과 낑낑거리면서 달아나는 짐승들이 보였다. 소년은 뒤를 돌아보았다. 검게 탄 아나콘다의 머리와 목 일부가 아스팔트에 달라붙어 있었다. 뱀의 나머지는 불타는 머리를 끊어 던지고 달아난 모양이었다.

연기가 더 걷히자 사람들이 보였다. 열 명 정도로 보였다. 절반은 군복을 입고 무장을 하고 있었다. 나머지 반은 아니었다. 소년은 양손을 치켜들었다. 짐승들은 죽고 달아났지만, 전혀 안전하게 느껴지지 않았다. 저들이 나를 무엇이라 생각할지 어떻게 안단 말인가.

"난 깨끗해요. 병들지 않았어요. 멀쩡해요. 사람이에요."

소년이 웅얼거렸다.

"알았어. 진정해."

아까 그 목소리가 말했다. 소년은 목소리의 주인을 찾았다. 사복 차림의 하늘하늘하고 키가 큰, 그와 비슷한 나이 또래로 보이는 여자아이였다. 천진난만한 동그란 얼굴이 화사하고 예뻤다. 입고 있는 회색 코트는 깨끗하고 비싸 보였다. 무장은 하고 있지 않았다.

뒤에 비슷한 사복 차림을 한 사람이 세 명이 더 있었다. 여자 하나, 남자 둘. 모두 스무 살 미만으로 보였다. 다른 여자아이는 조각 같은 얼굴이 표정 없이 차가웠다. 남자아이 하나는 아주 키가 컸다. 체형이나 자세가 농구선수 같았다. 다른 남자아이는 머리를 군인처럼 짧게 깎았고 얼굴이 물속에서 오래 구른 조약돌처럼 반들반들했다. 그 뒤에는 벽돌처럼 네모나고 굵직하게 생긴 중년 남자가 안경 너머로 소년을 째려보고 있었다.

"너무 가까이 가지 마."

두 번째 남자아이가 말했다.

"뭐가 무서워서? 아직도 병에 걸릴까 봐 겁나니?"

"저게 뭔지 네가 어떻게 알아."

"그렇게 겁이 난다면 처음부터 여기 오질 말든가."

여자아이는 소년에게 하얀 장갑을 낀 손을 내밀었다. 소년은 그 손을 잡고 비틀거리며 일어났다.

"안녕, 난 윤세니야."

"케, 케네스 리."

소년은 우물거렸다.

"어디서 왔어?"

"브, 브루클린."

"한국 이름은 뭐야?"

켄은 잠시 머뭇거리다가 그 이름을 말했다. 운 없는 이름이었다. 어렸을 때 좋아했던 아이돌의 이름을 아들에게 붙여주면서 나중에 그가 연쇄강간범이라는 사실이 밝혀질 가능성까지 계산하는 엄마가 몇이나 될까.

세니라는 아이는 몇 분의 몇 초 동안 잠시 떠올랐던 난처한 표정을 지우고 다시 친절한 미소를 지었다.

"그냥 켄이라고 부를게. 저 재수 없는 애는 김세훈이야. 저 키 큰 애는 박찬우. 여자애는 서미래야. 우린 블루 스펙터스야."

"블루 뭐?"

"블루 스펙터스. 우린 K-포스의 알파팀이야."

켄은 머리를 긁었다. 그는 대구 바깥 세계가 어떻게 변했는지 대충은 알고 있었다. 적사병은 남한 인구의 3분의 1을 죽인 뒤 간신히 멈추었고 생존자 중 초능력을 쓰는 이상한 아이들이 나타났다. 세니와 친구들이 그 아이들이라는 건 짐작할 수 있었다. 하지만 아이들은 군인이나 특수요원보다 연예인이나 치어리더 같았다. 자신의 능력을 믿고 있어서 그런 건지는 몰라도 군인들과는 달리 여유로워 보였다.

켄은 위축되었다. 단 한 번도 잘생겼다거나 예쁘다는 말을 들어본 적 없는 외모였지만, 지금 그는 이전보다 더 끔찍했다. 스트레스성 폭식으로 20킬로그램 가까이 살이 더 쪄 있었고 적갈색 그물망이 문신처럼 몸을 덮고 있었다. 퉁퉁 부은 얼굴은 아주 간단한 표정밖에 지을 수 없었고 깨진 앞니 사이로 발음이 샜다. 그에 비하면 가위로 직접 자른 삐죽삐죽 머리는 귀여운 수준이었다. 암만 봐도 전문 메이크업 팀이 따라다닐 거 같은 저 아이들 눈에 나는 얼마나 끔찍해 보일까.

하지만 세니는 켄의 외모에 대해 티끌만큼의 반응도 보이지 않았다. 대신 그녀는 말 속도를 살짝 높이고 지금까지의 상황을 설명했다. K-포스는 적사병이 돌기 전까지 연예기획사였다. 그런데 갑자기 초능력이 생긴 아이들이 여기저기 나타나자 회사에서는 연예인을 키우는 대신 초능력을 가진 아이들을 모아 사설 군대를 만드는 것으로 사업 방향을 바꾸었다. 세니는 블루 스펙터스는 사설 군대와는 다른 종류라고 했지만 켄은 차이를 알 수 없었다. 하여간 블루 스펙터스는 지난 한 달 동안 여러 가지 대단한 일을 했다는데, 켄에게 그 이야기는 모두 옛날 SF 드라마 줄거리 요약처럼 들렸다.

"그, 그, 그럼 왜 여기 왔는데?"

켄이 물었다.

"적색 격리가 풀렸어."

세니는 설명했다.

"이제 살아남은 남한 사람들 대부분이 적사병의 항체를 갖고 있어. 이전처럼 적사병과 프로스페로 생태계를 두려워하는 대신 연구할 때가 된 거지. 정부에선 과학자들과 군인들을 파견했고 우리도 따라왔어. 여기 생명체에 대해 연구하고 생존자들도 구출하고."

"하, 하, 하지만 지금까지 우리를 죽이려 했잖아."

"나도 알아. 하지만 당시엔 어쩔 수 없었대. 과학자들도 적사병에 대해 아는 게 전혀 없었으니까. 다들 인류가 외계 생명체 때문에 멸망하는 줄 알았어."

"다, 다 죽었어. 너무 늦었어."

켄은 울음을 터뜨렸다. 눈물이 지저분한 얼굴을 타고 흘러내렸다. 부기 때문에 얼굴이 제대로 일그러지지 않아 두꺼운 마스크를 쓴 기분이었다. 목구멍에서 올라오는 울음소리는 죽어가는 짐승의 신음 같았다. 창피해진 켄은 어떻게든 울음을 멈추려 했지만 잘되지 않았다. 세니는 난처한 표정을 지으며 한 걸음 뒤로 물러났다.

켄의 울음을 중단시킨 건 안경 쓴 남자였다. 그는 더 참아줄 수 없다는 듯 성큼성큼 다가와 켄의 어깨를 잡고 흔들었다. 순식간에 울음이 멈추었다. 대신 딸꾹질이 나왔다. 남자는 입을 열었지만, 시작도 하기 전에 미래라는 아이가 조용히 말을 막았다.

"'사내답지 못하게 어쩌구' 같은 소릴 할 거 같으면 그만둬요. 교수님 같으면 여기서 혼자 1년 반을 버틸 수 있을 거 같아요?"

교수라는 남자는 움찔했다. 그와 함께 켄의 딸꾹질도 멎었다. 호기심이 억울함과 울분을 이겼다. 무언가 신기한 일이 벌어지고 있었다. 켄은 지금까지 한국 중년 남자가 무례한 10대 여자아이에게 이렇게 고분고분한 건 본 적이 없었다. 미래는 그 남자를 휘두를 수 있는 힘을 갖고 있었다.

교수가 우물쭈물하는 동안 미래가 켄에게 다가왔다. 코트 주머니에 손을 쑤셔 넣고 한 번 부르르 몸을 떤 그녀는 아까와 같은 덤덤한 목소리로 말했다.

"브루클린에서 온 케네스 리. 너희 집은 어디에 있니?"

켄은 역 반대쪽을 손가락으로 가리켰다.

"할머니 집이야."

"할머니는 살아 계셔?"

그는 고개를 저었고 미래는 더 물어보지 않았다.

그들은 군인들을 남겨놓고 켄을 따라 걸었다. 목소리는 들리지 않았고 짐승들도 보이지 않았다. 4층 노래방 창가에 앉아 있다가 후닥닥 날아간 저 커다란 생명체는 아마 진짜 새일 것이다. 인간들이 포기한 1년 반 동안, 온갖 동물들이 대구에 들어왔다. 그들 중 일부는 잡아먹혀 괴물의 일부가 되었지만, 나머지는 그럭저럭 공존에 성공했다. 고라니나 멧돼지의 입장에서 보면 프로스페로 생태계는 인간의 도시보다 관대했다.

교수는 들고 있는 360도 카메라로 검붉게 물든 도시를 찍으며 걸었다. 가끔가다 멈추어서 갈라진 아스팔트 틈 사이에서 기어 나온 붉은 풀을 뜯어 플래시에 비추어 보았다가 버렸다. 웅얼거리는 소리를 들어보니 그는 외계 생명체 유입설을 지지하는 모양이었다. 하긴 그게 대구 지하에서 지구의 다른 생명체와 아무 관계도 없는 복잡한 생태계가 스스로 진화했다는 가설보다 더 그럴싸하다. 하지만 그렇다면 그 생태계는 어떻게 왔을까? 화성이나 혜성에서 왔을까? 아니면 외계인의 우주선이 데려온 것일까? 그라고 답을 알 리 없었다.

집에 도착한 켄은 현관문 자물쇠를 열고 안으로 들어갔다. 문 옆에 늘어져 있는 끈을 잡아당기자 천장에 매달린 LED 캠핑등이 켜졌다. 예상외로 깔끔한 내부를 보고 놀란 미래가 짧게 휘파람을 불었다. 켄은 아침에 일어나면 늘 집 구석구석을 돌며 먼지를 털고 걸레질을 했다. 쓰레기가 모이면 최소한 1킬로미터 떨어진 곳에 버렸다. 집이 조금이라도 지저분해지면 폐인이 될 거 같았다.

"수, 수도 안 나와. 하지만 욕조에 지하수 물을 부어놨어. 양동이에 담긴 더러운 물은 화장실 물 내릴 때 쓰면 돼."

켄은 허겁지겁 말했다. 마치, 그들이 아무 데나 소변을 보며 그가 유지해온 문명 세계를 망가뜨리기라도 할 것처럼.

"진짜 피아노네?"

구석에 놓인 업라이트 피아노를 발견한 세니가 신기한 듯 외쳤다.

"할머니 거야. 피아니스트셨어. 나, 나도 피아노 쳐. 바, 방학 때, 할머니네 집에 왔다가…… 그러니까…….

세니는 환한 미소를 지으며 피아노 뚜껑을 열었다. 최면에라도 걸린 것처럼 켄은 피아노 의자에 앉았다. 무언가를 연주해야 했다. 하지만 무얼 하지? 그는 아침까지 라벨의 「밤의 가스파르」를 연습했다. 하지만 세니가 보는 앞에서 그 곡을 연주한다면 분명 손가락이 꼬일 거 같았다. 한참 망설이던 그는 스카를라티의 소나타 K. 427을 골랐다. 그게 나을 거 같았다. 더 논리적이니까. 더 이성적이니까. 내가 붉은 점박이 뚱보 괴물이 아니라 생각하는 인간임을 보여주어야 하니까.

처음엔 조금 느리게 시작했다. 땀에 젖은 손가락이 건반에서 죽죽 미끄러졌다. 하지만 켄은 자연스럽게 흐름을 탔다. 수백 년 전에 죽은 이탈리아 작곡가의 머릿속에서 조합된 명료한 음들이 켄의 머리와 손을 통해 되살아났다. 검붉은 시체 조각들이 지배하는 야만적인 세계의 한구석이 문명으로 빛이 났다.

스카를라티의 선율을 따라가며 켄은 주변에 서서 음악을 듣는 사람들의 반응을 체크했다. 남자아이들은 이 곡에 대해 전혀 모르는 거 같았다. 여자아이들은 모두 한때 유행했던 음악 수학 교육을 받은 경험이 있어서 남자애들보다 나았고 미래는 작품번호도 알고 있는 거 같았다. 하지만 그가 가장 감동시킨 건 교수였다. 그의 마음에서 흘러나오는 경탄의 진동이 뒤통수에 느껴졌다.

연주가 끝났다. 박수 소리가 들렸다. 엉거주춤 일어난 켄은 몸을 돌려 최대한 문명인다운 미소를 지으며 청중을 향해 살짝 허리를 숙였다. 교수는 켄에게 다가와 양손으로 그의 오른손을 감싸 쥐며 말했다.

이리 와.

3

"저 애는 케네스 리가 맞아요."

미래가 폰을 들여다보며 말했다.

"줄리아드에 기록이 있어요. 수상경력도 있고요. 얼굴이 많이 바뀌긴 했지만 그래도 구별은 하겠어요. 할머니는 이대 정하령 교수였고요. 정말 운이 없었네요. 이틀 머물고 돌아갈 예정이었는데, 이렇게 발목을 잡히다니."

"어떻게 살아남았을까?"

하일 교수가 말했다. 질문보다는 독백처럼 들렸다.

"저 괴물들도 음악을 좋아했나 보죠. 식사 때 반주를 연주해줄 피아니스트가 필요했던 거 아닐까?"

둘의 대화를 듣고 있던 세니가 끼어들었다.

"그게 사실이라고 하더라도 아직 모자라지. 저 괴물들이 본격적으로 활동하기 시작한 건 몇 개월 전부터야. 대구 시민 대부분이 죽은 뒤지. 그 전까지 저 아이가 살아남을 수 있었던 이유가 따로 있었다면?"

미래는 얼굴을 찌푸렸다.

"꼭 이유가 있어야 하나요? 모두가 한꺼번에 죽을 수는 없고 누군가는 줄 맨 뒤에 있어야 하잖아요. 모래시계에서 맨 마지막으로 떨어지는 모래알에도 사연이 있어야 해요?"

"그렇게 단순하지가 않아."

하 교수가 말했다.

"내가 몇 번 말했니. 여기서 발견된 건 수백 종의 독립적인 생물들로 구성된 하나의 생태계야. 단순한 미생물 하나가 아니라고. 그것도 지금까지 꼭꼭 접혀 숨어 있던 미지의 물리법칙과 함께 나타난 거다. 우린 아직도 지금 상황이 어떻게 돌아가는지 전혀 몰라. 적사병으로 죽는 사람들이 줄어들었다고 일이 끝난 건 아니란 말이다. 너희는 지금 만화책 슈퍼히어로로라도 된 거 같아 재미있겠지. 하지만 적사병으로 죽은 사람들과 너희들의 차이는 그렇게 크지 않아. 너희들은 죽은 사람들과 조금 다른 식으로 병을 앓는 것이고 앞으로 이 상태를 유지할지도 알 수 없어. 그건 지금은 능력이 없어 보이는 다른 생존자들도 마찬가지지. 인류가 살아남으려면 모든 가능성을 고려해야 해. 그렇다면 저 뚱보가 지금까지 살아남을 수 있었던 특별한 이유가 있었을 가능성도 무시해서는 안 된단 말이다."

"세니가 저 애를 30초만 늦게 발견했어도 교수님은 이런 고민을 하지 않았을 텐데요."

교수는 대답하지 않았고 대화는 시시하게 끊겼다. 미래는 하 교수가 인류의 미래에 대해 걱정하도록 내버려두고 세니와 함께 밖으로 나갔다.

탁탁탁 공이 아스팔트 바닥을 두드리는 소리가 났다. 맞은편 공터 운동장에서 찬우가 군인 두 명과 함께 근처 가게에서 가져온 농구공을 갖고 놀고 있었다. 그는 진심으로 아무런 생각 없이 행복해 보였다. 행복함은 찬우의 가장 큰 재능이었다. 어떤 상황에서도 쉽게 행복해지고 평안해지는 아이였기 때문에 블루 스펙터스의 보호자가 된 것이다.

"저, 저 애의 능력이 뭐라고?"

미래와 세니는 뒤를 돌아다보았다. 담벼락에 기댄 켄이 사과를 씹으며 찬우를 바라보고 있었다. 그는 어제보다 덜 괴물 같았다. 여전히 붉은 거미줄로 덮여 있었지만, 얼굴과 손은 깨끗했다. 입고 있는 새 옷은 모두 고급스럽고 비싸 보였다. 분명 근처 백화점에서 가져왔을 것이다. 대구에서 지낸 1년 반은 끔찍했겠지만 적어도 굶거나 못 입지는 않았던 것 같았다.

"보호막을 만들어."

세니가 말했다.

"「스타 트렉: 디파이언트」에 나오는 거 같은? '함장님, 실드가 30퍼센트 남았습니다!'"

"맞아."

"너, 너는 불을 지르거나 폭파하고. 미래는 멀리 있는 물건을 움직이고. 다, 다른 남자애는 능력이 뭐야?"

"걔도 염동력자야. 미래가 더 힘이 세지."

켄은 고개를 끄덕였다.

"아하, 제2 바이올린."

"현악 4중주 비유는 여기에 잘 안 맞는 거 같다."

미래가 말했다.

"하, 하긴 좋은 제2 바이올린 주자 같지도 않았어."

미래는 어떻게 대답해야 할지 알 수 없었다. 켄은 미래나 세훈이 초능력을 쓰는 걸 한 번도 본 적이 없었다. 하지만 그는 정곡을 찔렀다. 세훈은 이 팀에 어울리지 않았다. 다른 세 명과 호흡도 맞지 않았고 무엇보다 팀에 있는 것 자체를 싫어했다.

세훈이 블루 스펙터스에 있는 건 순전히 K-포스의 사장인 아버지 김영천이 그를 억지로 팀에 넣었기 때문이었다. 그는 혼자 있을 때 몰래 울었고 다른 회사 직원이나 기자들이 없을 땐 아버지 욕을 했다. 그럴 때마다 다른 멤버들은 불편하기 짝이 없었지만 적어도 그 욕의 창의성은 인정해줄 수밖에 없었다.

따지고 보면, 좋아서 이 팀에 들어온 사람은 없었다. 모든 일이 너무나도 급작스럽게 일어났다. 누군가가 만화책 슈퍼히어로가 되어 슈퍼 악당들과 싸우는 게 너의 운명이라고 우긴다면 얼떨결에 넘어갈 수밖에 없었다. 세니나 찬우처럼 긍정적인 성격이 아닌 미래는 종종 이 어처구니없는 서커스에 갑갑해 미칠 것 같았다. 그녀가 정신적으로 무너지지 않게 막아주는 것은 자신에 대한 호기심이었다. 손을 두 번 휘젓는 것만으로 악당들의 내장을 매듭지을 수 있는 어처구니없는 능력. 그녀는 그 능력의 끝이 궁금했다.

호랑이도 말하면 온다고, 세훈이 한 무리의 남자들과 함께 골목 안으로 들어왔다. 오늘 아침 헬기를 타고 도착한 K-포스의 임원

들과 과학자들이었다. 세훈이 손가락으로 켄을 가리키자 과학자
들이 다가왔다. 켄은 멍청한 눈으로 그들의 설명을 듣더니 사과
속을 티슈로 싸 주머니에 넣고 느릿느릿 임원들을 향해 걸어갔
다.

'저 아이가 어쩌다 마지막까지 남은 모래알인지, 아니면 다른
무언가인지는 곧 알게 되겠지.'

미래는 생각했다.

4

(하일 교수의 구술 메모에서 발췌)

아이는 비교적 건강하다. 적사병의 후유증으로 안면 마비 증상과 피
부병에 시달리고 있지만 곧 치료될 것이다. 아이는 우리가 가져온 과
일들을 걸신들린 듯 먹어치우고 있다. 그동안 신선한 과일을 구하기
어려웠을 환경을 생각하면 충분히 이해할 만하다.

다른 생존자들은 찾지 못했다. 모두 죽었을 수 있지만, 우리를 두려
워하며 숨어 있을 가능성도 있다. 적사병 발병 이후 1년 동안 우리가
저지른 일들을 생각해보라. 충분히 있을 수 있는 일이다.

대구의 풍경은 허버트 조지 웰스가 상상했던 화성인 식물에 정복당
한 영국의 모습과 비슷하다. 아스팔트와 건물은 끈적끈적한 붉은색 프

로스페로 식물들로 덮여 있다. 단지 이들은 지구 생태계와 평화로운 공존을 이루고 있다. 지구 식물들이 이들의 존재에 위협을 받고 있는 것 같지 않으며, 특히 멧돼지들은 새로운 먹이를 좋아하는 것 같다.

시체 조각들로 이루어진 프로스페로 짐승들은 지옥에서 기어 나온 것처럼 끔찍해 보이지만 보기만큼 위협적인가? 그건 모르겠다. 일단 그들 상당수는 입도, 소화기관도 없다. 길거리를 돌아다니는 잘려 나간 손은 그냥 잘려 나간 손일 뿐이다. 징그러울 뿐, 어떤 해도 끼치지 않는다. 단지 이들이 무리를 이루고 있을 때는 사정이 다르다. 그리고 무리의 중심에는 입과 소화기관을 가진 놈들이 있다. 이들이 고라니를 사냥하는 것을 보았다. 윤세니가 나서지 않았다면 아이도 같은 꼴을 당했을 것이다.

우리는 그 커다란 뱀을 잡으려고 했다. 포위되자마자 그것은 네 조각이 났고 그중 하나는 수십 조각으로 흩어져 달아났다. 저들은 나중에 따로 모여 또 다른 종류의 짐승이 될까? 소화기관이 없는 잘려 나간 손 같은 놈들은 어떻게 양분을 섭취할까? 어렸을 때 나는 영화 속 좀비들이 어떻게 굶어 죽지 않고 영구기관처럼 끝없이 움직이는지 궁금했다. 같은 질문을 대구에서 만난다.

조각 난 시체들은 그냥 재료에 불과하다. 끈적거리는 핑크색 물질이 조각 내부에 깊숙이 침투해서 근육을 조종하고 있다. 하지만 그 조각들을 조종하는 뇌는 어디에 있을까? 핑크색 물질이 근육에 꽤 복잡한 신경망을 만들어놓긴 했지만, 뇌 구실을 할 정도는 아니다. 그런데도 그것들은 마치 양치기 개 정도의 지능이 있는 것처럼 움직인다.

무언가가 외부에서 조종하고 있다고 봐야 말이 된다. 하지만 우리는 어떤 종류의 외부신호도 감지해내지 못했다. 기대했던 건 아니다. 우리는 알파 초능력자들의 능력에 대해서도 아는 게 전혀 없다. 초능력자들이 염력으로 자동차를 들어 올리고 불을 지른다. 영화에서 흔히 보았던 일이라 사람들은 순식간에 이 광경에 익숙해졌다. 하지만 물리학자들에겐 미칠 일이다. 초능력자들과 자동차 사이엔 어떤 종류의 힘의 연결도 발견되지 않는다. 그것들은 형편없게 편집된 20세기 어린이 드라마의 한 장면처럼 뜬금없이 그냥 떠오르거나 폭발한다. 몇몇 과격한 이론가들은 심지어 이들 사이에 인과관계가 있다는 사실 자체를 부인한다. 이와 관련되어 몇 가지 그럴싸한 이론들이 나왔지만 나는 믿지 않는다.

프로스페로 생태계가 처음 발견된 지하철 4호선 공사장에서는 쓸 만한 게 거의 나오지 않았다. 계속 파고 있지만, 폭격 때문에 남아 있는 게 별로 없다. 정두원 소령은 이들을 데려온 우주선을 발견할 수 있을 거라고 믿지만, 우리가 그렇게까지 운이 좋을 리가 없다. 만약 이들이 정말로 외계에서 왔다고 해도 우주선은 지나치게 쉬운 답변이다.

여전히 최예나 교수팀이 죽어가면서 기록한 데이터에 의지할 수밖에 없다. 그리고 그 데이터의 답은 미스터리이다. 어떤 종류의 에너지도 들어오지 않는 지하 200미터의 작은 동굴 속에서 그들은 최소한 몇십만 년 동안 생존해왔다. 우리는 가능한 모든 종류의 답을 모아 덧셈을 해보았지만, 그 합으로는 그들의 생존을 설명할 수 없었다. 무언가 다른 것이 있다. 뜬금없이 자동차를 날리고 폭파시키는 아이들의 능력과 그것은 연관성이 있을 것이다.

국방부의 A.I.가 프로스페로의 초상화를 그려 왔다. 지난 일주일 동안 우리가 모은 데이터를 바탕으로 가지치기를 해 가장 그럴싸한 모양을 찾아낸 것이다. 여기서 '모양'이나 '그리다'는 모두 비유적 표현이다. 우린 아직 프로스페로가 어떤 모양을 하고 있는지, 과연 고정된 모양이 있긴 한 건지도 모른다. 하지만 그것의 지능이나 사고방식, 동기를 추리하는 것은 가능하다.

나는 최대한 과학자답게 이 초상화를 읽으려 하지만 쉽지 않다. 조금만 방심해도 어린 시절 읽고 보았던 책과 영화의 이미지가 그 위에 겹쳐진다. 존 카펜터의 영화에 나오는 남극의 변신 외계인, H. P. 러브크래프트의 소설에 나오는 고대의 존재. 영리하지만 섬뜩하고 낯선, 소통이 불가능한 괴물들.

나는 그것과 대화를 해야 한다고 믿는다.

군의 입장은 분명하다. 프로스페로의 위치를 발견하는 즉시 파괴한다. 그것에게 인류의 생존을 위협할 기회를 주어서는 안 된다. 하지만 이건 멍청하기 짝이 없는 소리다. 대구와 구미의 레드존은 겉으로 드러난 중심부에 불과하다. 시체 조각이 돌아다니거나 빨간 외계 식물이 건물을 뒤덮지 않고 있을 뿐, 이미 남한 전 국민이 프로스페로 생태계의 일부이다. 프로스페로 감염자들의 국가, 그게 바로 대한민국의 정체성이다. 당연히 우리는 우리 자신에 대해 더 잘 알아야 할 의무가 있다. 대화를 해야 한다. 그게 안 되면 연구해야 한다. 파괴는 그다음에 생각해도 늦지 않다.

우리가 프로스페로의 파괴에 성공한다고 해도 바깥 세계 사람들이 우리를 믿어야 할 이유는 전혀 없다. 완벽한 격리는 불가능하다는 걸 그들도 알고 우리도 안다. 조금만 이상한 낌새가 보여도 그들은 한반도에 반물질 폭탄을 떨어뜨릴 것이다. 요새 기고만장한 북한도 맘에 안 들 테니 핑계를 대며 거기에도 몇 개 떨어뜨리겠지. 그들이 제주도는 남겨놓을까? 어림없는 소리. 프로스페로는 우리의 보험이다. 어떻게든 이 늙은 마법사를 찾아내 독점해야 한다. 새로운 지식을 강탈하고 이것으로 무장해야 한다.

나와라, 이 영감탱이야.

이상한 경험을 했다.

몇 분 전에 있었던 일이다. 나는 정 소령과 함께, 군인들이 춘자라고 부르는 시체를 따라가고 있었다. 춘자는 드물게 몸이 온전하게 보존된 개체이다. 아니, 온전한 것 이상이다. 왼쪽 등에 까마귀나 까치의 것처럼 보이는 날개 하나가 덤으로 붙어 있다. 얼굴은 젤리에 덮여 어떻게 생겼는지 잘 보이지 않지만 제법 몸매가 좋고 실오라기 하나 걸치지 않은 나체라 군인들은 춘자가 나타날 때마다 음란한 농담을 해댄다.

왜 온전한 시체를 찾기가 힘들까? 왜 이들은 분해되어 다시 엉성한 모습으로 조립되는 것일까? 정 소령의 가설은 프로스페로가 직립보행 조종을 힘들어한다는 것이다. 이족보행을 하는 시체들이 없는 건 아니다. 하지만 그들은 대부분 두 동강 나 있다. 상반신만 남은 시체가 물구나무서고 있거나 하반신만 돌아다니거나 둘 중 하나이다. 나머지는 대부분 다리가 세 개 이상이다. 군과학자들은 이 조립상태에 대한 데이터를 모아 연구하면 프로스페로가 온 행성의 생명체들에 대해 알 수 있을 것이라 생각한다. 나는 그들이 자동차나 기중기처럼 기능에 맞추어진 몸을 갖고 있을 뿐이라 생각한다.

춘자를 만난 건 우연이었다. 점심을 먹고 3호선 모노레일을 따라 산책하다가 어쩌다 마주쳤다. 우리는 세상에서 가장 당연한 일인 것처럼 춘자의 뒤를 밟았다. 춘자는 보이지 않는 거대한 손이 조종하는 퍼펫처럼 이상한 동작으로 걷고 있었는데 불편하면서도 에로틱해 보였다. 우리는 걸어가며 춘자가 이 모습 그대로 남을 것인지, 아니면 곧 두 동강 날 것인가를 두고 토론을 벌였는데, 그건 그냥 핑계였고 둘 다 춘자의 뒷모습을 변태스럽게 즐기고 있었던 것 같다.

그런데 갑자기 춘자가 멈추어 서서 우리를 바라보았다. '바라보았다'라고 썼지만 춘자는 고개나 몸을 돌리지 않았다. 춘자의 눈은 죽은 지 오래되었기 때문에 그런 동작은 무의미했다. 하지만 피부의 젤리막 군데군데에 눈 역할을 하는 것으로 추정되는 깨알만 한 신경 뭉치들이 박혀 있었고 춘자는 그것들로 우리를 보고 있었다.

춘자는 뒷걸음질을 쳤다. 그 걸음걸이가 너무나도 자연스러워 오히려 이게 더 정상이라는 생각이 들 정도였다. 들통난 염탐꾼처럼 달아나던 나는 다리가 얽혀 우스꽝스러운 모양으로 엎어지고 말았다. 정소령의 손을 잡고 일어나려는 바로 그 순간 소리 없이 다가온 춘자의 뒤통수가 내 코앞에 닿았다. 젤리로 덮인 더러운 머리카락이 지렁이들처럼 꿈틀거리며 얼굴을 더듬었다.

그리고 춘자가 말했다.

"이리 와."

복음사가처럼 경건하고 명확한 테너였다. 춘자가 말하는 것처럼 느껴졌지만 정말 그럴 리는 없었다. 나는 뒤에서 희미한 합창 소리도 들을 수 있었다. "내 마음 깨끗게 하사 내 주여 받아주소서. 죄로 물든 몸 주께 맡기니 나를 구원하옵소서." 몇 초 동안 나는 프로스페로의 잘려 나간 손들이 모여 손목 구멍으로 바흐의 「마태수난곡」을 합창하는 모습을 상상했다. 하지만 그럴 리가 없었다. 그 합창 소리는 내 머릿속에서 나온 것이다. 우연히 떠오른 복음사가라는 단어가 기억 속에서 바흐의 합창곡을 끌어온 것이다. 그렇다면 저 "이리 와"란 목소리도 내가 상상한 것일까?

총성과 함께 춘자의 뒤통수에 구멍이 났다. 춘자는 한 번 휘청하더니 별일 아니라는 듯 꼿꼿하게 자세를 고쳐 잡았다. 정 소령이 낸 총알 구멍은 이제 뻥 뚫린 외눈처럼 보였다. 겁에 질린 두 남자를 남겨놓고 그녀는 비척거리며 모노레일 그늘을 따라 걷기 시작했다.

정 소령이 춘자의 목소리도, 「마태수난곡」의 합창도 듣지 못했다는 당연한 사실도 기록해야 할까?

5

하일 교수는 쿵쿵거리면서 정하령 교수의 집으로 들어갔다. 켄이 연주하는 쇼팽의 20번 녹턴이 들려왔다. 보나 마나 남자애들은 지겨워 나갔을 거고 여자애들만 남아 있겠지. 세니의 시선을 느끼면서 어깨에 힘을 주고 건반을 두드리는 켄의 뒷모습도 상상이 됐다. 녀석이 세니에게 홀딱 반해 있다는 건 모두가 알고 있었다. 대단한 기대는 없었겠지만 그래도 녀석은 세니에게 자신이 겉보기보다 나은 놈이라는 걸 증명하려 필사적이었고 가진 건 피아노 실력밖에 없었다. 그리고 지금 녀석은 쇼팽을 옥수수 시럽처럼 들쩍지근하게 연주하고 있었다. 도저히 들어줄 수가 없었다.

거실에 들어가니 미래가 없는 걸 제외하면 정말 예상과 똑같아서 하 교수는 기가 찼다. 다행히도 연주는 그가 들어오자마자 끝이 났다. 교수는 오기 전에 정 소령과 입을 맞추어두었던 거짓말로 세니를 내보냈다. 소령과 통화하며 밖으로 나간 세니가 대문을 닫고 나가는 소리가 들리자마자 교수는 호통을 쳤다.

"넌 도대체 정체가 뭐냐?"

켄은 대답하지 않았다. 녀석은 교수로부터 등을 돌린 채 말없이 피아노 건반을 손으로 쓸었다.

"무, 무슨 말인지 모르겠어요."

"그게 거짓말이라는 걸 내가 안다는 걸 너도 알지 않냐?"

켄은 엉덩이를 꿈틀거리며 천천히 돌아앉았다. 안면 마비 증상 때문에 여전히 표정을 읽기 힘들었지만, 교수는 이제 그 의뭉스러운 얼굴 밑에 무엇이 감추어졌는지 알 수 있었다.

"넌 프로스페로의 스파이야."

교수가 말했다.

"아, 아니에요."

"우리 마음을 읽고 프로스페로에게 전달하는 게 네 일이 아니었다고? 그 괴물이 널 아무런 이유 없이 살려둔 거라고?"

켄은 피아노 의자에서 벌떡 일어났다. 녀석의 정신이 붉게 불타오르는 게 느껴졌다. 화가 났구나, 교수는 생각했다. 분노는 저렇게 생겼구나.

"나, 나는 싸웠어요. 사, 살려준 게 아니야. 나, 나는……."

한참 동안 숨이 막혀 캑캑거리던 아이는 한참 뒤에야 끊어진 말을 이었다.

"……모, 목숨을 구걸하지 않았어."

그 말은 진실이었다.

"하지만 넌 여전히 안테나야. 프로스페로는 여전히 너의 마음을 읽고 있어. 적사병을 앓고 난 뒤부터 계속 그랬겠지. 넌 알고 있었어. 그런데도 우리에게 말하지 않았어."

"여, 여기에 버, 버, 버리고 갈까 봐."

"프로스페로가 막았던 건 아니고?"

"아, 아니에요. 마, 마법사는 힘이 없어요. 우릴 완전히 이, 이해하지 못해요. 나도 마법사를 완전히 이해 못 하고. 충분히 복잡하게 생각하고 움직이면 맞먹을 수 있어요. 그, 그, 그렇게 살아왔어. 지금까지. 안 먹히면서."

교수는 속으로 웃었다. 그는 단 한 번도 다른 사람 앞에서 프로스페로를 마법사라고 부른 적이 없었다. 녀석은 무심코 그의 마음에서 그 표현을 가져온 것이다. 그리고 녀석은 교수 역시 서서히 안테나가 되어가고 있다는 걸 알고 있었다. 내 과거도 볼 수 있을까? 내가 레드존이 되기 직전 대구에서 탈출한 마지막 감염자였고 지금까지 그 사실을 모두에게 숨겨왔다는 걸 눈치챘을까?

그가 옳았다. 초능력이란 병의 또 다른 증상이었다. 프로스페로가 지상의 살덩어리들을 조종하기 위해 풀어놨던 힘이 통제를 벗어났던 것이다. 알파 히어로들이 쓰고 있는 건 프로스페로로부터 떨어져 나온 보이지 않는 근육이었다. 켄과 그가 쓰고 있는 건 프로스페로의 신경이었다.

우리 모두 거대한 짐승의 일부인 거야.

대문 열리는 소리가 들렸다. 세니와 미래였다. 세니는 십중팔구 길에서 미래를 만났을 거고 주변 어른들, 특히 남자들은 무조건 안 믿는 미래는 이 상황이 뭔가 수상쩍다고 느꼈을 것이다. 보나 마나 정 소령에게 전화를 걸어 둘이 말을 맞추었다는 걸 캐냈겠지. 교수는 궁금해졌다. 내가 이걸 아는 건 안테나가 되어가고 있기 때문인가, 아니면 미래와 너무 오래 부대꼈기 때문인가? 현관 문이 열렸다. 발소리가 예상보다 복잡했다. 남자애들도 따라왔군. 상관없었다. 아니, 오히려 일이 쉬워졌다. 불평쟁이 하나보다 팀 전체를 상대하는 게 더 편했다.

미래가 잔뜩 찌푸린 얼굴로 거실에 들어왔을 때 그는 이미 반격 준비가 되어 있었다.

6

그들을 맞은 건 거대한 오리 괴물들이었다.

그냥 젤리를 뒤집어쓴 버려진 오리배들일 뿐이었다고 말할 수도 있었을 것이다. 하지만 미래는 그 후 20년이 넘는 세월이 흐르는 동안 '오리 괴물'이라는 표현을 고집했다. 그 표현이 그냥 더 정확했다. 오리배들은 살아 있었다. 눈과 귀를 대신하는 신경 뭉치들이 몸을 덮고 있는 젤리층 여기저기에 박혀 있었고 안을 들여다보지 않아 어떻게 그랬는지 알 수 없었지만, 당시엔 분명 헤엄칠 수도 있었다. 미래는, 하 교수에게 이끌려 수성못에 도착했을 때 세 마리의 오리 괴물들이 나란히 모여 젤리층으로 덮인 검은 눈을 번뜩이며 그들을 기다리고 있었던 것은 절대로 우연이 아니라고 생각했다.

미래는 그때를 수치스러운 패배의 순간으로 기억했다. 알파 악당들과 싸우다 지는 것은 얼마든지 있을 수 있는 일이었다. 하지만 하일 교수와 말싸움을 했는데, 시작부터 기에 밀리다 지기까지 하다니 이건 어처구니없었다.

대구에 도착하기 전까지 미래는 하일 교수와 말로 싸워서 진적이 없었다. 기 싸움에서부터 유리하기도 했지만, 그보다는 하교수가 이성적인 사람이었기 때문이었다. 미래는 말이 특별히 유창하지는 않았지만 생각이 빠르고 논리적이었다. 그녀가 문제가 있다고 생각하는 건 대부분 실제로 문제가 있었고 하 교수는 말싸움 과정에 그 사실을 깨닫기 마련이었다. 미래는 그를 한 번도 좋아한 적 없었지만 그래도 늘 약간의 존경심은 남겨놓았는데, 그녀 주변에 이성적으로 설득될 수 있는 어른들은 지극히 희귀했던 것이다.

그날 밤 벌어진 일은 정반대였다. 논리는 날아가버렸고, 오직 역전된 기 싸움만이 남았다. 과장이 아니라 실제로 그랬다. 미래는 그 이후 둘이 벌인 말싸움을 단 한 조각도 기억할 수 없었다.

하 교수가 의기양양하게 쏟아낸 말들은 스토리나 내용을 전혀 갖추고 있지 않았다. 그런데도 미래는 수성못에 끌려올 때까지 뭐가 잘못되었는지 전혀 눈치채지 못했다.

멍이 들고 찢어져 울긋불긋해진 켄의 얼굴을 훔쳐보며 미래는 심한 죄의식을 느꼈다. 세훈이 염력을 담은 주먹으로 켄을 두들겨 패고 집어던지고 욕을 퍼부을 때 그녀는 구석에서 말없이 우두커니 서 있기만 했다. 그냥 무력했던 게 아니라 심정적으로 세훈에게 동조하고 있었다. 그건 찬우도 마찬가지였고, 세니는……아니, 세니는 모르겠다. 그녀는 세니가 세훈을 말리려고 손을 뻗는 걸 본 것 같았다. 하지만 그 전에 교수가 켄의 멱살을 끌고 나가버렸다.

켄은 오리 괴물들 앞에 바쳐진 제물처럼 저수지 앞에 무릎을 꿇고 앉아 있었다. 겁에 질려 소리 내어 울고 있었다. 피와 눈물에 젖은 그 얼굴은 끔찍하게 추했고 연민보다는 혐오감을 불러일으켰다. 하지만 저 아이는 저렇게 얻어맞으며 짐승 취급을 받을 이유가 없었다. 만약 교수가 한 말이 모두 사실이라고 해도 (사실이라고? 도대체 저 인간이 무슨 이야기를 했는데?) 그건 아이의 잘못이 아니었다. 아이는 그냥 살아남아 여기서 빠져나가고 싶었을 뿐이다. 이 도시에서 죽어 나간 모든 사람들이 그랬던 것처럼.

하 교수는 켄의 다리를 걸어찼다. 그가 끈적끈적한 나무 보도에 엎어지자 교수는 고함을 질렀다.

"불러!"

켄이 신음 소리를 내며 고개를 젓자 교수는 이번엔 그의 허리를 걷어찼다.

"불러!"

그 광경은 우스꽝스러웠다. 우락부락한 외모와는 달리 하 교수는 물리적 폭력에 익숙한 사람이 아니었다. 그의 구타는 그의 욕설과 마찬가지로 어색하기 짝이 없었다. 바흐와 셰익스피어를 좋아하고 단 한 번도 비속어를 쓰는 걸 들은 적 없는 중년 과학자가 옛날 한국 조폭 영화에 나오는 삼류악당 흉내를 내고 있었다. 하 교수가 미치광이 과학자 흉내를 내는 것도 받아들이기 어려웠던 미래에게 이 광경은 그냥 부조리했다. 어떻게 그 몇 시간 만에, 아니, 몇십 분 만에 사람이 이렇게 바뀔 수 있는가.

"답은 그 사람이 더 이상 하일 교수가 아니었다는 거였어."

10여 년 뒤, 미래는 막 결성된 글로우팀 멤버들 앞에서 그때를 회상하며 말했다.

"하일 교수의 기억을 갖고 있고 하일 교수의 몸 안에 들어 있었지만 그뿐이었어. 켄을 걷어차고 있던 그 남자는 이미 프로스페로의 일부였어. 지금까지 잠들어 있던 안테나의 세포들이 프로스페로의 왕국에 들어오면서 조금씩 깨어나다가 어느 순간부터 기하급수적으로 늘어나 교수의 정신을 지배한 거야. 아까 너희들에게 보여주었던 마지막 메모를 기록했을 때, 교수의 정신은 이미 죽어가고 있었던 것 같아.

여기서 중요한 건 프로스페로가 지적 생명체가 아니었다는 거야. 프로스페로에겐 자아도, 의지도, 지식도, 욕망도 없었어. 단지 아주 정밀한 프로그램에 가까웠지. 그 프로그램은 성장하고 번식

하기 위해 무엇이든 이용했어. 그 무언가가 지적 생명체라면 그 지적능력을 이용해야지. 이해도 못 하면서 어떻게 이용할 수 있느냐고? 프로스페로의 신경계 안에서는 그게 가능했어. 그림에 대한 이해 없이 판화를 찍어내고, 문학에 대한 이해 없이 책을 찍어내는 것과 비슷하다고 할까? 우린 아직도 이 메커니즘을 완벽하게 밝혀내지 못했어. 그건 생각은 아니지만 생각과 비슷한, 언캐니 밸리에 속한 무언가야.

하일 교수는 나라와 인류와 과학을 위해 프로스페로와 대화를 해야 한다고 생각했어. 하지만 그 논리는 프로스페로가 교수를 흡수하는 과정을 자기 식으로 해석한 것에 불과했어. 교수의 정신은 프로스페로에게 끌려가고 있었고 완전히 먹히려면 켄을 통해야만 했지. 1년 반 동안 프로스페로에게 먹히지 않으려 끝없이 저항해왔지만, 그 과정 중 극도로 성능 좋은 안테나를 갖게 된 그 아이를 말이야."

"그러니까 켄 아저씨는 그렇게 두들겨 맞으면서도 필사적으로 교수님을 보호하려 했던 거군요?"

맨 앞에 앉아 말없이 이야기를 듣고 있던 지나가 끼어들었다.

"그때는 그냥 무서워서 그랬을 거야. 교수가 어떻게 되건 일단 자기가 살아야 했으니까. 켄은 제정신이 아니었어. 자길 구출해 줄 거라고 생각한 사람들이 1년 반 동안 필사적으로 피해 다닌 괴물의 아지트로 끌고 갔을 때 기분이 어땠겠어? 아직도 세훈이가 넘어뜨린 피아노에 깔린 채 켄이 외쳤던 소리를 잊을 수가 없어. '수성못요! 괴물은 수성못에 있어요!'

맞아. 프로스페로는 수성못 바닥에 웅크리고 있었어. 어떻게 거기까지 갔는지는 모르겠어. 지하수나 하수도를 타고 갔을까? 분명 처음엔 욕조에 들어갈 수 있을 만큼 작았을 거야. 하지만 하일 교수가 켄을 끌고 갔을 땐 수백 배로 자라 있었지. 그와 함께 힘도 자라서 수성못을 중심으로 한 지름 100킬로미터 안의 시체 짐승들을 자기 영향력 안에 넣고 있었어.

물론 완벽하지는 않았어. 수많은 시체 짐승들이 프로스페로의 영향에서 독립해 독자적으로 움직이고 있었고 그것들이 연맹해 자기만의 세력권을 형성하기도 했어. 프로스페로 생태계는 끊임없이 진화하는 역동적인 시스템이었어. 켄이 그렇게 오래 살아남을 수 있었던 것도 그 때문이었겠지. 우리가 지금까지 골치를 앓고 있는 것도 그 때문이고."

"그래서 어떻게 되었나요?"

소미가 물었다.

"결국 켄도 굴복해버렸지. 교수가 머리를 두 번 더 걷어차자, 거대한 고대 신처럼 떠 있는 오리배 앞으로 엉금엉금 기어가더라. 그리고 모든 걸 포기하고 기괴한 소리를 냈어. 그 몸의 한 다섯 배쯤 되는 뚱뚱한 동물이 죽어가면서 낼 법한 소리를. 우리 귀엔 그냥 뜻 없는 울부짖음처럼 들렸지만, 아니었어.

그것은 짐승의 이름이었어."

7

이제 죽었구나, 켄은 생각했다. 1년 반의 고생이 이렇게 끝나는구나. 그동안 쌓은 모든 것들을 저수지 괴물에게 넘겨주고 그 일부가 될 운명이었구나. 포기하니 마음이 편해졌다. 하긴 일주일 전에 일어났어야 할 일이었다. 덤으로 얻은 일주일은 충분히 즐겁지 않았나? 마지막 몇 시간이 이렇게 끝난 건 아쉬운 일이지만 어차피 저것의 일부가 되면 억울함과 분노도 사라질 테지.

그는 피로 엉겨 붙은 머리칼 사이로 젤리에 덮인 오리들의 검은 눈동자를 올려다보았다. 나를 추수하러 왔구나. 나는 그냥 사육당한 것이었나? 싸우고 달아나고 숨으면서 스스로 쌓았다고 생각한 내 능력은 처음부터 저 영혼 없는 괴물의 소유였나? 저것은 돼지들을 살찌우듯 내 능력을 키우기 위해 지금까지 나를 굴렸던 걸까?

이리 와.

오리들이 합창했다.

그는 눈을 감고 소멸을 준비했다. 보이지 않는 차갑고 작은 어린아이의 손과 같은 것이 와글거리며 그의 얼굴과 목을 만지는 것이 느껴졌다. 그는 그것들이 망가진 몸뚱어리에서 그의 영혼을 뽑아 가길 기다렸다.

"지금 뭐 하는 겁니까?"

딱딱하고 재미없는 목소리가 들렸다. 하 교수와 함께 온 장교 중 한 명이었다. 그와 그가 데리고 온 군인들의 마음이 읽혔다. 그들의 어리둥절함과 짜증, 혐오가 읽혔다. 그와 함께 다른 것들이 읽혔다. 두 마리의 아나콘다를 포함한 프로스페로의 손발들이 소리 없이 저수지로 모여들고 있었다. 조각 난 시체 중 비교적 멀쩡한 모습의 벌거벗은 여자도 한 명 있었다. 그는 다른 시체들의 신경 뭉치들을 통해 왼쪽 눈 밑에 총구멍이 난 여자의 얼굴을 보았다. 민하였다. 두 달 전까지만 해도 대구시를 떠돌던 생존자 중 한 명이었다. 그와 민하는 세 번이나 서로를 죽일 뻔했고 그럴 때마다 서로에게 욕을 퍼부으며 헤어졌었다.

하 교수와 장교가 언성만 높인 채 의미 없는 말싸움을 벌이는 동안 민하는 다섯 마리의 시체 조각들을 호위병처럼 거느리고 뒷걸음치며 군인들 앞을 지나갔다. 군인 몇 명이 음란한 욕설을 퍼부었다. 그에 전혀 반응하지 않고 무표정하게 걸어가던 민하는 아무 예고도 없이 뒤로 넘어지듯 상체를 숙이더니 장교의 목을 꺾었다.

한동안 아무도 무슨 일이 일어났는지 눈치채지 못했다. 민하의 동작은 너무 비정상적이어서 군인들은 이를 일반적인 살인행위와 연결시키지 못했다. 이미 정신이 프로스페로에게 잡아먹힌 교수가 몇 초 전까지 장교의 얼굴이 있던 허공에 대고 여전히 고함을 질러대고 있었기 때문에 더욱 그랬다.

다다닥 총소리가 들렸다. 민하의 몸은 발작이라도 일으킨 것처럼 스타카토로 춤추다 물속으로 떨어졌다. 총알 하나는 하 교수의 왼쪽 안경을 뚫고 눈에 박혔지만, 그는 여전히 연설을 멈추지 않았다.

오리들이 울부짖었다. 사람들은 비명을 지르며 쓰러졌다. 그들은 총을 떨어뜨리고 귀를 막았지만, 그 울음소리는 귀를 통해 들어온 것이 아니었다. 고통을 견디지 못한 군인 한 명이 총구를 입에 물고 방아쇠를 당겼다. 몇 명은 몇 분 전 민하의 몸이 떨어진 저수지 물에 몸을 던졌다. 여기저기 수류탄이 터졌다. 오리들의 울부짖음이 커질수록 그들의 고통은 심해져갔고 이는 자기파괴적인 광기로 연결되었다.

눈앞이 갑자기 밝아지고 얼굴이 화끈해졌다. 켄은 눈을 가리고 있던 피에 젖은 머리칼을 넘겼다. 머리가 날아간 오리들이 불타오르고 있었다. 그는 몸을 일으켜 뒤를 돌아다보았다. 비틀거리며 그에게 다가오는 세니의 일그러진 얼굴이 보였다. 그녀가 손을 한 번 휘젓자 왼쪽 오리배 한 척이 균형을 잃고 침몰했다. 그와 함께 소리가 잠시 줄었지만 영구적인 해결책은 아니었다. 오리 괴물들을 부리는 진짜 괴물은 여전히 저수지 밑에 있었다.

켄은 정신을 가다듬었다. 한동안 멍했던 머리가 느릿느릿 움직였다. 모두 나 때문이야. 저 괴물은 나를 증폭기로 삼아 저들을 공격하고 있어. 저들을 막을 수 있는 방법은 단 하나밖에 없어.

켄은 일어나 비척거리면서 세니 쪽으로 걸어가 그녀의 양 손목을 잡았다. 입에 고인 핏덩어리를 뱉고 고함을 쳤다.

"날 죽여!"

세니는 고개를 저었다.

"다른 방법이 있을 거야."

"그, 그런 거 없어! 날 죽여! 그럼 조용해져!"

"있을 거야! 반드시 있어야 해! 기껏해야 저건 짐승이잖아! 우리가 없앨 수 있게 도와줘!"

켄은 주변을 둘러보았다. 긴 팔다리를 허우적거리며 보도 위를 방황하고 있는 찬우, 돌멩이로 자기 머리를 내리치고 있는 세훈, 불타는 오리배 앞에서 쓰러져 부들부들 떨다가 기절해버린 미래를 보았다. 다들 하찮기 짝이 없어 보였다.

하지만 세니가 맞았다. 저들은 그가 갖고 있지 않은 힘을 갖고 있었다. 만약 우리가 힘을 합친다면, 지금까지 쌓은 능력과 지식으로 저들을 보호하고 지휘할 수 있다면 그는 지난 1년 반 동안 꿈도 꾸지 못했던 일을 할 수 있었다. 달아나고 포기하는 것 말고 다른 길이 있었다. 그가 단 한 번도 꿈꾸지 못했던 새로운 길이.

그는 눈을 감고 천천히 주변 사람들의 마음속으로 들어갔다. 세니를 진정시키고, 미래를 깨우고, 찬우를 흔들고…… 잠시 주저하다가 세훈을 받아들였다. 그들의 정신을 연결하고 안정시켰다. 목 없는 오리들의 울부짖음은 군인들의 비명과 함께 커지기 시작했지만 이제 블루 스펙터스는 그의 보호 아래 있었다.

간신히 정신을 차린 세 명이 켄과 세니에게 다가왔다. 켄의 생각이 들어가, 그들은 모두 상황이 어떻게 돌아가고 있는지 알아차리고 있었다. 그는 그들의 마음을 건드리고 읽으면서 계획을 짰다.

"괴, 괴물은 저수지 밑에 있어."

켄이 말했다.

"너, 너희들이 생각하는 것보다 깊어. 구, 굴을 팠어. 깊이. 주,

주변엔 호위병들이 있어. 우, 우리가 움직이면 저수지 주변의 다른 시체들도 몰려들 거야. 시간이 없어. 무, 무조건 나를 믿고 마음을 열어줘. 이길 가능성도 별로 없고 다들 내가 싫겠지만……."

"그렇지 않아."

세니가 말했다.

켄은 뻣뻣하게 굳은 피부 밑으로 보일락 말락 서글픈 미소를 지었다.

"네, 네가 나를 징그러워한다는 걸 알아. 하, 하지만 괜찮아. 네 친절은 진짜니까."

그는 마음을 뻗었고 저항을 멈춘 네 아이의 정신 속으로 들어갔다. 이제 그를 포함한 다섯 사람의 정신이 하나로 연결되었다. 그는 자신의 근육을 움직이는 것처럼 그들의 능력을 작동시켰다. 내가 맞았네, 그는 네 사람의 힘을 조율하며 생각했다. 현악 4중주의 비유는 그럴싸했어.

등 뒤가 시끄러워졌다. 머리 절반이 날아간 하 교수가 뜻 없는 말을 지껄이며 그들에게 걸어오고 있었다. 켄은 미래의 능력을 빌려 그의 다리 근육을 조각조각 끊고 세니의 능력으로 그의 남은 머리에 불을 질렀다. 파란 불꽃을 입에 머금고 뒤로 나자빠진 교수가 마침내 조용해지자 그는 다시 말을 이었다.

"지, 지금까지 너희들은 차, 찬우의 능력을 방어용으로만 썼지. 하, 하지만 오늘은 조금 다르게 써보자. 저수지 물을 날려버려. 모세가 되는 거야. 준비됐어?"

8

테이블 스크린에 뜬 사진들을 쓸어 넘기던 케네스 리의 손가락
이 갑자기 멈추었다. 블루 스펙터스를 찍은 수백 장의 사진 중, 있
어서는 안 되는 것이 끼어 있었다. 대구에서 육군 드론이 찍은 것
이었다. 흙탕물과 피를 뒤집어쓴 네 명의 블루 스펙터스 멤버들
이 사진 가운데에 서서 하늘에 뜬 드론을 올려다보고 있었고 오
른쪽 아래에는 검붉은 그물망이 얼굴에 문신처럼 새겨진 뚱뚱한
아이가 볼썽사나운 자세로 주저앉아 있었다. 그의 발밑에는 아나
콘다의 불탄 잔해 일부가 살짝 보였다.

켄은 사진을 확대했다. 테이블 액정 위에 반사된 그의 얼굴이
사진 속 뚱뚱한 아이와 겹쳐졌다. 이 사진만 보고 지금의 그와 연
결할 수 있는 사람은 없으리라. 세월이 흐르고 나이가 들면서 많
이 변하기도 했지만, 당시 그의 얼굴은 적사병 때문에 기형적으
로 변형되어 있었다.

이렇게 막 돌아다녀서는 안 되는 사진이었다. 템페스트 작전은
아직 1급 기밀이었다. 당시 대구에서 일어난 일들에 대해 온갖 음
모론이 돌았지만 이렇게 직접 정보가 누출된 적은 없었다. 다행
스럽게도 이 사진을 올리고 공유한 사람 중 누구도 사진의 맥락
을 읽지 못하고 있었다. 심지어 배경이 대구라는 것을 눈치챈 사
람도 없었다.

카페 문이 열리고 사람들이 웅성거리는 소리가 들렸다. 고개를
들지 않아도 누가 들어왔는지 알 수 있었다. 켄은 스크린을 끄고

자리에서 일어났다.

미래는 아직 상복 차림이었다. 창백한 얼굴 위에 베일처럼 살짝 씌워진 처연한 표정 때문에 마치 옛날 드라마 여자주인공 같았다. 단지 미래는 지금 연기를 하고 있지 않았다.

외투를 대충 걸쳐 입고 단추를 채우면서 켄은 미래를 따라나섰다. 운전사 없는 검은색 벤츠가 진눈깨비를 맞으며 그들을 기다리고 있었다. 두 사람이 뒷좌석에 타고 문이 닫히자 차는 천천히 상암동을 향해 출발했다.

"경찰이 그 설명을 받아들일까?"

켄이 물었다.

"아주 거짓말은 아니니까. 프로스페로 c-217의 급작스러운 발병으로 인한 사망."

미래가 대답했다.

"일주일 동안 의사도 찾지 않고 죽을 때까지 방에 박혀 있었던 건 어떻게 설명할 거고?"

"대응용 루머는 이미 회사 작가들이 쓰고 있어. 그냥 전문가에게 맡겨둬."

미래는 손에 얼굴을 묻고 신음 소리를 냈다.

"이제 살아남은 블루 스펙터스 멤버는 나뿐이야. 어떻게 이럴 수가 있지. 난 아직 마흔도 안 되었는데."

"다른 애들은 몰라도 찬우는 150살까지 살 줄 알았어."

"그러게."

켄은 영등포역 앞을 지나가는 몬스터 퍼레이드를 멍하니 바라보며 집 앞 빈터에서 농구공을 갖고 놀던 껑다리 소년의 행복한 얼굴을 떠올렸다. 그는 그 평온한 행복함이 영원할 줄 알았다. 나흘 전 그가 발견한, 침대에 시뻘건 피를 토하고 죽은 해골 같은 시체와 그 소년이 같은 사람이라니.

그는 세니의 죽음을, 블루 스펙터스의 해체를, 그 뒤에 명멸한 수많은 알파 히어로들을, 그리고 그 화려한 불꽃놀이 밑에서 그들을 실험 쥐 삼아 진행되었던 실험들에 대해 생각했다. 과학자들은 성공한다면 무한 에너지와 초광속 비행, 영원한 생명을 제공해줄 수 있다는 프로스페로 물리학의 비밀을 아직도 밝혀내지 못했다.

그리고 대한민국은 여전히 감옥이었다. 실험 쥐들의 감옥.

"아, 모르겠다. 다 말할래. 나 요새 하일 교수의 유령을 보고 있어!"

켄이 외쳤다.

미래는 양미간을 찌푸렸다.

"머리는 제대로 붙어 있어?"

"대체로 멀쩡해. 왼쪽 안경알은 깨졌지만. 요새 여기저기에서 나타나. 아까 카페에도 잠깐 들렀어. 그리고 노래를 불러."

"무슨 노래를?"

"바흐의 「마태수난곡」에 나오는 복음사가 파트. 잘 부르더라고. 하인리히 렌츠 비슷해."

"그럼 하일 교수가 아니야. 그 사람, 음치였다고."

"그 양반은 죽기 몇 시간 전에 「마태수난곡」에 집착하고 있었어. 너도 알잖아. 죽기 전에 남긴 메모에 나와 있어. 「마태수난곡」

은 자기가 하 교수라는 걸 입증하는 서명과 같은 거야. 노래가 진짜가 아닌 건 안 중요해. 진짜 하인리히 렌츠가 복음사가였던 앨범에서 따왔는지도 모르지."

켄은 목소리를 높였다.

"회사 과학자들은 대구에서 프로스페로와 함께 거의 죽어버린 내 정신감응능력을 어떻게든 살려보려고 했지. 그리고 최근 몇 년 동안 그게 어느 정도 성공한 것 같았어. 나뿐만 아니라 다른 정신감응능력자들도 여기저기에 조금씩 나타났고. 하지만 그게 과연 그 사람들의 노력 때문일까? 환경이 바뀐 게 아닐까? 그리고 그 환경이 하일 교수의 기억을 훔쳐 읽고 보존하고 있는 어떤 존재들과 연결되어 있는 것이라면?

당시 대구엔 수성못 밑에 있던 그 괴물로부터 독립한 수많은 존재들이 있었어. 폭격 몇 번으로 그것들이 다 사라졌다고 생각해? 내 능력이 조금씩 커지는 건 프로스페로의 새끼들이 성공적으로 남한 전체에 퍼져나가고 있기 때문이 아닐까? 물론 그것들은 어미가 갖고 있던 시꺼멓고 끈적거리는 몸을 갖고 있지는 않겠지. 지난 10여 년 동안 자신의 프로그램을 담을 수 있는 새로운 그릇을 찾았을 거야. 십중팔구 적사병에 감염된 사람들이나 동물들의 두뇌겠지.

그래, 어미. 하일 교수는 프로스페로와 적사병이라는 이름을 붙였을 때 그것을 아주 당연하게 수컷이라고 생각했어. 고전 문학을 좋아하는 교양인의 함정에 빠진 거지. 이름을 붙이는 순간 그 이름에 딸려온 선입견에 말려든 거야. 하지만 외계 생명체의 본성이 에드거 앨런 포나 셰익스피어와 무슨 상관이 있어? 그것은 암컷, 적어도 어미였다고 보는 게 맞아. 도시를 떠돌던 그 작고 독립적인 존재들은 진화 과정 중 발생한 돌연변이 찌꺼기가 아니라 그냥 프로스페로의 새끼들이었다고. 프로스페로가 마지막에 벌인 이상한 행동들을 기억해? 생존에 하나도 도움 되지 않은 정보들을 뿌리고 우리를 수성못으로 유도한 것 말이야. 우린 그게 프로스페로의 프로그램이 망가졌기 때문이라고 생각했지. 하지만 지금 생각해보면 그건 논리적이었어. 프로스페로는 새끼들을 살리려는 어미처럼 행동한 거야. 새끼들의 생존확률을 높이기 위해 곧 발각될 몸을 드러내고 스스로 적들의 표적이 된 거지. 그게 얼마나 성공적이었는지 봐. 우린 20년 동안 음험한 남자 마법사 괴물 이미지에서 거의 벗어나지 못했어."

"안산 연구소에서 그에 대해 연구하던 사람들이 있었어."

미래가 말했다.

"알아, 그리고 라스푸틴의 마지막 공격 때 데이터 대부분이 날아가버렸지."

잠시 침묵이 흘렀다. 미래는 말없이 혼자 까딱거리는 운전대를 응시하고 있었고 켄은 피아노 치듯 무릎 위에서 손가락을 놀렸다. 차가 성산대교를 건너고 월드컵 경기장이 시야에 들어오자 미래는 다시 입을 열었다.

"네가 아주 편리한 음모론을 만들어낸 것 알지? 네 이론으로 지금까지 우리가 골머리를 썩이고 있던 모든 게 단번에 설명이 돼. 지나치게 편리하지. 창조주 신처럼."

"하지만 그게 사실이라면? 내가 본 하일 교수의 유령이 환각이 아니라면? 그것들이 대화가 가능한 지적 존재로 성장했고 나에게 말을 걸고 있는 거라면? 우린 대화를 시도해야 해. 저것들과 우리 모두를 위한 탈출구가 어딘가에 열려 있을지도 몰라."

"우리를 이용해 지구를 정복하려는 음모일 수도 있어."

켄은 어깨를 으쓱했다.

"그래서 안 할 거야? 언제까지 이 지긋지긋한 슈퍼히어로 유니버스에 갇혀 있을래?"

* 이 작품은 중단편집 「이웃집 슈퍼히어로」(2015, 황금가지)에 실은 「아킬라의 그림자」 프리퀄이고 속편이다.

주폭천사괄라전

dcdc

영화배우 김꽃비의 팬. SF작가. 인터넷 서점에서 필명으로 검색하면
『무안만용 가르바니온』, 『대통령 항문에 사보타지』, 『이웃집 슈퍼
히어로』, 『첫사랑 위원회』, 『버려진 곰인형들을 위한 만가(가제. 근간)』
등의 책이 나온다. 작품 외로는 작법서 『시나리오 견적서』 시리즈
히어로 편, 로맨스 편 집필에 참여하였으며 안전가옥에서 '슈퍼 히어로
연구소'라는 이름의 창작 수업을 진행 중이다

"개저씨입니까?"

"아니다, 슈퍼 개저씨다…….."

"농담입니까, 진담입니까?"

그때 대답까지 들었으면 더 좋았을 텐데 말입니다.

다급한 목소리에 딴생각을 멈췄습니다. 아니, 딴생각을 멈춰서 다급한 목소리를 들을 수 있게 된 것일지도 모르겠습니다. 잠시 그날의 기억이 떠올라서 한눈을 팔았는데, 이런 상황을 자주 접하지 못하다 보니 집중이 잘되지 않았던 것 같습니다.

"여자분이 지금 제정신이 아니거든요."

나이가 느껴지는 목소리. 나이가 느껴지는 얼굴. 나이가 느껴지는 뱃살. 낡은 정장 차림에 색이 바랜 뿔테 안경까지. 이 중년의 형사님은 제가 잠깐 대화의 맥을 놓친 것을 눈치채지 못하셨습니다.

"지금 여자분의 보호자가 될 수 있는 사람은 선생님뿐입니다. 그렇지 않으면 여러 사람이 죽을 수도 있어요. 아시겠어요?"

저는 한숨을 푹 쉬고 편의점 안을 둘러보았습니다. 평범하게 상품 관리하고 진열하고 손님 받고 계산하는 이 공간이 어느새 즉석 취조실이 되었다는 현실이 믿기지가 않았기 때문입니다.

새벽 시간, 야식을 찾아 헤매는 동네주민들의 식량배급소와 급히 돈을 인출해야 하는 옆 가게 손님을 위한 ATM 그리고 지역 치안에 보탬이 되기 위해 24시간 CCTV를 돌릴 수 있는 합법적 평계의 역할을 담당하는 공간인 이 평화로운 편의점에 형사님이 들이닥치는 일은 확실히 흔하지 않은 일이니까요.

평소에 계산대를 사이에 두고 나누는 대화야 다 뻔한 것들 아니겠습니까. 얼마냐. 젓가락 어디 있냐. 잔돈 없다. 숟가락 달라. 담배 달라. 발기부전 경고문이 박히지 않은 담배로 달라. 그러니 형사님이 들이닥친 이 흔치 않은 상황에 누군가의 목숨이 달린 일이라는 대화까지 하다 보니 당황하지 않을 수가 없었습니다.

"남자친구인 선생님께서 여자분을 말려주셔야겠습니다."

그것도 제 연인과 관련된 사건이라면 더더욱 그렇지 않겠습니까? 저는 우선 계산대 밖으로 나갔습니다. 지갑과 열쇠를 챙기고서. 또 봉투 하나를 꺼내 들고서.

다음으로는 매대의 상품들을 이것저것 챙겼습니다. 사탕. 요거트. 과일. 생수. 숙취해소제. 대부분 빠르게 당분과 탄수화물 그리고 수분을 섭취할 수 있는 종류의 음식물들이었습니다.

"도와주시겠어요?"

"노력하겠습니다. 봉투에 든 먹거리들이 필요해서 챙겼습니다."

형사님은 조금 어이가 없다는 듯 미간을 찌푸렸습니다. 어쩔 수 없는 노릇이었습니다. 지금 상황을 이해하지 못하신 것 같았으니까요.

"지금 상황을 이해하지 못하신 것 같은데요."

제 입에서 나온 이야기가 아니라 형사님의 입에서 나온 이야기였습니다. 그분은 무슨 드라마에 나올 법한 경찰처럼 큰 목소리로 저에게 고함을 쳤습니다.

"저는 지금 제 재량으로 찾아뵌 거예요. 정식 절차도 밟지 않았고 기록도 남기지 않을 거고요. 그러니 선생님, 선생님도 절 믿고 여자친구분이 초인 꽐라라는 사실을 받아들이시고, 도시를 박살내는 상황을 막아주시라는 거예요. 이제 좀 감이 오세요?"

"꽐라?"

"네, 꽐라."

아아, 세상에나. 이 사람들이 그 상태를 꽐라라고 부르고 있다는 사실을 그제야 알았습니다. 스케일에 어울리지 않게 귀여운 표현이라 살짝 웃음마저 날 뻔했습니다. 하긴. 영락없는 고주망태이기도 하시지요.

어쨌든. 그래서 이 홍알거린다는 여성이 누구시냐. 도대체 얼마나 대단한 여성이시기에 이렇게 경찰에서 저를 취조해가면서까지 그 뒤를 쫓고 있느냐.

아는 사람들은 얼마 없지만 21세기 최초로 대한민국 양주에 나타난 초인입니다. 슈퍼히어로인지 슈퍼빌런인지는 명확히 알려져 있지 않습니다만.

세상에는 도시전설 정도로만 여겨지고 있습니다. 추리닝 바람의 쓰레빠를 신고 다니며 온갖 행패를 다 부린다고 하는 그 사람. 그런데 그 주정의 스케일이 도시건설계획에 영향을 줄 정도라는 점에서 눈에 띄는 그 사람.

주폭천사 꽐라.

"하지만 이렇게 주전부리를 챙기시는 걸로 도대체 어떻게 상황이 해결이 됩니까?"

"그거 이야기가…… 꽤 길어집니다만."

저는 매대에서 모은 상품들을 결제해 봉투에 담은 뒤 어떻게 설명을 시작할까를 고민했습니다. 술로 인한 해프닝과 연애담이라는 것이 남이 들어서 재밌기 쉽지 않으니 말입니다.

이야기는 3개월 전. 현수 씨를 처음 만난 날부터 시작하겠습니다. 아. 현수 씨는 형사님이 꽐라라고 부른 사람의 본명입니다. 조현수. 저는 꽐라라는 호칭이 어색하니 현수 씨라고 부르도록 하겠습니다.

"손님. 괜찮으십니까?"

그날은 겨우내 강추위가 거짓말 같은 봄날이었습니다. 해가 지고 난 뒤 한참 지난 새벽이었지만 공기가 포근했습니다. 형사님도 경찰서에 계시니 잘 아시겠지만 이런 날씨에 편의점 일을 하다 보면 길가에 쓰러져서 자는 주취자들을 접하기 마련입니다. 더욱이 저는 부모님에게 편의점을 물려받아 명목상의 점주 노릇을 하느라 야간시간대를 자주 맡았기에 특히 더 그러했습니다.

현수 씨는 올해 봄 대망의 노숙 첫 테이프를 끊은 주취자였습니다. 편의점 문에 쿵 하고 부딪혀서 털썩 하고 쓰러지시더군요. 가끔 가게에 오셨던지라 안면도 익은 분이어서 인사도 간혹 나누었는데 이렇게 길에 누우시니 안쓰러울 수밖에요.

정장 여기저기가 때가 타고 구겨지고. 화장도 다 번졌고. 측은지심이 들어 매대에서 숙취해소 음료 하나를 계산해서 그분께 건네어드렸습니다.

"여기서 주무시지 말고 댁에 들어가시지요. 제가 택시라도 잡아드리겠습니다."

"택시…… 집…… 다 싫다……."

"다른 사람에게 주소를 알리기 불편하시면 경찰이라도 불러드리겠습니다."

"경찰? 안 된다, 안 된다. 아저씨 진짜로 누구 잡을라꼬. 어? 내가 진짜…… 진짜 내가 와 어 진짜 내가 진짜…… 진짜…….."

반복해서 자신의 실체를 증명하는 현수 씨의 대답에 저는 고민이 들었습니다. 정석적인 해법이 통하지 않는 상황이었으니까요. 택시를 부르기는 힘들었습니다. 아무래도 집 주소를 알려주지 않으실 것 같기도 했고. 알려주시더라도 제가 제대로 알아들을 자신이 없었습니다.

경찰을 부르기는 더더욱 어려웠습니다. 형사님 앞에서 이런 말씀을 드리기도 참 그렇습니다만. 당시 현수 씨의 정장 곳곳에는 피로 보이는 붉은 액체가 묻어 있었습니다. 일단 옷 안에서 배어 나오는 것이 아닌 다른 사람의 피로 보여서 응급차를 부를 필요는 없어 보였습니다만 그래도 복잡한 사정이 있다는 것은 분명했습니다.

"경찰을 부르면 안 되는 이유를 여쭤봐도 되겠습니까?"

"아저씨 그게 내가 술만 먹으면 개가 되어서는…… 멍멍이…… 귀엽지…… 세상에 나쁜 개는 없는데…… 나는 나쁜 개저씨가 되어가꼬 그래서 다 쳐때려개뿌사뿌니까…… 합의금…… 없다……."

"개저씨입니까?"

"아니다, 슈퍼 개저씨다……."

"농담입니까, 진담입니까?"

아쉽게도 대답을 듣지는 못했습니다. 그때 사정을 잘 들었다면 일이 편하게 흘러갔겠지만 당시로는 어쩔 수 없었습니다. 현수 씨가 그만 고개를 푹 숙이고 코를 골기 시작했기 때문이었습니다. 술에 취해서 잠든 분께 계속해서 대답을 요청하는 것도 죄송한 일이지요. 어쨌든 주취자의 의견이기는 해도 당사자의 입장을 가장 반영한 해결책을 고민했습니다.

저는 현수 씨를 업고 편의점 뒤편의 숙직실에 데려다 눕혔습니다. 다행히 혹시 모를 상황을 대비해 손님용으로 준비한 이불이 있었기에 깔끔히 모실 수 있었습니다.

편의점에 어울리지 않게 준비된 숙직실입니다만 나름 이것저

것 갖다 놓은 것이 많았습니다. 조금 작은 원룸 정도니까요. 냉장고도 가스레인지도 있어서 평소 제가 새벽 근무를 하고 다음 타임 직원과 교대를 한 뒤 잠깐 눈을 붙이거나 식사하는 데 쓰는 곳입니다.

눕혀놓고 그 얼굴을 보니 립이 번지기도 했고 토사물도 묻은 것 같아 수건 하나를 데워 입가만 살짝 닦아드렸습니다. 다른 부분도 많이 번지긴 했지만 차마 다른 분의 화장을 제 마음대로 지우지도 못하겠어서 그 부분은 건드리지 못했지요.

뭐라도 해야겠다는 생각이 들어서 결국 간단히 상을 차렸습니다. 냉장고 안에 별로 든 것이 없어서 콩나물국을 끓인 뒤 계란을 볶는 정도에다 기본 찬을 꺼내는 수준이었지만 말입니다. 그러고는 그 옆에다 전후 사정을 적은 메모지와 숙직실의 열쇠 그리고 숙취해소 음료를 하나 놓고 나왔습니다.

"무슨 여자가 그래?"

"현수 씨가 그렇습니다."

"아니, 제 이야기는. 여자분이 좀 그렇다는 이야깁니다."

현수 씨가 있는 현장이 제법 멀었기에 자세한 이야기는 가는 차 안에서 나누기로 한 상황이었습니다. 형사님은 차의 시동을 걸면서 불평을 늘어놓았습니다. 무엇이 어떻게 왜 그렇다는 것인지는 명확하게 명시하지 않은 불평이었습니다.

"이렇게 형사 일을 하다 보면 말이죠. 결국 사건이 터지는 데는 다 이유가 있다는 게 보여요. 보세요. 여자분이 어떻게 어, 그렇게. 그러시면. 그게 또 그렇고 그렇게 되고. 원래 다 그렇지 않습니까?"

"그렇습니까?"

"그렇다니까요."

하도 뭐가 그런 것인지 계속 그러기만 하셔서 그런가 싶기만 한 대화였습니다만 다음으로 이어지는 맥락과 형사님의 기름진 표정을 보아 무슨 말을 하려고 했는지는 명확해졌습니다.

"하지만 뭐 그 덕에 득 보는 사람도 있으니……."

"누가 득을 봅니까?"

"아, 그야……."

기름진 표정은 삼겹살 구우면서 나온 기름이 담긴 종이컵을 원 샷한 표정이 되었습니다. 제 얼굴이야 달라진 것 없었고요.

"선생님이 잘 모르시네."

"형사님은 벨트 안 매십니까?"

"새벽이라 괜찮아요. 경찰이 잡아도 뭐 지가 어쩔 거야. 선생님, 여자분 이야기로 다시 돌아가죠. 정말 선생님이 이 상황을 정리하실 수 있는 것 맞습니까?"

"제가 도움이 되는 것은 확실합니다. 어떤 상황인지도 얼추 짐작하고 있습니다."

다음 날 새벽 저는 편의점에서 현수 씨를 한 번 더 만났습니다. 전날과는 달리 한쪽이 술에 취한 만남은 아니었습니다. 현수 씨가 어제 너무 신세를 진 것 같다면서 과일 바구니를 들고 사과와 감사의 인사를 하기 위해 찾아오신 것이었습니다. 그렇게 대단한 일도 아니었는데 너무나도 미안해하셨지요.

이를 계기로 저와 현수 씨는 통성명을 하고 이전보다 더 자주 대화를 나누게 되었습니다. 결과적으로는 야식 동무가 되었고요. 늦게 일어나 새벽 근무를 하는 저나 술을 마시는 일이 잦은 현수 씨 둘 다 뭔가 새벽에 든든히 먹을 것이 필요했기 때문입니다.

편의점에서의 야식이라고 하지만 정작 가게 상품은 잘 먹지 않았습니다. 숙직실을 차려놓은 목적부터가 부족한 잠을 채우기 위해서도 있었지만 제대로 밥을 차리고 먹을 공간을 마련하기 위해서도 있었습니다. 언젠가부터 저와 현수 씨의 한 끼 식사를 준비하는 일과가 더해졌습니다.

아뇨, 어려운 일이 아닙니다. 한 명 먹을 양을 차리는 때와 두 명 먹을 양을 차리는 때의 품이 크게 다르지 않으니까요. 더욱이 현수 씨는 요리 재료를 사 들고 오셔서 메뉴가 더 풍성해지기도 했습니다.

이유요? 궁금하지 않았습니다. 마시면 마시는 것이고 마시지 않으면 마시지 않는 것이니까요. 현수 씨가 그렇게 술을 즐기는 타입은 아닌 것 정도는 알게 되었습니다. 매대에 놓인 술병을 바라보는 눈빛에 애정이 전혀 느껴지지 않았으니까요. 그래도 필요 이상의 정보는 상대방이 먼저 말을 꺼내지 않는 한 굳이 제가 캐물어야 할 이유가 없지 않습니까?

말씀하신 대로 필요가 생길 수야 있겠습니다. 하지만 같이 지내다 보면 필요가 생길 수 있는 만큼이나 상황을 짐작하게 되는 계기도 생기기 마련 아니겠습니까. 저와 현수 씨가 그랬던 것처럼.

"내 무시하나."

그 계기가 되는 날도 저는 새벽의 편의점 계산대 앞에 앉아 작업을 하고 있었습니다. 하지만 자꾸 밖에서 소란스러운 소리가 나서 집중이 되지 않았습니다. 그래서 편의점 유리문 너머 바깥을 바라보니 그곳에는 전봇대와 시비가 붙은 현수 씨가 있었습니다.

"지금 내 무시한다이가. 왜 대답을 안 하노. 왜 자꾸 씹는데? 우끼나?"

굳이 분류하자면 희극적인 장면에 가깝기는 했습니다. 하지만 너무나 흔하게 나오는 장면이기도 해서 그렇게까지 우습지는 않았습니다. 저는 현수 씨가 전봇대에 주먹질이나 드잡이질을 해서 다치시진 않을까 걱정이 되어 밖으로 나갈 준비를 했습니다.

하지만 그때 무언가가 쾅, 쾅, 쾅 하고 부서지는 소리가 세 번 들린 뒤 끼이익. 기우는 소리가 이어진 다음 쿵 하고 떨어지는 소리로 마무리가 되었습니다. 현수 씨가 전봇대에 주먹질을 해서 쓰러뜨린 것이었습니다.

아시겠지만 주취자가 전봇대에게 시비를 거는 상황은 보기 드문 풍경은 아닙니다. 그런데 그날 제가 본 것은 주취자가 전봇대에게 시비를 걸어서 이기는 상황이었습니다. 그 흥미로운 상황을 연출한 현수 씨는 자신을 무시하던 전봇대에게 본때를 보여줬다는 생각에 뿌듯했는지 가슴을 쭉 펴고 편의점을 향해 비틀거리며 걸어왔습니다.

"에미 왔다. 문 열어라."

"현수 씨?"

"그래, 내다! 현수다. 도민 씨. 내 현수다…… 아마…… 맞제?"

"맞습니다."

"어휴 똑똑하데이! 머리 짱 좋네! 똑띠네 똑띠! 오구구구 도민이 우리 강아지! 집 잘 지키고 있었나?! 어?! 용돈 주까?! 까까 먹을래?! 까까 먹자! 까까! 까까까까!"

여기서 도민은 제 이름입니다. 편의점 안에 들어온 현수 씨는 얼굴의 화장이 번진 데다 흐트러진 정장 차림에 검은 비닐 봉다리를 들고 계셨었지요. 네. 비닐봉지가 아니라 비닐 봉다리. 이 차림새는 제법 의아한 모습이었습니다. 현수 씨가 만취해서 편의점에 오는 날은 대부분 해진 추리닝을 고집하셨는데 그날은 처음처럼 여기저기 뭐가 묻은 정장 차림이었으니까요.

어쨌든 그날 현수 씨는 뭐가 그렇게 즐거운 것인지는 모르겠지만 하여튼 기분이 좋아 보였습니다. 계속해서 웃으며 제 양 볼을 무참하게 짓이기고 마구잡이로 꼬집은 뒤 매대에서 과자들을 쓸어다 계산대에 던졌으니 기분이 좋으셨던 것이 맞겠지요.

"과자는 좋아하지 않으니 마음만 받겠습니다. 오늘은 평소보다 더 취하신 것 같은데 숙직실에서 주무시겠습니까?"

"자라꼬? 도민 씨 내 자까!"

"주무시고 싶으면요."

"내 잔다! 잔다에 한 표 던집니다!"

"그러면 지금 문 열어드릴게요."

"현수 선수…… 입장합니다! 유후!"

현수 씨는 만세를 하는 포즈로 총총 뛰어 숙직실 안으로 들어갔습니다. 저는 현수 씨가 아동 교육 프로그램에 나올 법한 율동을 반복하는 사이 손님용 이불을 바닥에 깔았고요.

다음으로는 주무시는 현수 씨의 얼굴에 번진 화장을 말끔히 지웠습니다. 네. 만취하실 때가 몇 번 있으셔서 사전에 합의를 봤습니다. 그대로 자면 현수 씨 피부에도 안 좋고 이불에도 화장이 묻으니까요.

어쨌든 저는 현수 씨가 잠드신 것을 확인한 뒤 계산대에 던져진 과자들을 정리하러 편의점으로 돌아갔습니다. 그리고 그때 현수 씨가 들고 오셨던 검은 비닐 봉다리가 땅에 떨어진 채 내용물을 쏟아낸 것을 발견했습니다.

봉다리 안에 든 것은 서류 몇 가지와 마킹이 된 지도 여러 장이었습니다. 자세히 살필 생각이 없었으니 서류의 내용은 아직도 모릅니다만 지도만큼은 어디가 왜 표시되었는지 알 수밖에 없었습니다. 그 지도는 저와 현수 씨가 사는 양주시의 시내 지도였고 붉게 마킹된 건물들은 편의점이거나 편의점에 유통하는 업체들, 그중에서도 요 몇 달 지역신문에나마 작게 화재나 붕괴 등의 다양한 사고 기사가 올라왔던 곳들이었으니까요.

아침에 일어난 현수 씨는 전날 있었던 일을 전혀 기억하지 못하셨습니다. 그저 평소보다 더 취한 모습을 보인 것 같다면서 미안해하신 정도가 전부였습니다. 쓰러진 전봇대는 시에서 나온 사람들이 나중에 새로 세웠습니다. 공사가 진행되는 동안 잠시 주변 일대의 전기가 단전되었던 것 외에 큰 피해는 없었습니다.

"과연…… 전봇대도 부수는 슈퍼파워에 사건 현장이 표시된 지도라. 어딘지 알 거 같네. 양주가 양주다 보니 공중파에서는 잘 다루지 않지만 동네통들은 알거든. 몇 군데는 일부러 축소해서 보도하라고 시키기도 했으니까."

"축소되었다고요?"

"네. 아무래도 사안이 크잖아."

형사님의 미간에 다시 주름이 잡혔습니다. 이게 방금 신호등을 무시하고 액셀을 밟은 탓인지 사건에 대해 회상하는 탓인지는 알 수 없었습니다. 아마 빨간불을 무시한 게 이제까지 다섯 번째였으니 후자일 가능성이 높아 보입니다만.

"지도에서 보신 곳 어딘지 내가 맞혀 볼까? 불곡산이랑 마전동이죠. 그죠? 지도에 표시된 다른 데는 모르겠는데 여기는 확실할 거야. 불곡산에 산불 있었죠? 차라리 산불이면 우리도 편했어. 그리고 마전동에서 화약고가 터졌다고 뉴스에 나왔잖아. 화약이 터지긴 했어요. 화약고가 아니라 권총, 기관총에 든 화약이 터진 거지만."

저는 그저 고개만 끄덕였습니다. 불곡산과 마전동. 현수 씨의 지도에 표시된 장소들이 맞았기 때문입니다.

"듣자 하니까 지도에 편의점들 있었다는 걸 봐서는 여자분이 아마 역순으로 탐색을 하신 것 같은데…… 편의점에서 유통업체 그리고 공장으로 쭉 역순으로다가…… 여자친구가 예전에 하던 일이 뭐예요? 사설탐정이나 보험조사원 뭐 그런 거?"

"모릅니다."

"여자친군데, 그런 것도 몰라?"

"알 바 있나요?"

형사님은 어이가 없다는 듯이 웃었습니다.

"아니, 이런 부처님 가운데 토막에 세상 소 닭 보듯 사는 양반
이 여자는 어떻게 사귀게 된 거야? 어디 약점이라도 잡았어요?"

약점을 잡아서 사귄다면 그건 사귀는 게 아니지 않습니까? 애
초에 현수 씨와 만나는 이유는 평범합니다. 서로 관심사가 비슷
했으며 생활 반경이 겹치는 데다 대화가 잘 통했다는, 여느 커플
과 마찬가지의 과정을 밟았으니까요.

물론 초인인 현수 씨와 초인이 아닌 저 사이의 관계에 있어 평
범하지 않은 상황이 아주 없지는 않습니다. 특히 사귀게 된 이유
가 남다르지 않았던 것과는 달리 사귀게 된 계기는 조금 남달랐
습니다.

"야."

"네, 손님."

"여자 데려와."

"지금 점원은 저 하나뿐입니다. 무슨 일이십니까?"

"됐고 여자 데려오라고."

그날은 평소보다 조금 늦은 시간에 남성 주취자가 찾아왔습니
다. 현수 씨와는 달리 보다 공격적인 태도의 취객이었습니다. 반

백 정도 되지 않았을까 싶은 연배에 흡연 여부를 알 수 있는 거무튀튀한 피부 그리고 적의를 담아 한껏 찡그린 눈매. 어디 공장에서 찍어내는 것과 같이 익숙한 분이기도 했습니다.

하지만 저는 그분의 행색에서 위화감 또한 느꼈습니다. 아시다시피 저는 편의점 점주에 새벽 파트 담당이지 않습니까? 그런 만큼 취객분들이 아주 익숙합니다. 그리고 이런 분들은 대부분 추상적이고 불투명한 분노를 쏟아내시고는 합니다. 그런데 당시 제 앞에 서 계시던 그분은 보다 구체적이고 투명하게 저를 향한 적대감을 보이셨습니다.

"새끼가 눈 똑바로 떠?"

찰싹 하고 제 뺨도 때리시더군요. 눈을 똑바로 떠서 때렸다는 것인지 똑바로 뜨지 않는다고 때리는 것인지 구분하기 어려운 꾸중과 함께 말입니다. 사실 그분도 자신이 뭐에 불만인지 명확하지 않으셨으리라 짐작합니다. 일단 저에게 시비를 걸겠다는 의도가 컸으니까요.

다른 때라면 자리에서 빠져나와 경찰을 불렀을 텐데 상황이 그렇게 녹록하지가 않았습니다. 편의점 창밖 너머로 제 뺨을 때린 사람들과 비슷한 행색의 주취자가 대여섯 무리를 지어 모여들기 시작했던 것입니다.

방금 맞은 뺨도 어딘가 이상했습니다. 충격의 아픔보다는 화상을 입은 것처럼 후끈거렸기 때문입니다. 아니요. 엄살이 아닙니다. 심한 고통은 아니었지만 어디에 맞아서 생긴 아픔이 아니라 무슨 약품에 닿았을 때의 아픔이었다는 이야기입니다.

"야. 너 여자 있지?"

"네?"

"여자 꼬불쳐놨잖아! 여자 내놔."

"계속 이러시면 경찰을 부르겠습니다."

여기까지 힌트를 주는데 상황을 모를 수야 없었습니다. 술을 좋아하지 않는데도 자주 취해서 저를 찾는 현수 씨. 현수 씨의 현수 씨가 아닌 다른 누군가의 피가 묻은 옷. 사건 현장이 표시된 지도. 새벽에 편의점을 찾아와 여자를 찾는 위협적인 취객의 무리. 이유야 알 수 없지만, 이들의 표적이 현수 씨라는 것은 분명해 보였습니다.

취객은 비틀거리면서 편의점 뒤편의 숙직실을 향해 걸어갔습니다. 그리고 하필 그날은—아니, 어쩌면 처음부터 알고 왔을 수도 있겠지만—현수 씨가 조금 이른 시간부터 숙직실에서 주무시던 날이기도 했습니다. 저는 언제라도 비상벨을 누를 수 있도록 손에 들고서 계산대 밖으로 나가 그분을 만류했습니다.

"손님. 안에 들어가시면 안 됩니다."

"이 새끼가 어디서 감히…… 야, 점장 불러! 내가 여기 점장이랑 죽마고우니까, 걔 불러봐!"

"제가 점장입니다."

"……아닌데? 나이도 어린 새끼가 지금 어르신 앞에서 어디서 거짓말이야, 어? 됐으니까 어서 여자나 불러. 여자 나오라고!"

"마! 여자다!"

네. 여자 나왔습니다. 현수 씨가 나왔습니다. 얼굴에는 수면안대. 오른손에는 반쯤 남은 소주병. 왼손에는 새우깡. 법과 정의를 수호하는 양주시의 유스티티아*. 이제 와서 말씀드리기도 그런데 현수 씨 같은 슈퍼히어로한테 꽐라라는 호칭을 붙이신 것은 부당하지 않습니까?

알겠습니다. 본론으로 돌아가겠습니다. 어쨌든 그날 현수 씨는 숙직실에 들어가 주무시기 전까지 그렇게 취한 상태는 아니었습니다. 풍기는 술 냄새나 붉게 달아오른 얼굴을 감안하면 아마 방금 소란 때문에 깨어나 재빠르게 소주로 나발을 분 것이 아닐까 짐작되었습니다.

"어디 여자가 주무시는데 사내놈이 마 시끄럽게 꺅꺅거려쌓노? 어!"

"이게 나이도 어린 계집애가 어!"

"손님. 그만하십시오."

"됐으니까 자기는 빠져."

현수 씨는 주취자와 현수 씨 사이에 끼어들려는 저를 뒤로 물렸습니다. 주취자의 '어!'에는 도대체 어떤 의미가 담긴 것인지 모르겠지만 현수 씨와 취객은 "어!", "어!" 하면서 자연스럽게 편의점 밖으로 나가 한판 붙을 준비를 했습니다. 저도 어떻게든 두 사람을 중재하기 위해 그 뒤를 따랐습니다.

밖으로 나가니 다른 주취자의 무리도 자연스레 두 사람을 에워쌌습니다. 합리적으로 생각하면 현수 씨는 제 편의점을 난장판으

---

* 그리스 로마 신화에 나오는 정의의 여신.

로 만들지 않기 위해, 취객은 바깥의 한 패들과 합류하기 위해서 밖으로 나가기로 결정한 것이겠습니다. 하지만 이 결정이 두 분이 합리적으로 생각하고 내린 결론인지 아니면 일단 술 마시고 싸우려면 밖에 나가야 한다는 사회관례를 무의식적으로 따른 결론인지는 아직도 잘 모르겠습니다.

"너 몇 살이야? 내가 집에 가면 너만 한 딸이 있어! 어!"

"내가 니 에민데 무슨 내만 한 딸이 있다쿠노? 어? 남에 나이 궁금하면 니 민증부터 까봐라!"

"어처구니가 없네. 야. 기다려봐. 야. 들었냐? 내가 진짜 어, 어이가 없어서. 깐다. 내가 까니까 너도 시발 까라."

둘 다 외견만으로도 법적 성인연령에 도달했음은 어렵지 않게 구분할 수 있었습니다. 하지만 두 사람은 마치 서로의 나이야말로 상대방을 꺾을 수 있는 비장의 무기라는 식으로 굴며 주머니에서 지갑을 찾아 주민등록증을 꺼냈습니다.

"깠나? 깠드나?"

"깠다! 야! 봐라! 봐라! 너 범띠 밑이면 진짜 내 손에 죽는다, 민증 어서 깝!"

취객이 의기양양하게 주민등록증을 현수 씨의 얼굴 앞에 들이대려는 찰나, 현수 씨는 퉷 하고 취객의 눈알에 침을 뱉은 뒤 쉭 하고 새우깡을 던져 얼굴에 맞히고는 펑 하고 취객의 명치를 강하게 발로 차 10미터 멀리로 날려버렸습니다. 주변에 모인 사람들은 갑작스레 일어난 상황을 곧장 이해하지 못한 듯했습니다.

"까기는 무슨…… 좆이나 까무라."

현수 씨는 희희희 웃으며 양손의 엄지를 검지와 중지 사이에 끼우고 흔들었습니다. 분노한 취객의 무리가 현수 씨를 향해 덤벼들자 현수 씨는 태평하게 그 사람들을 때리고 차고 던져서 제압했습니다. 제가 끼어들 틈도 없이 아주 짧은 순간에 초인적인 힘을 발휘해 상황을 정리했던 것입니다. 그리고 상황이 다 정리된 뒤에는, 상황을 뒤집어 열심히 상대방을 두들겨 팼습니다.

어렸을 적에 아버지에게 어른들은 왜 술을 마시냐고 여쭤본 적이 있습니다. 아버지는 술을 마시면 현실의 고통을 잊고 이 세상에서 벗어난 기분이 들기 때문이라고 대답해주셨습니다. 아마 제 눈앞의 취객들도 현수 씨의 주먹질 앞에 현실의 고통을 잊을 수 있는 초현실적인 고통 속에 이 세상에서 벗어나 저세상에 가는 기분이 들었겠지 싶었습니다.

"가라! 가라꼬! 또 오면 뒈진데이! 내 니 딱 봤다! 딱 봤다고!"

주취자 무리들 중 그나마 몸이 성한 사람 둘이 쓰러진 다른 동료들을 들쳐 메고 허겁지겁 저 멀리 도망쳤습니다. 한 명이서 두세 사람을 챙기는 모습을 보니 그 사람들 역시 현수 씨만큼은 아니지만 힘이 무척 세다는 것을 알 수 있었습니다.

"후……."

"현수 씨, 괜찮으십니까?"

저는 위풍당당하게 주취자 무리가 도망치는 모습을 바라보는 현수 씨 곁으로 달려갔습니다. 전봇대를 부수던 사람이니 사람을 부수는 것은 특별한 일이 아니었으리라 싶었지만 그래도 걱정을 하지 않을 수도 없었으니까요.

"왔나."

"읍!"

제가 현수 씨 곁에 도착한 순간 현수 씨는 제 가슴팍에 손을 묻었습니다. 저는 예상치 못한 신체적 접촉에 놀라고 말았습니다.

"현수 씨?"

"뭐."

"지금 제 가슴을 만지고 계십니다."

"어허, 얌전히 있어봐라. 어른이 우리 아 얼마나 컸는가 잠깐 확인만 해보는 거다."

"저는 다 자랐습니다."

"아니 자기는 뭐 꿈에서도 그렇게 말투가 딱딱하노? 도민 씨 가슴도 딱딱하니까 내가 봐주긴 하겠는데 마 자기 그러는 거 아니다. 내가 방금 어 악당들이 막 그래가꼬 그래 했다이가. 내가 그래서 확 마 해가꼬 팍 어 그래 날려가지고 막 하고 했다이가. 맞제? 맞나 안 맞나? 그러면 꿈에서 이렇게 일이 진행이 어 됐으니까 컨텍스트적으로다가 다음 결말로 결말로 그거 해야 되는 거 아니가, 그거. 그렇다이가."

현수 씨는 으히히 웃으면서 제 가슴을 계속 조몰락거렸습니다. 그러고는 얼굴을 제 가슴에 파묻고 심호흡을 하셨습니다.

"꿈에서라도 진도를 빼야지 내가…… 어차피 깨면 만지지도 못할 거…… 있어봐라 좀."

"꿈 아닙니다."

"그래, 꿈 아니다. 그러니까 이따 깨면 보기만 하지 만지지도 못한다이가."

"꿈이 아닙니다."

"아니기는 무슨…… 이렇게나 단단한 가슴이 현실에…… 있을
리가…… 음…… 현실에…… 어……."

현수 씨는 고개를 천천히 들고는 제 두 눈을 똑바로 바라보았
습니다. 그리고 소주 반병을 한 번에 원샷했던 방금보다도 훨씬
더 붉은 빛으로 얼굴을 물들였습니다.

"있습네요……?"

"여기요, 선짓국 두 그릇이랑요. 맞다. 도민 씨?"

"네. 먹겠습니다."

"그렇죠? 그럼 선짓국 세 그릇이랑 수저 두 벌 갖다주세요."

여러 가지 방면에서 서로에게 충격을 안겨다 준 사건을 정리한
뒤 저와 현수 씨는 근처 24시간 국밥집으로 자리를 옮겼습니다.
근무를 교대할 시간은 되지 않았지만 말입니다.

현수 씨는 고개를 푹 숙인 채 저와는 눈도 마주치지 않고 조용
히 식사를 하셨습니다. 귀까지 빨개지셨는데 부끄러움이 가시지
않으셨기 때문인지 취기가 가시지 않으셨기 때문인지는 구분이
가지 않았습니다.

"우선…… 죄송합니다. 술에 취해 꿈과 현실을 구분하지 못했
어도 다른 사람의 신체에 동의 없이 손을 대는 것은 잘못입니다.
제가 저지른 일은 도민 씨에 대한 성추행이었어요. 도민 씨에게
사과드립니다. 정말이지 면목이 없어요."

배 속에 국물이 들어가 진정이 된 덕분인지, 현수 씨는 두 번째 그릇을 드시기 시작하면서 저에게 정중한 태도로 사과하셨습니다. 저는 현수 씨의 사과를 받아들였습니다.

"괜찮습니다. 위계에 있어서 저는 현수 씨의 접촉을 거절하거나 회피할 수 있는 상황이었고, 현수 씨도 술에 취했지만 사실관계를 파악하신 뒤에는 접촉을 반복하지 않으셨잖습니까. 하지만 그와는 별개로 방금 있었던 난투에 대한 설명을 요청드리고 싶습니다."

"네, 말씀드릴게요. 얼떨결에 저한테 휘말려 당사자가 되셨으니…… 제가 더 이상 숨길 수도 없고, 숨겨서도 안 되겠네요."

이야기가 길어질 것 같아 저는 소주 한 병을 주문해 현수 씨와 제 앞에 한 잔씩 따랐습니다. 술집에서 술을 마시지 않으면서 대화만 길게 하는 것은 가게에 대한 예의가 아니니까요.

"저는…… 몇 달 전에 술에 취한 개저씨한테 물렸어요. 예전에 다니던 회사 회식 자리에서 돌아오던 길이었죠. 그날 이후로 저는 술에 취하면 괴력이 생기게 되었어요. 하지만 괴력이 생기는 만큼 제 행동거지는 술에 취한 개저씨처럼 변하고 말지요."

"술에 취한 개저씨한테 물리셨다고요?"

"네. 그 방사능에 오염된 거미에 물린 것처럼…… 어쨌든 저는 그 이후로 술만 마시면 예전보다 더 빠른 속도로 이성을 잃었고 행동거지도 저를 문 개저씨를 닮아갔어요. 대신 그 대가로 엄청난 힘을 얻었지요. 취하면 취할수록 슈퍼 개저씨로 변하게 된 거예요. 아, 말하면 말할수록 정말 바보 같다, 나……."

현수 씨의 설명을 들으니 그때까지 있었던 대부분의 일들이 납득이 갔습니다. 지킬 박사가 특수 제조한 약물을 통해 하이드라는 다른 인격을 끄집어낼 수 있었던 것처럼, 현수 씨는 알코올을 통해 형사님이 말씀하신 꽐라의 인격을 끄집어내는 것이었습니다.

"그래서 전봇대도 부수신 것이었군요."

"제가 전봇대도 부쉈다고요……?"

현수 씨의 동공이 크게 흔들리면서 자연스레 소주잔으로 손이 움직였습니다. 잔을 채워드리자 현수 씨는 잔을 쭉 하고 비운 뒤 다시 앞의 일을 말씀하셨습니다.

"어쨌든…… 다음 회식 때 멋모르고 술을 마셨다가 내면의 개저씨가 폭발하는 바람에 성추행하던 부장의 코뼈를 주저앉히고 현장에서 퇴사하고…… 네, 이게 현수 씨네 편의점 앞에 처음으로 쓰러진 날이었지요. 얼떨결에 무직이 된 저는 제 능력을 컨트롤하기 위해, 또 저를 문 범인을 찾아 이 체질을 고칠 방법을 알아내기 위해 밤마다 술에 취해 동네를 떠돌아다녔고요."

"덕분에 저희 편의점 새벽 매상이 많이 올랐습니다."

"아니에요. 저야말로 잘 먹여주셔서, 위장이 박살이 나지 않았잖아요. 그리고 편의점에 자주 들른 이유 중에는 혹시나 있을지 모를 추적을 피하기 위해서도 있었어요. 미행이 따라붙은 것 같은 직감이 들 때가 있었거든요. 실제로 탐문을 하는 와중 양주시 곳곳에서 섬뜩한 음모를 제가 똑똑히 확인했고요."

어떤 치가 떨리는 광경을 목격한 것인지는 모르지만 아무래도 보통 일은 아니었는지 현수 씨의 손이 다시 한번 소주잔을 향했습니다. 다시 한번 잔을 채워드리자 쏙 하는 소리가 뒤를 따랐습니다.

"하지만 이런 백그라운드에 대해 구구절절 설명을 해봤자⋯⋯ 오늘 저의 이런 탐문 때문에 도민 씨가 개저씨들에게 위협을 받게 되었다는 사실, 그리고 제가 이성을 잃고 도민 씨의 위협이 되었다는 사실에 대한 변명은 되지 못하겠지요. 정말로 신세 많이 졌습니다. 앞으로는 편의점에 찾아뵙지 않을게요. 이 이상 전아련 때문에, 또 저 때문에 도민 씨가 곤란해져서는 안 되니까요."

현수 씨의 긴장된 목소리를 들으니 저도 여러 가지 생각이 들더군요. 그래서 저도 한 잔을 비우고는 가능한 한 조심스레 저의 의견을 말씀드렸습니다.

"저는 양주시에 거주 중인 일반시민입니다. 현수 씨처럼 특별한 능력을 갖고 있는 것도 아니고 테러리스트를 상대하는 기술을 전문적으로 훈련을 받은 적도 없습니다."

"네. 알고 있어요."

"그런 제가 이 도시의 평화를 위해 싸우는 현수 씨에게 식사를 대접하고 쉼터를 마련하는 것은 시민사회에 봉사하는 최고의 방법이라 생각합니다. 무엇보다 저는 현수 씨와 보내는 시간을 무척 좋아합니다. 그러니 만약 현수 씨만 동의하신다면 저는 계속해서 현수 씨에게 도움이 되고 싶습니다."

"막⋯⋯ 술 처마시고 개 되는데도?"

현수 씨는 걱정스러운 표정으로 소주병을 들어 제 앞에 흔들어 보였습니다. 저는 입을 다물고 신중히 단어를 골랐습니다. 부끄러운 이야기지만 저는 이럴 때 어떻게 대화를 이어나가야 하는지 영 숙맥이라 고민의 시간이 제법 길었습니다. 장고를 마친 뒤 저는 소주병에 적힌 상품명을 가리키며 답했습니다.

"원래 천사는 이슬만 먹고 살지 않습니까?"

웃지 마십시오. 그렇게 폭소를 하시면 제가 민망하지 않습니까. 형사님. 운전하시는데 그렇게 웃으시면 위험합니다. 아닙니다. 저도 나름 열심히 노력해서 떠올린 대답이었습니다. 음. 네? 어떻게 아셨습니까? 네. 현수 씨도 똑같이 웃으셨습니다. 너무 웃느라 눈물까지 흘리셨지요. 물론 그때도 민망했습니다.

"그리고 선짓국도 먹지요."

"네. 이슬이랑 선짓국."

현수 씨는 눈물을 닦으며 소주잔을 들어 저에게 건배를 권하셨습니다.

"1일?"

"1일."

"에이. 그거 뻥 아냐? 믿어도 돼요?"

"제가 거짓말을 해서 무슨 이득이 있겠습니까? 사실입니다."

"아니 내가 뻥이냐고 한 건 다른 부분인데…… 됐습니다. 하긴 능력의 발동 조건이나 반작용을 생각하면 앞뒤가 다 맞아떨어지기는 해. 우리는 진짜 꽐라 그 사람 미친 사람인 줄 알았다니까? 여자가 정상이면 그럴 수가 없어요. 바닥에 드러누워서 구르니

지진이 난 것처럼 건물이 흔들리지 않나 구토로 아스팔트를 녹이지 않나 고성방가로 일대 유리창을 깨부수질 않나. 천재지변이 아니라 인재지변이라니까."

역시 현수 씨는 대단합니다. 하지만 형사님의 입은 웃는 반면 눈은 그렇지가 않습니다. 어떻게든 남의 일이라는 식으로 말하려고 해도 긴장이 풀리지 않는 눈썹의 근육을 보면 겁에 질린 것으로 보입니다.

형사님은 핸들을 돌리고는 완전히 교외로 빠져나와 본 적 없는 산골로 차를 몰았습니다. 목적지가 멀지 않았는지 형사님은 떨리는 표정으로 몇 번이고 저에게 확답을 요구했습니다.

"선생님. 선생님이 여자분과 사귀는 사이라는 것까지는 내 알겠어요. 그런데 사귀는 사이라고 다른 사람의 술주정을 막을 수 있는 것도 아니잖아? 무슨 수가 있는 것 맞아요?"

"있습니다. 제가 처음으로 현수 씨를 진정시켰을 때와 똑같이 하면 됩니다. 현수 씨는 제가 포옹을 하고 이름을 불러드린 뒤 입을 맞추면 점차 취기에서 벗어나실 겁니다. 그리고 제가 편의점에서 챙긴 음식물들로 수분과 영양을 보충하시면 체내 알코올 분해 속도가 빨라질 테고요."

산을 조금 더 타다 곧 차가 멈췄습니다. 형사님이 문을 열자 무언가가 부서지고 깨지고 터지는 소리와 사람들의 비명이 들려와 무언가 큰 소동이 일어났음을 알 수 있었습니다.

전쟁영화에서나 들을 수 있었던 소음 속에서, 형사님은 다시 한번 제게 얼굴을 갖다 대시면서 마지막으로 질문을 던지셨습니다.

"좋아요. 믿어요. 내가 믿을 만해서 믿는 건 아니고, 사실 우리한테 꽐라를 막을 수단이 선생님 말고는 아무것도 없어서 믿는 거지만 그래도 믿는 건 믿는 거지. 하지만 선생님, 지금 여자친구 분이 아주 미쳐 날뛰고 있어요. 포옹을 하면 술기운에서 벗어난다고 하셨지만 포옹하러 가는 도중에 여자친구분한테 맞아 죽을 수도 있지 않겠어요? 그거 피하면서 팍! 포옹하고 뽀뽀하고 할 수 있나?"

"현수 씨는 절 공격하지 않으실 겁니다. 저는 믿고 있습니다."

"아니, 그러니까 그걸 어떻게 믿으시냐고. 내가 여자친구분이 나쁜 사람이라고 말을 하는 게 아니잖아. 술에 취하면 사람이 눈에 뵈는 게 없어지고, 그렇잖아? 그런데 선생님이 아무리 여자친구분을 사랑하고, 응, 여자친구분도 선생님을 사랑하고, 그런다고 어디 때리거나 하지 않을 보장은 없지 않느냐는 거야."

"압니다."

"그런데 그게 믿겨?"

"어떻게 안 믿깁니까?"

저는 형사님의 인도에 따라 소음의 진원지를 향해 이동했습니다. 저희의 목적지는 차가 들어가기에는 길이 너무나 험했습니다. 형사님이 준비하신 커다란 손전등으로 발밑을 비추면서 걷는데도 몇 번은 미끄러질 뻔했습니다.

5분 정도 걸려 길이 아닌 길을 걷다 보니 이 산속에 어떻게 지은 것인지 의문이 드는 커다란 공장 하나가 보였습니다. 제대로 된 길이 없어 건설장비가 들어오기 어려울 텐데 말입니다. 어쩌면 길을 하나 만들었다가 공장을 다 지은 뒤 길을 지운 것일지도 모르겠습니다.

하지만 제가 가장 놀란 것은 산속에 숨겨진 공장보다 그 공장 앞에서 벌어지고 있는 주정뱅이 무리의 막싸움이었습니다. 건물이 부서지고 파편이 날아가는 모습은 전쟁터를 방불케 했지만 말입니다. 그리고 그 격전의 한가운데에는 제가 잘 아는 사람이 한 명 있었습니다. 저는 편의점에서 갖고 온 봉투에서 사탕을 꺼내 입안에 넣었습니다.

"사탕……?"

"입을 맞추기 앞서의 예의입니다."

"왜 껌으로 하시잖고."

"급하게 나오느라 껌을 못 챙기고 그만 사탕을 갖고 왔습니다."

사탕의 단맛이 두근거리는 제 심장을 진정시키지는 못했습니다. 하마터면 어금니로 사탕을 깨부술 뻔했을 정도로 저는 초인들의 전투에 위압감을 느꼈습니다. 형사님은 그런 제 모습을 보니 걱정이 되시는 모양이었습니다.

"그래요. 열심히 사탕 핥으시고. 선생님, 어떠십니까. 말릴 수 있겠어요?"

"쉽지는 않겠습니다."

"해야 하는데."

달칵.

형사님은 품에서 총을 꺼내고는 저를 향해 겨냥하셨습니다.

"형사님?"

"형사는 거짓말이고…… 자기소개 다시 합시다. 나는 전아련 김 부장이에요. 전아련. 전국 아저씨 연합. 그리고 저기 당신 여친 이랑 싸우고 있는 사람들이 우리 연합원들이고. 뒤에 있는 건물 이 우리 본부 겸 생산공장이야. 그런데 지금 당신 여친이 우리 연 합원 다 때려잡고 우리 건물 다 부수게 생겼거든? 그러니까 선생 님이 좀 말려주셔야겠어요."

전아련이라. 좀 아련한 작명센스입니다. 저는 얌전히 두 손을 들어 항복의 의사를 내비쳤습니다. 그럼에도 불구하고 형사, 아니 김 부장은 총의 안전장치를 풀고 장전까지 마쳤습니다.

"……저 공장은 무슨 공장입니까?"

"전아련은 말이죠. 이 시대에 기죽어 사는 아저씨들의 기를 살 려주기 위해 활동하는 단체예요. 365일 격무에 시달려가며 사회 를 위해 몸을 바치다 잠시나마 술로 세상 시름을 잊는데 그조차 도 멸시와 조롱의 대상이 되는 우리 아저씨들 기를 살려주려는 단체라는 말이야. 선생님. 선생님도 편의점을 차리셨으니까 아실 거 아냐. 술에 취한 사람들이 우습다고 하지만 취객들에게는 그 들이 마신 술잔만큼의 역사가 있다는 거."

"그렇습니까?"

"그래요. 그렇다고. 그래서 우리 전아련은 전국에 유통되는 주 류품에 슈퍼아저씨 혈청을 넣어 배포할 계획을 갖고 있었어요. 남자가 남자답게 살 수 있도록! 아저씨가 아저씨여도 비난받지 않는 사회를 만들 수 있도록! 슈퍼파워를 가진 아저씨가 될 수 있도록!"

"효과는요?"

"알코올과 반응해 근력이 상승하고 자신감이 생기죠. 부작용으로 탈모가 올 수는 있는데 탈모야말로 남자다움의 상징이니까 뭐."

전 국민을 모르모트로 삼아 알코올중독 탈모인으로 구성된 100만 대군을 양성하려는 이 음모에 그만 입을 다물 수가 없었습니다. 비효율적인 계획은 둘째 치고 그 목표도 불분명해서 이 연합이 굴러가는 동력이 무엇인지도 의심스러웠습니다.

"그런데 왜 슈퍼아저씨혈청을 맞은 전아련 회원들이 현수 씨를 당해내지 못합니까?"

"붙잡아서 해부라도 하기 전까지는 확답이 어렵네. 어디까지나 가설이기는 하지만 저 여자분은 아저씨에 대한 내성이 있는 상황에서 슈퍼아저씨 혈청을 맞은 우리 회원에게 물려서 효과가 배가 된 것이 아닌가 추정하고 있어요. 자, 시간 끌기는 그만!"

탕! 탕! 김 부장은 하늘을 향해 총을 쏘아 전아련 공장 앞에 모여 싸우던 사람들의 이목을 집중시켰습니다.

"야! 이 미친 꼴라 계집아! 네 남친이 여기 있다. 네 남친의 목숨을 구하려면 반항하지 말고 항복해라! 알았지? 자, 선생님? 내려가서 여자친구 진정시키시죠."

"도민 씨? 자기야?"

전아련 회원들은 이제야 살았다는 안도의 표정과 함께 싸움을 멈추고 조금씩 뒤로 물러났습니다. 현수 씨는 현재 상황을 제대로 이해하지 못하는 것인지 제 얼굴을 보자 반갑다는 듯 신나서 손을 흔들었습니다.

저는 김 부장이 저를 향해 총구를 겨누고 있음을 확인하며 비탈을 타고 내려가 현수 씨를 향해 걸어갔습니다. 멀리서는 잘 보이지 않았는데 가까이 다가가니 그 얼굴에 격전의 흔적이 남아있었습니다. 우선 저는 주머니에서 손수건을 꺼내 현수 씨의 얼굴에 묻은 다른 사람들의 피를 닦아주었습니다.

"현수 씨."

"왜?"

"컨텍스트적으로다가."

현수 씨는 잠깐 고개를 갸웃하다가 기억이 났다는 듯이 웃으며 저에게 입을 맞춰주었습니다. 현수 씨 입안의 알코올 향과 제 입안의 사탕 향이 섞여 저희는 달콤하고도 쌉쌀한 맛을 공유했습니다. 다음으로 현수 씨는 혀를 살살 굴려 제가 입안에 감춰두었던 사탕을 가져갔습니다.

얇은 설탕의 외피 아래, 아주 독하고 진한 술을 품고 있는 알코올 사탕을 말입니다.

"햐, 지기네!"

그리고 도수가 높은 술이 식도를 타고 내려가 위장을 불태우기 시작할 때에만 나오는 그 감탄사와 함께 이슬과 선짓국의 천사가 더욱 강해져서 돌아왔습니다.

"네. 얼추 상황이 정리되었습니다. 길이 험하니 구급차까지 사람을 옮길 호송 인원만 함께 오시면 됩니다. 사망자는 없습니다.

피해 인원을 확인해서 문자 드리겠습니다. 이따 뵙겠습니다. 들어 가세요."

통화를 마치고 저는 주변의 풍경을 바라보았습니다. 사람들이 여기저기 부서져서 나뒹구는 이 상황에 장관이라는 표현이 적절치는 않겠습니다만 그래도 어떤 스펙터클함을 느낄 수 있었습니다.

제가 입으로 건넨 알코올 사탕을 먹은 현수 씨는 평소보다 더 더욱 취기가 올라 이 세상을 별 무리 없이 박살 내셨습니다. 김 부장은 저를 총으로 겨누면 위협이 될 거라 작전을 구상하셨지만, 소형화기에서 발사된 총알은 술에 취한 현수 씨에게는 어린 아이가 던진 공깃돌이나 다름없다는 것을 모르셨던 모양입니다.

그나마 다행인 점은 제가 다치지 않았다는 것입니다. 만약 제가 손끝이라도 다쳤으면 현수 씨는 격앙된 감정을 이기지 못한 나머지 살아 있는 인간으로 종이접기를 하셨을 테니까요.

"도민 씨! 자기야!"

"네."

현수 씨는 주먹으로 공장을 부수는 작업을 마치고는 저를 향해 달려오셨습니다. 건물은 조사하기 전까지는 가급적 부수지 말아 달라는 부탁을 받긴 했습니다만 딱히 주변 건물이 남아날 거라 생각하고 한 부탁은 아니었을 거라 짐작합니다. 사람이 사람이니 까요.

"방금 영자 씨에게 전화를 걸었습니다. 그쪽도 정신이 없는지 경각 씨가 받더군요. 곧 경기 히어로 연대에서 사람들을 보내준다고 합니다."

현수 씨가 정장 차림으로 편의점에 찾아온 날은 두 번 있었습니다. 첫 번째는 예전에 다니던 회사에서 퇴직하신 날이었고, 두 번째는 경기 히어로 연대로부터 가입 승낙을 받으신 날이었습니다. 그리고 경기 히어로 연대는 전아련과 마찰이 생긴 현수 씨와 저에게 정보를 모아다 전달해주었습니다. 파손된 전봇대에 대한 보험처리와 함께 말입니다.

저희는 그 정보를 바탕으로 만약의 상황을 대비한 몇 가지 절차를 정해놓았습니다. 그리고 그중에는 당연히 제가 인질이 된 경우에 대한 시뮬레이션도 있었습니다.

비록 오늘처럼 경찰을 사칭해서 저를 납치하려는 계획까지는 염두에 두지 못했습니다. 하지만 그건 어디까지나 경기 히어로 연대로부터 관할부서 담당자를 이미 소개를 받았기에 속을 일이 없었기 때문입니다. 그래서 저는 어렵지 않게 김 부장이 형사를 사칭하는 전아련 사람이라는 것을 알아차려 경기 히어로 연대에 몰래 연락하고 알코올 사탕도 챙겨 올 수 있었습니다.

"도민 씨."

"네."

"내 안아도."

"알겠습니다."

"안고 다음 거."

"연인이 술에 취한 와중에 성적 접촉에 대한 동의를 구하거나 그에 응하는 것은 정상적인 사고판단이 되지 않는 상황을 이용하는 부당한 행동일 수 있지 않을까요?"

"아냐. 봐라."

현수 씨는 추리닝 주머니에서 꼬깃꼬깃 접힌 문서를 꺼내 저에게 건네주었습니다. 그리고 종이에 적힌 안정적인 서체로 보아 현수 씨가 술에 취하지 않은 상태에서 친필로 작성하였음이 분명했습니다. 그 안에 적힌 내용은 이하와 같습니다.

나 현수는 금일에 한정하여 전아련과 관련된 일련의 소동이 진정되고 난 뒤 사회 일반이 규정하는 보편적인 윤리 기준에 부합하는 상황이라 판단될 경우 본인의 만취 여부와 무관하게 입맞춤을 비롯한 그 이상의 신체적/성적 접촉행위에 대한 의사결정권을 연인 도민에게 위임하는 바이다.

저는 고개를 들어 주변을 바라보았습니다. 공장 곳곳이 불에 타고 수많은 전아련 소속 주취자들이 고통과 절망 그리고 숙취 속에 신음하면서 저주가 섞인 술주정을 외치고 있었습니다. 그리고 저는 이 정도면 사회 일반이 규정하는 보편적인 윤리 기준에 부합하는 상황이라 판단하였습니다.

"맞나."

"맞습니다."

현수 씨와 저는 입을 맞췄습니다. 텍스트적으로다가.

* 「주폭천사깔라전」은 「경기 히어로 연대」 연작 중 두 번째 작품이다. 첫 번째 작품은 「이웃집 슈퍼히어로」(2015, 황금가지)에 실린 「월간영웅홍양전」이다.

로그스 갤러리,* 종로

김보영

주로 SF를 쓴다. 작품 및 작품집으로 『멀리 가는 이야기』, 『진화신화』, 『7인의 집행관』, 『저 이승의 선지자』, 『당신을 기다리고 있어』, 『아직 우리에겐 시간이 있으니까』, 『이웃집 슈퍼히어로』, 『다행히 졸업』 등이 있다.

히어로들이 많이 나오는 군상극을 좋아한다. 누가 더 강하고 약한지 경쟁하는 대신, 각자가 갖고 있는 속성에 대한 상상을 극한까지 확장하면서도 서로 영역을 해치지 않고 조화를 이루는 이야기들을 좋아한다. 그들이 자신의 힘에 휘둘리는 대신 늘 착한 선택을 하고, 평범한 일상으로 돌아오는 바보스러운 이상향을 사랑한다.

---

* 로그스 갤러리(Rogues' gallery). 범죄자 사진대장을 뜻하는 용어로 DC 만화의 악당들이 팀을 이룰 때에 주로 쓴다. 플래시와 대적하는 로그스 갤러리가 가장 유명해 흔히 로그스라고 하면 이들을 부른다. 수장은 주로 얼음을 쓰는 캡틴 콜드다.

"다 당신 때문이야."

소녀가 말한다.

말라깽이에 몸집이 작은 소녀다. 어디서 몸싸움을 했는지 팔과 다리에 상처가 수두룩하다. 주머니가 두둑한 얇은 잠바를 걸쳤는데, 교복은 단추가 뜯겨 나갔고 어째서인지 온통 물감투성이다.

푸른 빌딩 숲 사이에 부자연스럽게 자리한 누릿누릿한 건물 꼭대기 층이다. 70년대 즈음 하천을 시멘트로 덮어 그 위에 올린 건물인데, 이후로 하천 위에 집을 짓지 못하게 법이 바뀌어 헐지도 다시 세우지도 못하고 미적지근하게 방치된 건물이다. 이번에 겨우 재건축 허가가 나와 안을 다 뜯어낸 참이다.

인부들이 퇴근한 건물은 적막하다. 내벽은 다 헐어놓아 숨을 곳도 없다. 벽마다 층층이 쌓인 자재들이 숨을 죽이고 인부들이 썼을 법한 반쯤 탄 장작이 담긴 드럼통이 무심한 심판처럼 덩그러니 놓여 있다.

"다 당신 때문이야, '번개'."

소녀가 창을 등지고 서서 말한다.

"당신이 세상을 다 무너뜨렸어."

"보기에 따라서는."

'번개'라 불린 사람이 침침한 벽 안쪽에 앉아 자조 섞인 목소리로 답했다. 서른이나 그쯤 되었을까. 고린내가 진동하는 꼬질꼬질한 잠바에 다 해진 청바지 차림이다. 얼굴은 곰보처럼 얽혀 있고 수염이 거뭇거뭇하다.

"모든 초인을 배신했어."

"어쩌면."

'번개'라 불린 사람은 귀찮은 얼굴로 창에 시선을 꽂는다.

나와의 약속이 아니었다면 그 사람은 100분의 1초도 안 되는 사이에 그 소녀의 목을 꺾을 수도 있었을 것이다. 그럴 마음만 먹는다면.

창밖이 보일 위치가 아닌데도 남자의 시야에는 바깥 풍경이 들어온다. 실은 창에 선다 해도 보일 위치가 아니건만.

남자는 어둠 속에 앉은 채 시청광장과 남대문에 들어찬 해일 같은 군중의 물결을 본다. 나는 그의 눈을 통해 군중을 본다.

청계광장에서부터 시청광장까지 빼곡하다. 성난 고함 소리가 거리에 가득했다. 높이 들어 올린 손마다 쥐고 있는 종이에는 노란색 전력 마크에 붉은 금지표시가 박혀 있다. '번개를 죽여라',

'초인을 지옥으로' 같은 문구도 눈에 띈다. 거리 한가운데에서는 붉은 옷을 입힌 짚단 인형을 태운다. 해병대 옷을 입은 노인들이 '초인의 악행'이라는 붉은 문구를 가득 쓴 현수막을 들고 행진한다. 확성기를 든 사람이 "초인관리법을 제정하라", "초인은 이 나라를 떠나라" 하고 고함을 지른다.

번개가 창에서 눈을 떼자 풍경은 사라진다. 번개는 지루한 얼굴로 엉덩이를 툭툭 털며 몸을 일으켰다.

"넌 나를 못 막아."

번개가 소녀에게 말했다.

"얼음은 빛을 이기지 못해."

"네가 정말 '빛'이라면."

'얼음'으로 불린 소녀가 양 주먹을 꾹 쥐었다. 소녀의 숨이 뿌옇게 흐려졌다. 냉기가 안개처럼 피어올랐다. 공기가 내려앉으며 창에 눈꽃이 자라났다. 축축한 콘크리트 벽에 소금처럼 하얀 얼음 결정이 맺혔다.

자, 둘이 맞붙기 전에,

어쩌다 이리 되었는지 설명을 해야 하겠지.

이야기를 어디서부터 시작하면 좋을까.

7년 전, 용산구청에 한 떼의 사람들이 피켓을 들고 민원실로 몰려간 적이 있다. 나는 그때 열두 살이었고 막대사탕을 문 채 엄마

손에 붙들려 끌려갔다. 아빠는 치킨 튀기는 집게를 들고 갔고 옆집 아저씨는 고기 굽는 부지깽이를 들고 갔다. 공무원 아저씨가 많이 무서웠을 거다. 돌아올 때 아저씨들이 돌아가며 나를 목말을 태워주었고 가끔은 행가래도 쳐주었다. 거기서부터 시작해볼까.

아니, 5년 전에 있었던 학술대회 풍경에서부터 시작하는 것도 좋겠다.
○○대 사회과학대 대강당에

(사)한국사회심리학회

주제: 초인 대 일반인—혐오를 어떻게 막을 것인가

발제: 박○○ 교수

라고 쓰인 현수막이 붙어 있었다.

모인 사람들은 당혹스러운 얼굴로 수군거렸다.

"저게 뭐야?" "지금 말하는 게 말이 돼?" "아니, 이런 전국구 행사에 심리학자 다 모아놓고 무슨 재난이래?" "저걸 진짜 한대요?"

무대 위의 교수는 아랑곳하지 않고 강연을 계속한다. 화면에는

혐오 대응팀 구성하기

부제: 로그스 갤러리(Rogues' gallery)

라고 쓰여 있다.

아니면 1년 전의 풍경에서부터 시작하면 어떨까.

나는 덜컹거리는 버스 좌석에 앉아 졸고 있다.

밖에는 소낙비가 쏟아지고 있고 나는 큰 털 헤드폰을 쓰고 음악을 듣고 있다. 내 책가방에는 작은 배지가 줄줄이 달려 있다. 옛날식 다이얼 전화, 옛날식 라디오, 무전기, 삐삐, 옛날에 사라진 통신 도구들. 모두 내 소장품이다. 우리 같은 사람들 80퍼센트는 제 능력에 관계된 굿즈를 사 모으는 것을 좋아한다고 한다. 그렇게 되지 않겠나.

창밖으로 보이는 버스정류장에 붙어 있는 학원 광고에는 연예인이 활짝 웃는 사진 옆에 '당신의 아이가 초인이라면 어떻게 하시겠습니까?'라는 문구가 보인다. '잠재적 악당이라면?'

나는 무엇엔가 놀라 가방을 끌어안았다. 이어 경찰차가 사이렌을 울리며 버스에 붙었다. 버스가 길에 서자 승객들은 어리둥절해서 하얗게 김이 서린 창을 커튼과 옷으로 닦으며 내다본다. 비에 젖은 경찰들이 소란스레 올라와 나를 둘러싼다.

"잠깐 같이 가주셔야겠습니다."

나는 고개를 저었다.

"싫어요."

"별일 아닙니다. 잠깐만 내리세요."

경찰이 손을 내밀자 나는 몸을 웅크리며 애처롭게 애원했다.

"현이 아버지, 싫어요."

경찰의 낯빛이 확 식는다.

"윤식이 삼촌, 저 데려가지 마세요."

경찰들은 서로 얼굴을 마주 본다.

"보고서대로군. 끌어내."

나는 책가방을 끌어안으며 몸을 웅크린다. 내가 소리를 지르고 그 소리가 버스 안에 퍼지기도 전에 나는 자취를 감춘다. 내 비명의 잔재만이 떠돈다. 나는 돌풍도 바람도 없이 사라진다. 경찰들이 혼비백산한다.

"'번개'다!"

그러자 승객들이 따라 혼비백산한다.

"'번개'입니다! 슈퍼악당 출현입니다! '긴급초인재난발령'입니다. 모두 대피하세요!"

아이가 울음을 터뜨리고, 비명 소리가 퍼져나간다. 사람들이 다투어 밀치며 넘어지고, 밟히고, 울고, 버스에서 내린다.

흠, 잠깐 정지.

이건 내 이야기가 아니다. 애초에 저기서 번개와 맞장을 뜨고 있는 친구는 내가 아니다. 내가 하려는 건 그 친구 이야기다. 아무래도 처음부터 다시 시작하는 게 좋겠다.

1

"파원(波源)."

'EBS 수능 국어 특강' 자막이 상단에 붙은 TV 화면, '족집게' 배지를 가슴에 단 젊은 강사가 칠판에 분필로 줄을 쫙 쳤다.

"호수에 돌을 던지면 파문이 일죠. 그 파문의 시작점이 파원입니다. 초인 커뮤니티 은어로 '분위기를 주도하는 인물'을 말합니다. 밑줄 쫙. 말하자면 유행의 선두주자죠. 14년, 15년 모의고사 기출문제. 70년대에는 이 친구가 유행을 주도했죠. 이상한 옷 입는 유행이 돌았고요."

강사는 파란 스판덱스 옷을 입고 새하얀 치아를 활짝 드러내며 웃는 건장한 남자 사진을 잠깐 들어 보였다.

"이 '파원'이 누구냐에 따라 초인 사회의 분위기가 변합니다. 좋은 사람인가, 소시민인가, 혁명가인가…… 악당인가."

마지막 단어에 강세를 두며 강사는 엄숙한 얼굴을 했다.

"초능력이 없는 우리 '정상인'이라면 영향력을 갖는 사람은 비슷합니다. 정치인이나 재벌, 연예인, 그러니까, 힘이 있을 만한 인물이죠. 하지만 초인에게 주어지는 힘은 무작위거든요. 누가 힘의 중심이 될지 모릅니다. 이 친구는 뭐랄까, 소시민이었지요."

강사는 스판덱스 남자를 손가락으로 콕콕 찔렀다.

"평범하게 직장 다니며 집에 돌아와서 길고양이나 돌봤지요. 그 시절에는 초인들도 전반적으로 온화했죠. 하지만 이 파원이 죽거나 은퇴하면……."

강사는 사진을 옆으로 치우며 말했다.

"초인 사회 전체가 변합니다. 여기에 미신적인 신념까지 더해지면서 이 '파원'은 구한말부터 이어진 초인 간 길거리 대결의 근거가 되었습니다. 70년대만 해도 파원을 제거해 세상을 바꾸겠다고 거리에서 결투를 하는 초인들을 흔히 볼 수 있었지요. 패싸움도 많았고요."

강사는 '아무튼 초인들이란' 하고 말하듯이 고개를 도리도리 저었다. '여러분은 그러지 마세요' 하고 다짐하는 눈빛도 보내었다.

"그래서, 지금 파원은 말입니다."

"사상 최악의 테러리스트입니다!"

KBS 리포터가 목젖이 튀어나오도록 고함을 질렀다.

"보십시오, 이 처참한 풍경을!"

리포터가 뒤를 가리켰다. 소방차와 경찰차가 빙 둘러싼 가운데 국회의사당에서 뭉실뭉실 연기가 피어오른다. 초록색 반원형 뚜껑은 무처럼 뚝 썰려 바닥에 처박혔고 기둥 두 개는 밑동이 나갔다. 오른쪽 벽은 케이크를 잘라 먹은 것처럼 뚝 썰려 나갔다. 정면에는 스프레이로 그린 노란 전력 표시가 조롱하듯 남아 있다.

"'번개'는 지난 한 해 동안 각 시ㆍ도청, 경찰청, 주요 정부청사 스물세 곳에 눈 뜨고 보기 힘든 끔찍한 테러를 자행해 왔습니다!"

"에…… 눈 뜨고 보기 힘든 테러라기엔 말이죠."

인터넷 방송 VJ 두 사람이 이마를 맞대고 노트북을 보며 말했다.

"천장에 낙서를 한다든가, 물건 위치를 다 바꿔놓는다든가."

"경찰청 벽을 전부 빨간색으로 칠하거나."

"눈 뜨고 보기 힘들긴 하죠. 빨라서 안 보이니까."

"국회의사당은 너무 나갔죠. 번개가 제 무덤을 팠네요."

"나치나 IS에 비유하는데, 실제로 사람을 죽이거나 해치지 않은 사람에게 그 이름을 붙이는 게 정당할까요?"

"만약 저 테러를 고아원이나 병원에 했다고 상상해보세요……."

"잠깐만, 그렇게 비유하면 안 돼요."

"하지만 최근 젊은 층을 중심으로 이런 범죄자를 동경하는 유행이 번지고 있어 빈축을 사고 있습니다."

리포터가 말을 이었다.

"속 시원하잖아요. 번개 형 짱!"

중학생으로 보이는 소년이 카메라를 향해 손가락으로 V 자를 만들어 흔들어 보였다. 모자에는 번개 마크를 자수로 박아놓았다. 뒤로는 반 친구들이 똑같은 모자를 쓰고 같이 V 자를 만들어 흔들어 보였다.

"아이들이 배울까 무섭고……."

시민 김○○ 씨가 말했다.

"초인이 다 이렇다는 편견이 퍼질까 걱정입니다."

얼굴을 고양이 가면으로 가리고 고양이 장갑을 낀 초인 '들고양' 씨가 말했다.

"이제 국회의사당까지 왔습니다. 다음에는 어딜까요? 이 테러범이 청와대에 들어가 대통령을 암살하지 않는다고 누가 장담하겠습니까? 1초 만에 세계를 멸망시킬 수도 있는 악당이 버젓이 거리를 활보하는데, 수사당국의 대응은 지지부진하기만 합니다. 지금까지 KBS의 ○○○ 리포터……."

"말처럼 쉬운 일이 아닙니다."

여의도구 경찰서장이 헛기침을 하며 말했다.

"초인 하나를 잡으려면 실상 초인 경관 하나가 필요합니다. 어디 소매치기 하나를 잡으려 해도요. 하지만 초인은 공식적으로 경관이 될 수 없습니다."

"초인은 어떤 공직사회에든 진출하기 어렵지 않습니까?"

반대편에 앉은 앵커가 펜을 빙글빙글 돌리며 물었다.

"공정성 문제입니다. 초인은 능력이 천차만별인 데다가 무슨 능력을 숨기고 있는지 몰라요. 모든 초인에게 적용되는 공정한 시험체계를 만들 도리가 없지요."

"예산편성을 하지 않는 건……."

"더해서 번개는 0등급 초인입니다."

경찰서장은 앵커의 말을 끊고 말했다.

"0등급이라는 용어에 대해 좀 더 설명해주시겠습니까?"

"초능력이 아닌 이상 그에 대응하는 힘을 일반인이 만들 수 없다는 뜻입니다. 예를 들어, 그저 힘이 센 초인이라면 장비를 끌고 가면 됩니다."

두 사람 뒤편의 모니터에 가면을 쓴 레고 장난감 인형 그림이 나타났다. 레고가 바위를 번쩍 들어 올리자, 옆에서 포클레인이 나타나 같이 돌을 번쩍 들어 올렸다. 레고는 놀라 바위를 던지고 줄행랑을 쳤다.

"하지만 번개는 빛의 속도로 움직입니다."

화면이 바뀌었다. 이번에는 가슴에 번개 마크를 단 레고 인형이 나타나 주변을 획획 둘러보다가 사라졌다. 옆에는 물음표 마크가 떴다.

"현대과학은 아직 중력권에서 전자보다 큰 물질을 빛의 속도에 이르게 하는 방법을 알지 못합니다. 다시 말해서……."

경찰서장은 뜸을 들였다.

"지금으로서는 공권력이 번개를 잡을 방법이 없습니다."

침묵 속에서 둘 사이에 눈빛이 오갔다.

'그거 큰일이군요.'

'정부 책임이 아닙니다. 초인은 천재지변입니다.'

'사건사고가 나면 다 시민 초인운동가들이 수습하게 만들고 잠만 처자고 있잖습니까.'

'이런 좌파 빨갱이.'

"'번개'의 테러 행각이 언론에서 과장되었다는 비판은 좀 있습니다만, 테러리스트인 것만은 변함이 없지요."

앵커가 말을 이었다.

"그러면 질문이 있는데, 이 나라에, 아니 지구상에 현존하는 장비와 인력을 다 동원해도 번개를 잡는 것이 불가능하다면, 어떻게 번개를 체포할 계획이신지 감이 잘 안 오는데요."

경찰서장은 바로 그 답을 하기 위해 여기 나왔다는 듯 근엄한 얼굴을 하며 책상을 톡톡 쳤다.

"국제규약에 근거하여 0등급 악당은 CAC(Citizen's Arrest-allowed Criminal), 즉 시민이 체포할 수 있는 범죄자로 분류됩니다."

"좀 더 자세히 말씀해주시겠습니까?"

"악당 번개에 한해서, 일반 시민이 경찰 대신 체포하는 것을 국가가 허용한다는 뜻입니다."

앵커는 펜대를 턱에 괸 채 상대를 지그시 노려보았다.

"별로 좋게 들리지 않는군요. 유신정권 때 그 법령은 절차 없이 무고한 시민을 잡아들이기 위한 계엄령과 유사한 역할을 했는데요."

"하하, 요새 시대가 어느 시대인데 그런 걱정을 하십니까."

경찰서장은 껄껄 웃었다.

"원래 현행범은 일반 시민도 체포할 수 있습니다. 단지 보안법이 적용되어서 정당방위의 폭이 넓게 적용되고 기물파손에 정부가 보험 지급을 합니다. 체포에 기여한 시민에게는 최대 10억 원의 포상금이……."

"완전 로또잖아!"

'서리'가 스마트폰을 보다가 환호성을 질렀다.

"10억이래, 10억! 이 돈만 있으면 새집으로 이사 갈 수 있어!"

그래, 바로 이 친구다.

내가 지금부터 이야기하려는 친구. 아이스커피, 팥빙수. 3학년
인데 아직 1학년 과제인 각얼음도 못 만드는 친구. 졸업한다 해도
사이드킥으로 누가 주워 가기나 할까.

"응? 새집? 무슨 집? 간식 나왔어?"

서리의 등에 기대어 졸던 '요드'가 퍼뜩 잠이 깨어 헛소리를 했
다. 요드는 서리보다 더 신경 쓸 것 없는 친구다. 아니, 그냥 아예
아무 관심도 주지 말기 바란다.

"내가 잡을 거야!"

서리가 사방에서 쿵쾅거리는 가운데에 말했다.

"봐, 봐. 궁합 보면 내가 우리나라에서 번개를 잡을 수 있는 유
일한 초인이야."

서리가 요드에게 스마트폰을 보여주었다. 화면에서는 한복을
입은 곰돌이가 '더 상세한 초인 궁합을 원하시면 결제 버튼을 누
르세요' 하는 팻말을 들고 꾸벅 인사를 했다.

"유료궁합 봐야지, 무료궁합 안 맞아."

요드가 하품을 하며 치마를 허리까지 끌어올려 양반다리로 앉
으며 말했다. 교과서에 집중하려던 나는 참다 못해 책을 덮고 끼
어들었다.

"말도 안 되는 소리 마."

전교생이 아침부터 체육관에 대피해 있던 날이었다. 선생들이
학생들 사이로 소리를 지르며 돌아다녔다. 뭘 해야 할지 몰라서
괜히 열을 맞추라거나 조용히 하라거나 하며 소리만 질렀다. 강
남 학교에선 소방서와 경찰서에서 한 달에 두 번 초인사태 대응

훈련도 하고 그런다는데.

체육관 벽은 연신 지진이 난 것처럼 흔들렸고 밖에서는 사방에 폭탄이 떨어지는 것처럼 펑, 펑 하는 꽝음이 쏟아졌다. 선생님들과 달리 재난에 익숙한 우리들은 누워서 폰으로 만화를 보거나 음악을 들으며 땡땡이를 즐기던 참이었다.

"번개는 아무도 못 잡아. 번개는 빛이야. '빛'을 무슨 수로 잡아?"

"빛을 왜 못 잡는데?"

서리가 멍청한 눈을 댕그랗게 뜨고 물어봐서 열불이 터진 게 화근이었다.

2

"전국 각지에서 초인들 간 결투가 벌어지고 있습니다. 이번 ○○고교 인근에서 대결을 벌이다 체포된 초인 '폭탄마'는 '번개'의 동료로 보이는 초인을 찾아서 정보를 캐내던 중이었다고 항변했습니다."

"폭탄마는 옛날에는 악당으로 분류되던 사람이죠?"

"이에 시민들은 영웅을 풀어주라며 법원 앞에서 항의시위를 하고 있습니다. 시민들은 테러리스트를 잡기 위해서라면 다소간의 희생은 감수할 수 있다는 입장입니다."

"그런데, '폭탄마'가 공격한 초인이 번개의 동료 의혹이 있다는 건 폭탄마 쪽 주장이 전부가 아닌가요?"

"그만큼 번개에 대한 시민들의 분노가 크다고 해야겠지요. 한 편, ○○고교 학부모들은 초인으로 등록된 아이들을 따로 분류 해 교육시킬 것을 요구하고 있습니다."

"아무래도 걱정이 되겠지요."

"강남 ◇◇초등학교에서 분반을 한 것이 시작이었습니다. 학 부모들은 정상인 아이들의 안전을 생각하면 당연하다는 입장입 니다."

"번개는 빛의 속도로 달려."

나는 교실 바닥에 전지를 깔고 그림을 그려가며 설명했다. 서리 와 요드는 전지 반대쪽에 웅크리고 앉아 구경했다.

"그게 무슨 뜻인지 알아?"

"무슨 뜻인데?"

요드가 물었다. 다시 말하지만 이 녀석은 기억할 필요도 없다.

"번개보다 빠른 사람이 세상에 없단 뜻이야."

내가 말했다.

"빛보다 빠른 건 없고 빛의 속도로 달리는 것도 빛밖에 없어. 빛의 속도에 근접하게 달리는 것마저도 입자보다 큰 물건은 번개 밖에 없고. 그러니까, 번개보다 빠른, 사람, 기계, 뭐든 번개를 쫓 아갈 수 있는 건 세상에 없다는 뜻이야. 자, 그럼 누가 무슨 수로 번개를 잡지?"

"거울로 반사시키면?"

서리의 엉뚱한 말에 다시 열불이 터졌다.

"'빛'이 아니라 '빛의 속도로 달리는 사람'이라고!"

복도에서 "번개를 때려잡자" 하는 함성이 들려왔다. 학생들이 복도에서 시위를 하는 중이다. 학교마다 테러범을 향한 시위는 허락한다는 공문이 내려오자 학생들은 신바람이 났다. 일주일 전부터는 얼굴에 문신을 하고 등교하는 학생도 있고 가면이나 망토를 두르고 오는 학생들도 있다. 오늘은 테러 반대 독후감 대회와 그림 대회 공문도 붙었다. 복도 창문에는 그저께부터 'JUSTICE'라는 글자가 층마다 붙었다.

우리가 있는 곳은 외진 교실이다. 칠판에 '자습'이라고 크게 쓰여 있고 주위에는 낙서가 가득하다. 여긴 특수학급이고, 특성화고도 아닌 일반고라 학교에 우리 셋뿐이다. 1학년 때 전기 능력이 있는 기간제교사가 전기 스파크 일으키는 법을 가르치다 간 이래로는 외부 교사 특강이 세 번 있었던 게 전부다. 한번은 의상디자이너가 만드는 법을 가르쳐주고 갔고 한번은 동사무소 공무원이 이중신분증 신청하는 절차를 가르쳐주고 갔다.

"서리 넌 1학년 때 숙제였던 각얼음도 못 만들면서!"

"그건 그냥 못 해."

서리가 불만스럽게 입을 뾰루퉁 내밀었다.

"난 얼리는 것만 된다고. 모양은 못 만들어."

"애초에 지금이 무슨 구한말인 줄 알아. 초인들이 거리에서 패싸움하면서 세력 다툼하던 시절이 아니라고. 원시사회와 문명사회의 구분이 뭔지 알아? 폭력을 국가에 위탁하는가 아닌가. 사적

제재 금지, 자경단 금지. 약은 약사에게, 범죄자는 경찰에게.'"

"'교과서'답네."

요드의 핀잔에 나는 발끈했다.

"누가 교과서야?"

"너 그거잖아. 초인 되고 싶어서 초능력도 없는데 '미정' 이름 달고 공부만 죽어라 하는 애들 말야."

"요드 되느니 미정 하는 게 백 배 덜 쪽팔린다? 지금이라도 쪽 팔린 줄 알면 너도 미정으로 이름 바꾸시지?"

"야, 핵폭탄 터졌을 때 갑상선암 예방하려면 요오드 먹어야 한다? 너 그때 살려달라고 매달려도 안 살려준다?"

"핵폭탄 터졌는데 누가 요오드를 찾아?"

요오드 합성능력자. 내가 본 중에는 얼굴색을 초록색으로 바꿀 줄 알던 초등학교 시절 친구 이래로 가장 쓸모없는 능력자다. 가끔 이런 의미 없는 능력도 애 초인 타이틀 하나 달게 하겠다고 커밍아웃 하는 집이 있는데, 괜히 애만 고생이지.

나는 '미정'이다. 윤미정.

'서리'와 '요드'가 둘의 본명이 아니듯이 이것도 내 본명이 아니다. '미정(未定)', 능력이 정해지지 않았다는 뜻이다. 어느 학교에든 성만 다른 미정이들은 꼭 있다. 능력이 뚜렷이 분화되지 않았거나, 능력을 숨기기 위해서거나, 요드 말처럼 초인이 아닌데 초인인 척 허세 부리기 위해 쓰기도 한다. 나는 허세를 부리는 쪽으로 알려져 있고, 반 애들은 나를 계단에서 밀거나 머리에 물건을 떨어뜨려보거나 의자에 압정을 나눠보고는 대충 그런 결론을 내렸다.

말해두지만 커밍아웃 해봤자 고생이다. 힘은 숨기는 게 좋다. 어른들이 괜히 가면 쓰고 다니는 게 아니다. 나라에서는 어릴 때부터 힘을 밝혀야 제대로 교육을 받을 수 있다고 계속 광고 때리지만, 이 나라는 일반인도 제대로 교육한 적 없는 나라다. 고전적이라도 능력 비슷한 초인 어른 하나 잡아서 밑에서 일 배우며 도제처럼 배우는 게 제일 낫다.

"그럼 왜 얼음이 빛을 잡는 거지?"

서리가 스마트폰을 꾹꾹 누르며 고개를 갸웃하며 물었다.

"맞아, 신문에서 봤는데, 진짜 극저온에서는 빛도 느려진다더라."

요드가 말했고,

"빛은 물에만 들어가도 느려져. 그리고 사람은 극저온까지 가기 전에 얼어 디진다."

내가 핀잔을 주었다.

"움직이기 전에 얼려버리면 되는 거잖아?"

"움직이기 전엔 총으로 쏴도 된다. 그걸 어른 초인들이 몰라서 1년을 못 잡았겠냐?"

"얘들아, 이거 괜찮은데! 카이스트 IT 동아리에서 개발한 앱 이래."

나와 요드가 논쟁을 벌이는 동안 서리가 무시하고 스마트폰을 톡톡 두드렸다. 요드가 "어디, 어디" 하고 나를 밀치고 폰에 얼굴을 들이밀었고 나는 한숨이 나서 이마를 짚었다.

"봐, 주위에서 물건이 없어지거나 순간이동을 할 때 그걸 발견한 시간과 위치를 발송하면, 앱이 데이터를 모아서 궤적을 찾고 예상 경로를 알려준대."

"오, 좋은데."

"특히 먹을 것이 없어졌을 때 신고하래. 번개는 움직일 때 무지막지하게 먹어대니까."

"허위신고는 어쩌고?"

내가 툴툴거리자 서리는 "감안해서 보정한대" 하며 스마트폰을 두드렸다. 나는 서리가 룰루 콧노래를 부르는 것을 지켜보다가 확 폰을 빼앗아 들었다.

"너 이거 하지 마."

"왜에?"

"네 실시간 위치를 온 세상에 알려주는 거잖아. 안티 초인들한테 스토킹당하고 싶어?"

나는 파닥거리는 서리의 머리를 손으로 꾹꾹 누르다가 멈칫했다. 실수로 열어버린 서리의 페북 게시글에 줄줄이 댓글이 달려있다.

'꺼져.' '죽어라.' '괴물은 나가라.' '귀물귀물.' '시발, 우리 학교는 왜 귀물들 퇴학도 안 시켜?' '클린한 학교 좀 다니고 싶다.'

나는 눈을 깜박깜박하는 서리의 얼굴을 힐끗 보고는 헛기침을 하고 폰을 돌려주었다. "아" 하고 서리가 엄청 좋은 생각이 떠오른 얼굴로 말했다.

"번개를 쫓아갈 수 없다면, 거꾸로 우리 있는 데로 오게 해야지!"

3

"신인 아이돌 신○○ 씨는 과거에 자신이 번개를 응원했던 것에 대해 사과하며 자필사과문을 내놓았습니다. 과한 대응이 아니냐는 우려와 함께, 잘 손절했다는 칭찬도 쏟아지고 있습니다."

"수영선수 배○○ 씨는 자신이 초인이라는 루머가 끊이지 않자, 자발적으로 정밀초인검사에 응하겠다고 나섰습니다. 이 선수가 의심을 받는 이유는 10년 전 번개의 사인 사진을 블로그에 올린 것을 들켰기 때문입니다. 배 선수는 '당시에 번개는 악당이 아니라 영웅이었고, 아이들 사이에 우편으로 초인의 사인을 받는 게 유행이었다'라고 썼다가 비난이 쏟아지자 즉시 내리고, 다시 그때에는 어려서 철이 없었다고 사과했습니다. 하지만 시민들의 반응은 여전히 싸늘합니다."

서울 시청과 주요 언론사들이 포진해 있는 종로거리. 높이 솟은 건물마다 붙은 대형 스크린은 종일 번개와 관련된 뉴스를 쏟아내고 있었다. 올해 설치된 가장 큰 스크린에서는 부서진 국회의사당 화면이 24시간 나오는 중이다.

서리는 세종문화회관과 경복궁, 남대문에서부터 광화문광장, 청계광장, 시청광장까지 뱅글뱅글 돌았다. 서리는 폰을 뚫어지게 들여다보며, 요드는 양손에 빵이 잔뜩 담긴 비닐봉지를 들고 뒤를 쫓았고, 나는 가까이 있고 싶지 않다는 티를 팍팍 내며 멀찍이 떨어져 교과서에 눈을 꽂은 채 따라갔다.

"서리야아. 빵을 길에 놔둬서 미끼로 쓰는 건 아무래도 아닌 것 같아."

요드가 땀을 뻘뻘 흘리며 말했다.

"그런가아? 탐나지 않을까? 공짜인데에? 번개는 엄청 많이 먹잖아."

"내가 번개라면 니들에게 잡히느니 쪽팔려서 자살할 거야."

내가 뒤에서 음울하게 말했다.

더운 날이다. 시청광장은 하얀 플라스틱 의자로 빼곡히 채워져 있다. 빈 의자로 가득 채운 광장의 모습은 유령도시처럼 기이했다. 의자 숫자에는 미치지 않았지만 50여 명쯤 되는 사람들이 제각기 지루한 얼굴로 의자를 채우고 있다. 7년 전에 큰 집회가 있었던 이후로 나라에서는 시청광장을 매일 의자로 채워놓고 있다. '우리 아이를 위한 초인 악당 대책 범국민대회'라는 현수막이 붙은 무대에는 확성기를 든 사람이 연설을 하고 있었다. 사람들의 피켓에는 '초인과 결혼금지 법안을 만들라', '우리 아이가 위험하다' 같은 글씨가 쓰여 있었다.

"1초만."

서리가 손가락을 반짝 들어 올리며 말했다.

"딱 1초만 번개를 만날 수 있으면 돼. 그럼 내가 파박 하고 얼려버리는 거지. 그리고 바로 112에 전화하는 거야. 그럼 딩동댕!"

"1초든 한 시간이든 번개가 너를 뭐 하러 보러 오겠냐?"

요드는 서리가 방금 만들어준 얼음을 동동 띄운 콜라를 쪼록하고 마시며 말했다. 나는 가능한 멀리 떨어져 앉아 문제집에 집중했다.

"테러범은 기본적으로 관심종자야. 자기를 드러내고 싶어서 안 달이 나 있는 사람이라고. 하지만 번개는 아무도 볼 수 없지."

"아하, 그래서 테러를 하는 거구나, 자기 좀 봐달라고!"

요드가 박수를 쳤다.

"디시인사이드 로그스 갤러리에 어제부터 '번개를 잡는 초인은 얼음능력자다. 종로에서 기다린다'라는 게시물을 도배해놨어."

"어…… 그건 좀 위험하지 않을까?"

"위험은 감수해야지! 악당을 잡는데!"

나는 바보 수치가 하늘을 뚫는 것을 더 이상 참지 못하고 벌떡 일어났다. 나는 문제집을 휙 내던지고 두 사람에게 뚜벅뚜벅 걸 어가서 서리에게 주먹을 휙 내밀었다.

"얼려봐."

"어?"

"내 손을 얼려보라고!"

내 눈을 본 서리의 눈에서 웃음기가 가셨다. 순간 나도 마음이 서늘해졌다. 서리가 내게 시선을 꽂는 새, 내 손에서부터 손목 사 이가 붉게, 이어 푸르뎅뎅하게 변했다. 얼음물에 손을 집어넣은 것처럼 주먹에서부터 한기가 밀려 올라왔다. 한기는 열기로 바뀌 었고, 감각이 없어지다가 이내 격렬한 통증으로 변했다. 통증이 몸을 뒤덮었다. 몸이 지진이 난 것처럼 통제할 수 없이 떨리기 시 작했다.

'이런 아이스커피 같으니라고.'

나는 눈을 질끈 감았다.

"그만."

내 말에 서리가 퍼뜩 정신을 차렸다. 나는 손을 호호 불고 겨드랑이 사이에 넣고 폰을 들여다보며 시간을 확인했다.

"30초."

내가 숨을 거칠게 쉬며 말했다.

"내가 지금 30초를 견뎠어. 이게 무슨 뜻인지 알아?"

"……."

"능력을 발동해봤자 한순간에 얼어 디지게 만들지 않는 이상 사람은 일단 버틴다고. 네가 번개가 추워 디지게 하는 데 30초가 걸리면, 그새 번개는 지구를 백 바퀴는 돌 거고, 너를 백 번은 더 죽일 거라고!"

"그래도 잡을 거야."

"너 바보냐? 저능아야?"

"번개는 1년 전까지만 해도 영웅이었어. 백화점이 무너지기 직전에 날 거기서 꺼내줬다고."

나는 입을 다물었다.

"그런데 1년 새 악당이 되어버렸어. 온 국민의 칭송을 받던 사람에서 한순간에 전 국민의 비난을 받는 사람이 되어버렸다고! 초인의 위험을 경고하는 대명사가 되었잖아! 매일 신문에 탈탈 털리고, 인터넷마다 번개에 대한 욕이 난무한다고. 난 이 이상 그 사람이 미움받는 건 못 봐. 그러니까 내가 잡을 거야."

"지금 영웅이라 해도 초인은 언제 몹쓸 악당이 될지 모릅니다!" 무대 위의 남자가 소리쳤다. "당신 옆의 어린애가 언제 돌변해 당신을 죽이는 살인범이 될 수도 있어요!"

남자가 연설하는 동안 어린애가 풍선을 들고 깔깔거리며 지나갔고 아주머니가 유모차를 끌고 느긋하게 걸어갔다.

"그런데 왜 서리는 사람을 한 방에 못 얼리는 거야? 이 얼음은 한 방에 만들었잖아."

요드가 콜라를 달그락거리며 쪼로록 마시며 물었다.

나는 세계의 바보 수치를 낮추는 숭고한 임무에 영웅적인 노력을 기울이며 말했다.

"얼음은 0도밖에 안 돼. 별로 차갑지 않다고. 그리고 남극에서 발가벗고 있어도 사람은 잠깐이라면 버텨. 인간은 나름대로 36.5도짜리 난로라고."

"그러니까 서리는 남극보다 더 낮게는 못 내리는 거구나. 마이너스 60도?"

"너무 낮추면 사람 다쳐."

서리가 시무룩하게 말했다. 내가 대신 답했다.

"마이너스 196도인 액체질소도 아주 잠깐이라면 사람 버텨. 잠깐은 질소가 체온에 의해 끓어버리니까. 결국 문제는 시간이야. 요는 신체의 70퍼센트는 물이고, 사람 죽이고 살인범 되기 싫으면 물이 얼 시간을 주지 않고 냉각을 거둬야 해. 능력 쓰다 인생 통으로 망치고 싶냐."

"물이 얼면 뭐가 문젠데?"

"물은 얼면 부피가 늘어나고, 부피가 늘어나면서 세포벽을 다

찢어버리게 된다고. 말하자면 몸의 하수관이 다 뻥뻥 터져버리는
거야. 그게 동상이고, 그래서 몸이 얼면 조직이 망가져서 썩어버
리는 거야."

"왜 부피가 늘어나는데?"

날도 더운데 힘이 쪼록쪼록 빠지는 바람에 나는 주저앉아서 설
명했다.

"자, 처음부터 가자. 물은 얼면 고체가 되지. 물질의 상태가 온
도에 따라 기체, 액체, 고체가 된다는 말은 실은 별다른 게 아냐.
실은 세 상태가 되는 게 아니야. 그건 그냥 차가워질수록 분자가
점점 멈춘다는 뜻일 뿐이야. 실은 거꾸로 말해야 해. 분자가 점점
멈추는 걸 우리가 차가워진다고 표현하는 거지. 온도라는 건 실
제로는 말이지……."

"분자의 운동속도."

서리가 답했다. 내가 고개를 끄덕였다.

"맞아, 분자의 운동속도."

"응, 난 온도를 낮추는 게 아냐. 분자의 움직임을 느리게 만드는
거지. 안 그러면 내가 원하는 작은 영역만 얼리는 게 어떻게 가능
하겠어?"

"그렇구나."

요드가 감탄했다. 서리와 내가 입을 다물었기 때문에 요드가 콜
라를 쪼록거리는 소리가 유난히 크게 들렸다.

"아."

서리의 발밑에서 하얀 눈꽃이 피어올랐다. 푹푹 찌는 지글지글

한 날씨에 흰 융단을 깐 것처럼 잔디마다 하얀 서리가 달라붙었다. 우리 주위만 온도가 달라지자 주위로 휘이이 서늘한 회오리 바람이 불었다.

"잠깐……."

"그렇구나. 속도……"

지금까지 한 번도 해보지 않은 방식의 능력발동을 정신없이 머리에 굴리는 것처럼. 잔디가 산들바람에 살랑거렸고 이어서는 더 거칠게 움직였다.

"할 수 있어! 내가 번개를 느리게 만들 수 있어! 내가 번개를 잡을 수 있다고!"

서리는 요드를 끌어안고 방방 뛰었다.

"야, 콜라, 콜라."

그때 벼락처럼 서리의 머리 위로 물이 확 끼얹어졌다. 나는 악하고 소리를 질렀다. 차가운 물이 서리의 머리를 적시고 교복 옷깃을 타고 주룩주룩 흘러내렸다. 서리는 상황 파악을 못 하고 얼어붙었다.

"어디 백주대낮에 초인행각이야, 어린놈이!"

맥주 캔을 들고 얼굴이 벌겋게 달아오른 노인이 서리의 머리에 맥주를 들이붓고는 고성을 질렀다. 요드의 얼굴이 확 굳었다. 요드는 콜라를 내던지고 벌떡 일어났다.

"낯부끄럽지도 않아!"

"사과하셔야겠는데요."

요드가 발을 땅에 단단히 붙이고 서서 말했다.

"요새 세상이 어떻게 되려고, 정상도 아닌 놈들이 창피한 줄도 모르고 아주 대놓고 거리를 활보하고 다녀, 이러다 나라가 초인들한테 다 먹히려고."

"사과하셔야겠어요."

"잠깐, 요드……."

나는 노인의 얼굴에 핏기가 가시는 것을 보고 소리쳤다.

노인이 입을 다물었다. 얼굴이 하얗게 질렸다. 입에 거품을 물더니 목울대를 잡고 뒤로 물러났다. 입을 열어보았지만 허억허억 하는 바람 새는 소리만 들렸다. 노인은 뭐라고 말하려다가 그대로 나무토막처럼 뻣뻣하게 넘어졌다. 플라스틱 의자가 노인의 몸 뒤에서 부서지고 튕겨 나갔다.

무대에 선 남자가 확성기에 대고 소리를 높였다.

"초인들이 언제 돌변해 우리를 해칠지 모릅니다."

4

"○○인권단체 홈페이지가 네티즌의 공격을 받고 있습니다. 과거에 불우 초인 자녀를 지원한 전적이 의심받고 있습니다."

"청소년 사랑의 전화에 민원이 폭주하고 있습니다. 초인도 연락하면 도와준다는 답변이 문제가 되었습니다. 시민들은 초인을 돕는 것은 테러를 지원하는 것이나 마찬가지라며, 민원을 넣어 업무를 마비시키는 형태로 항의를 하고 있습니다."

"인권조례가 수정되거나 폐기되어야 한다는 민원이 잇따르고 있습니다. 전국학부모연합은 '초능력이 있거나 없거나에 관계없이 평등하며'라는 문장을 문제 삼고 있습니다."

"서리, 안에 있어?"

나는 교실에 들어서며 물었다. 안은 어두컴컴했다. 불을 켠 나는 숨을 훅 하고 들이쉬었다.

책걸상은 다 넘어져 뒹굴고 게시판은 온통 칼로 난도질이 되어 있다. 누가 붉은 물감과 먹물을 사방에 뿌려, 마치 검은 피를 가진 괴물 몇 마리라도 도축한 듯 보였다. 칠판은 낙서로 도배가 되어 있었다. '참교육 실천', '괴물 퇴치', '모두 퇴치할 때까지 멈추지 않는다', '클린학교를 향해'. 그 한가운데 'JUSTICE'라는 글자가 대문짝만 하게 자리 잡고 있었다.

"서리."

교탁이 덜컹거리며 사람 하나가 안에서 빠져나왔다. 서리는 강아지처럼 꼬물거리며 기어 나왔다. 머리부터 발끝까지 물감으로 뒤덮여 엉망이었다. 서리는 아무 일도 없다는 듯 폰을 붙잡고 꾹꾹 누르고 있다. 내가 다가와 앞에 앉자 담담히 물었다.

"요드는?"

서리가 물었다.

"퇴학이래."

"할아버지가 요오드 과다중독 증세로 실려가게 해서?"

"그건 증명이 안 됐어. 원래 부정맥이 있었대. 하지만 요드가 트

위터에 초인 인권에 대한 글을 쓴 게 들켰어. 학교 게시판에 민원이 쇄도해서, 어쨌든 논란이 있는 학생을 학교에 둘 수 없다는 결정이 떨어졌대."

서리는 아무 말도 하지 않았다. 하지만 손이 떨려 폰이 툭 떨어졌다. 나는 교복 소매로 폰을 슥슥 닦아 서리에게 주었다.

"번개를 잡아야 해."

서리가 고개를 숙인 채 말했다.

"그래야 이 난동이 다 끝나."

"……"

"이게 다 번개 때문이야. 그 사람이 세상을 다 망쳐놓았어. 우리를 다 배신했어."

그 말을 들으니 슬퍼졌다. 나는 혹시 누가 들을까 싶어 주위를 두리번거리다가 손을 뻗어 서리를 끌어안았다.

"서리야. 아니야. 그렇게 간단하지가 않아."

나는 서리의 귀에 대고 속삭였다. 스스로도 내 목소리가 낯설게 느껴졌다. 서리도 이상한 기분이 들었는지 몸을 빼내려고 했지만 내가 잡고 놓아주지 않았다.

"7년쯤 전에 어느 구청에서 건물 하나를 무단 철거하려 했을 때 '정보수집자'가 미리 알고 막은 적이 있어. 요새 재건축 계획은 모두 초인이 눈치채는 걸 피하기 위해 누가 주도하는지 알 수 없도록 해놓았는데도."

"정보수집자? '천리안'?"

서리가 내 품 안에서 물었다.

"작년에 번개가 버스에서 납치해서 자기 부하로 삼았다는 그 천리안?"

"원래 그 건물 자리에 세울 예정이었던 쇼핑몰에 대통령 일가가 돈을 들이부었거든. 그때 심히 열 받은 정부에서 심리전담팀을 꾸렸어. 그때부터 매일같이 인터넷과 언론에 초인에 대한 혐오 게시물을 쏟아냈어."

서리가 고개를 들어 칠판을 보았다. 난도질과 욕설 가운데 자리한 '정의'라는 글씨. '정의'의 정의가 변하고 있다. 자격이 없는 사람들이 그 이름을 가져가고 있다.

"나라에서는 초인들이 무서워 앞에 나서지도 못하면서 뒤에서 그딴 짓을 했어. 그렇게 사방에 뿌려놓은 것들이 지금 다 기어 나오고 있어. 걷잡을 수 없을 만큼."

"왜?"

서리의 숨이 얼음처럼 차게 볼에 와 닿았다. 몸이 너무 차서 사람을 안고 있다는 기분이 들지 않았다.

"그냥 한 거야. 어떻게든 사람들을 이상하게 만들어서 서로 돕거나 힘을 합치지 못하게 하려고."

서리가 너무 차가워져 나는 서리를 품에서 놓고 말았다. 서리가 차게 식은 눈으로 나를 보고 있다. 이제야 '미정'이 아닌 내 진짜 이름을 어렴풋이 눈치챈 기색이었다.

"번개는 못 잡아, 아무도 못 이겨. 번개는 시간을 지배하고, 마음만 먹으면 실상 뭐든 할 수 있어."

"그래서……."

"번개는 충분히 기다렸고 준비를 다 끝냈어. 이 미친 세상을 뒤엎을 거야. 그러니까 너도⋯⋯."

나는 서리에게 손을 뻗었다. 그러다 손을 멈췄다.

서리의 입에서 하얀 숨이 새어 나왔다. 무릎을 꿇고 앉은 내 다리에 흰 서리가 앉으면서 몸이 바닥과 달라붙었다. 몸이 느려지고 굳었다. 서리가 능력을 거두지 않으면 몸을 떼어내려다 살이 떨어져 나갈 거란 것을 깨닫자 식은땀이 흘렀다.

"난 악당하고는 손잡지 않아."

서리는 또박또박 말했다.

"초인들더러 다 번개 편에 서라고 해. 그래도 난 안 해."

"바보야, 이건 옳고 그르고의 문제가 아냐! 생존의 문제야, 모르겠어?"

"⋯⋯."

"번개는 시간 너머를 볼 수 있어. 천리안은 정보수집자고. 두 사람은 알아. 이대로 1년만 지나면 이 나라의 모든 초인은 다 악당으로 분류될 거야. 초인 인권단체에 기부했다든가, 초인에게도 노동권이나 투표권이 있다고 말한다든가, 그 초인과 친구라든가, 그 친구의 친구라든가. 그때엔 누가 길에서 초인을 때려 죽여도 정당방위나 정의라고 불리게 될 거야. 초인을 가축처럼 격리시키거나, 검은 두건을 쓰고 다니게 하거나, 일반인이라고 고백할 때까지 수용소에 집어넣고 교정교육을 할 수도 있어. 역사상 이런 일이 얼마나 많이 있었는지 알아?"

"그래도 난 안 해!"

서리가 소리쳤다. 형광등이 급격한 온도저하를 견디지 못하고
갈라지다가 펑 하고 깨져 나갔다. 창틀이 비틀리며 쾅 하는 소리
와 함께 창에 금이 갔다.

"내가 악당이 되면 이 애들이 하는 말이 다 진짜가 되는 거야,
나한테 했던 모든 악담을 진짜로 만들어버리는 거야. 이 애들에
게 정의와 정당성을 줘버리는 거라고!"

나는 입을 다물고 말았다. 공기가 차가워져서 무겁게 가라앉는
바람에 물안개가 피었다. 물안개 너머로 서리의 모습이 흐릿하게
보였다.

"내가 이 바보들에게 먼지 한 톨만큼의 정당성이라도 줄 줄 알
아?"

"……이게 바로 그 바보들이 원하는 거야."

나는 몸을 끌어안고 이를 딱딱거리며 말했다. 젠장, 다음엔 '열
꽃'이나 '난로'와 놀든가 해야지. 얘는 여름 한 철만 같이 놀고.

"우리들에게 도저히 불가능한 윤리를 요구하면서, 성자나 성녀
가 아니라는 이유로 학살하고 처형할 거라고!"

"……."

"기성세대들이 좋아서 영웅질 하고 사는 줄 알아? 비초인들이
만든 정신의 감옥에 갇혀서 꾸역꾸역 희생하고 살았어! 그래봤자
변한 게 뭐야! 어차피 비초인들은 우리를 인간으로 보지 않아! 지
들이 세상의 기준이고 주인인 줄 알아!"

"그래도,"

서리는 답했다.

"그래도 난 안 해."

사람 없는 복도에 저녁노을이 붉게 깔렸다. 나는 주머니에서 담
뱃갑을 꺼내 손바닥에 톡톡 치고 한 개비를 빼 물었다. 다른 주머
니에서 폰이 찌링찌링 울렸다.

'어때?'

폰 너머의 사람이 물었다. 굵은 남자의 목소리다. 지난 1년간
지긋지긋하게 들어온 목소리기도 하다.

"늘 당신 망상이 과하다고 생각했는데."

나는 안경을 만지작거리며 창밖을 보았다. 돌담과 학교 한쪽 벽
은 부서진 채였다. 뻥 뚫린 학교 벽에 학생들이 스프레이로 쓴 글
씨가 지저분하게 쓰여 있다.

"말이 안 통해, 믿을 수 없이 멍청하고."

나는 안경을 벗었다. 창에 비친 내 동공이 카메라 렌즈처럼 점
으로 줄어들었다가 눈동자를 다 덮을 만큼 커졌다. 나는 500미터
밖 벽에 쓰인 글자를 눈앞에서 보는 것처럼 읽었다. 담벼락에 펼
쳐진 붉은 증오를 눈에 새겼다. 정의라 믿어 의심치 않는 증오.

"……영웅감이야."

'한 끗 차이지. 악당하고.'

나는 늘 궁금했다. 사람이 인식조차도 없이, 변화의 고통조차도
없이, 그저 분위기에 휩쓸리는 것만으로, 간단히 마음에 선량함
대신 야만을 들일 수 있다면, 악의조차도 없이, 체험조차도 없이.

"묻고 싶은 게 있는데, 만약 멀쩡한 사람이 제정신으로 불의를

정의라 착각하는 게 가능하다면."

사람은 무엇일까. 다 무얼까.

"내가 믿는 게 정의인지 아닌지는 어떻게 알아?"

'쉬워.'

내 주인이 말했다.

'통쾌했으면 정의가 아냐.'

"재미있는 기준이네."

'난 네가 서리를 처리하겠다고 해서 기다려줬어.'

나는 담배를 후우 하고 빨았다.

"그래서, 죽일 거야? 당신을 죽일 수 있는 유일한 초인이라는 이유로?"

'상황에 따라서는.'

주인은 무심히 말했다. 내 주인이 그럴 수 있는 사람인 줄은 안다. 내 주인이 거의 모든 것을 할 수 있는 사람인 줄도 안다.

"이건 옳고 그르고의 문제가 아니야."

'아니지.'

"내 맘에 드느냐 마느냐의 문제야."

주인이 침묵했다. 나는 침묵 너머의 생각을 읽었다. 그게 내 능력이고, 그게 내 주인이 나를 필요로 하는 이유다.

'뭘 원하지?'

"1초만."

내가 말했다.

"단 1초만이라도 좋아. 저 애를 만나. 그다음에 죽여. 그게 내

조건이야."

전화를 끊자 서리가 비 맞은 강아지 꼴로 교실 문을 열고 나왔
다. 우린 잠깐 상대방이 거기 있는지 몰랐다는 것처럼, 처음 보는
사람들처럼 서로를 마주 보았다.

그때 정적을 깨고 우리들 폰이 같이 울렸다. 나는 폰을 들여다
보았다. 대학 동아리에서 만들었다는 번개잡이 앱 화면에 추적
점이 따닥따닥 생겨났다. 점은 종로의 어느 재건축 중인 아파트
주위로 웃음이 나올 만큼 노골적인 궤적을 그렸다.

"번개가 나타났어⋯⋯!"

서리는 뻔히 눈으로 보면서도 동의를 구하는 얼굴로 나를 보
았다.

"좋아."

나는 고개를 끄덕였고 뚜벅뚜벅 서리에게 다가갔다. 나는 서리
의 어깨에 손을 턱 올리고 말했다. 장수처럼, 아니, 일시적으로 주
인을 바꾼 새 조수, 사이드킥처럼, 뭐가 됐든.

"우리가 그 썩을 놈의 자식을 박살을 내 버리자."

자, 이렇게 된 거다.

이게 이 아이스커피와 번개가 맞장을 뜨게 된 경로다. 달리 말
하면, 사람을 제로의 시간 사이에 죽일 수 있는 번개가 이 바보
아이스커피와 만나준 경로다.

나는 재건축 중인 아파트 안에 있는 두 사람을 보고 있다.

서리의 마음과 번개의 마음에 동시에 접속해 있다. 빈 건물 안에 자라나는 눈꽃과 창에 자라나는 흰 얼음의 그림을 본다.

"진짜 번개는 어디 갔어, 가짜?"

서리가 하얗게 변한 주먹을 꾹 쥐며 물었다. '번개'는 서리의 질문에 그리 놀라지 않았다. 대신 덥수룩한 머리를 쓸어 올렸다.

"죽었어. ……늙어서."

내 주인은 아직 앳된 여드름투성이 얼굴로 서리를 마주 보았다.

"그래서 유언대로 내가 이름을 이어받았어."

5

"전 세계적으로 초인들이 일으키는 사건사고가 국제적인 문제가 되고 있습니다."

국회의장이 단상에 서서 새 법안을 발표하며 말했다.

"한국도 예외가 아닙니다. 최근 번개가 일으킨 엽기적인 테러를 생각해보면, 이런 일이 일어나지 않도록 방지하기 위해서는, 전국에 초인감시기구를 설치하여 초법적인 권한을 주어야 합니다."

연설이 끝난 뒤 야당 의원이 부스스한 머리를 하고 허둥지둥 단상에 올랐다.

"존경하는 의원 여러분, 초인감시기구를 설치한다 칩시다. 초인이란 누구를 말합니까? 엄밀하게 따지면 초인과 일반인의 경계는 희미합니다. 여러분은 초인과 일반인 두 종류로만 구분하지만, 사실 초인에는 여러 수준이 있습니다. 국내 최대 초인커뮤니티 '초밥'에서는 초인을 세분화하는 이름만 서른 개가 넘습니다. 독보적인 능력이 있으며 제어도 할 수 있는 흔히 생각하는 초인, 일반인과 거의 구분이 안 되는 미소 능력자, 일반인이지만 초인과 유사한 사람들, 이를테면 올림픽 선수와 같은 천재적인 재능의 소유자, 평상시에는 능력이 없다가 위기 상황에서 불시에 힘을 발휘하는 단발성 능력자, 능력을 통제하지 못하는 통제불능자……."

"언제까지 할 겁니까?"

"초인을 감시한다는 건 국민 전체를 감시하는 짓과 다름없다는 말입니다."

"그걸 다 들어야 할 이유가 있느냐고요."

"작년에 원전에서 가스누출 사고가 있어서."

내 주인이 무심한 얼굴로 말했다. 알려지지 않은 사고였다. 그럴 수밖에, 아무 일도 없었으니까.

"언제?"

"모를 거야. 10초 만에 처리했으니까. ……세상 입장에서는."

아무 일도 없었던 일은 아무도 모른다.

나는 순간 번쩍이며 서리의 머리에서 스쳐 가는 영상들을 읽었다. 사람들의 뇌리에 박혀 있는 반복된 테러 영상들, 뉴스에서, 시청광장에서 종일 틀어주던 내려앉은 국회의사당, 어찌나 반복해서 보여주는지 뭐가 있고 누가 있었는지 전 국민이 다 알아볼 수 있는 현장 풍경들, 빨갛게 칠한 경찰서 벽, 무의미한 낙서로 채워진 시청 천장, 물건이 다 자리를 옮긴 홀.

정부에서 고용한 초인들이 글자를 지우기 위해 조작한 현장들.

내 주인이 지난 1년간 지치지 않고 남긴 메시지, 번개가 어떻게 죽었는가, 무엇을 했는가, 어떤 사고가 있었는가. 내 주인은 기사를 냈고, 민원을 냈고, 나중에는 정부청사 벽에 쓰기 시작했다. 나라에서는 사고가 났다는 사실 자체를 숨기기 위해 번개의 희생마저도 지웠다. 내 주인만큼 꾸준히, 성실하게.

"길었어."

내 주인은 주어 없이 말했다. 많은 것들이 다 길었다. 서리는 흔들리지 않고 고개를 저었다.

"번개는 당신이 이러는 걸 원하지 않아."

"그러겠지."

내 주인이 무심히 말했다.

"내가 원하는 일이니까."

낡은 아파트가 내려다보이는 반대쪽 건물, 나는 그 옥상에서 건물을 내려다보았다. 눈으로 볼 필요는 없었지만 습관이라는 것이 있으니까.

내 뒤로는 우리 동료들이 구경하러 와 있었다. 장난으로 손끝에서 불을 일으켜보는 친구도 있고 심심풀이로 공중에 몸을 살짝 띄워보는 친구도 있다. 애들도 있고 어른들도 있다. 초인의 좋은 점 하나는 능력과 나이가 관계가 없다는 점이지. 나는 오늘 TV 역할을 하고 있다. 꽤 신경을 써야 하는 일이지만 내 시청각을 모인 이들에게 전파하고 있다. 초인 결투에는 증인이 필요하다. 불시의 재난을 막기 위해서라도. 뒤처리를 하기 위해서라도.

'누가 이길 것 같아?' '말이라고 하냐.' '저 애송이는 싸움이 처음이라던데.'

그 사이에서 누가 걸어와 내 옆에 섰다. 요드였다. 후줄근해 보였고 늙어 보였다. 며칠 새 풍파에 시달리다 성장하고 회복까지 나름대로 한 얼굴이었다. 전사가 될 만한 상처도 입었고.

"안녕, 신입."

내가 인사했다.

"안녕, 선배님."

요드가 내 쪽은 보지도 않고 말했다. 요드는 침묵하다가 물었다.

"……넌 어느 쪽 응원해?"

쉬이.

건물 안은 공기가 급격히 차가워진 탓에 시야가 희뿌옇다. 번개의 몸이 흐려졌다. 차가워진 공기 때문만은 아니었다.

'가속하려 한다.'

서리의 생각이 전해져 왔다. 서리는 양 잠바 주머니에 넣은 플라스틱 물통을 꾹 쥐었다.

"물을 최대한 활용해. 아껴서 쓰고."

세 시간 전, 나는 학교 빈 화장실에서 서리의 양 잠바 주머니에 물통을 넣어주며 말했다.

"물질의 세 상태, 기억하지? 물은 상온에서 살짝만 추워지면 고체가 되고 살짝만 따듯해지면 액체에서 기체까지 돼. 얼면 부피가 늘어나고 얼어붙어 늘어난 물은 콘크리트도 깨부술 수 있어. 서로 달라붙기도 하고. 번개가 영악하게도 수도가 끊긴 곳을 골랐어. 죽일 생각은 없지?"

"당연하지."

서리는 덜덜 떨면서도 물통 뚜껑을 잡고 일고의 여지도 없이 말했다.

"체포해서 경찰에 넘길 거야."

나는 별로 대꾸하지 않고 고개를 끄덕였다.

"사람이 얼어 죽는 체온은 0도가 아냐. 36.5도가 정상체온이면 27도 정도야."

내 말에 서리는 세상에서 가장 중요한 정보를 얻었다는 듯 황급히 중얼중얼 외웠다.

"거기까지 낮출 필요도 없어. 사람은 체온이 2도만 높아져도 고열로 쓰러지고 2도만 낮춰도 몸이 둔해져서 움직이지 못해. 죽이지 않고 제압하려면 끝까지 힘을 조절해."

나는 물감투성이 서리의 얼굴을 손바닥에 묻은 물로 슥슥 닦다가, 뺨을 양손으로 쥐고 내 눈을 보게 했다.

"절대로 겁먹으면 안 돼. 화내도 안 돼."

서리가 눈을 크게 뜨고 나를 바라보았다.

"겁을 먹거나 화를 내면 몸에 힘이 들어가. 통제력도 잃게 돼. 보통 사람도 그럴 땐 신체의 힘만으로도 사람을 죽일 수 있어. 우리 같은 사람들은 훨씬 더, 더 쉽게 죽일 수 있어."

"……."

"그러니까 절대로 겁먹지 마, 화내지도 마. 네가 영웅이라면."

서리의 눈이 단단해졌다.

'결투는 동시에 시작할 거야.'

나는 옥상에서 찬바람을 맞으며 그때 세면대 앞에서 서리에게 했던 말을 되새겼다.

"결투는 동시에 시작할 거야. 번개는 기습은 하지 않아. 우리가 보고 있을 거고, 너와 우리에게 네가 죽는 순간을 알게 하려고 할 테니까. 그게 그 사람 나름의 당위……."

"악당은 관심종자니까."

"뭐."

나는 어깨를 들썩했다.

"빛의 속도에서는 시간이 멎어. 번개는 정지한 시간 속을 움직여. 정지한 시간이라는 건, 짧은 시간이나 찰나의 순간 같은 것이 아냐. 그야말로 제로의 시간이야. 번개가 능력을 쓰는 것과 동시에 결투는 끝나. 지금까지 그 누구도 번개를 이기지 못한 이유야."

나는 서리의 눈에 두려움이 들어서는 것을 보았고 서리가 이내 그걸 지우는 것도 보았다.

"하지만 생각의 속도는 빛의 속도가 아냐."

나는 내 머리를 톡톡 쳤다. 서리가 눈을 동그랗게 떴다.

"너든, 번개든, 능력을 쓰기로 마음먹고 능력을 쓰기까지는 시간이 걸려. 거기엔 시간이 있어. ……그러니 그사이에 싸워."

나는 번개의 몸이 흐릿해지는 것을 보았고 숨을 삼켰다.

잔상, 실제 상이 아니라 시야에 남은 상의 잔재. 1초, 찰나, 눈을 깜빡할 사이의 시간, 아니, 시간이라고 말할 수도 없는 시간 사이에 결판이 난다. 시간이 접혔다 펼쳐지는 것처럼 상황이 여기서 저기로 바뀌어 있다. 깜박, 서리는 죽었을 것이다. 죽었을…….

번개는 제자리에 서 있었다. 흐릿함마저 사라지고 선명한 실체로 어리둥절해서는 서 있다. 당혹감이 눈에 박혀 있다. 서리는 물통을 쥔 채 입을 꼭 다물고 있었다.

'잡았어.'

나는 나도 모르게 주먹을 쥐었다. 내 등 뒤에서 탄성과 한숨이 이어졌다. 나와 마찬가지로, 번개의 적이 1초를 버티는 걸 본 적이 없는 친구들이다.

번개의 표정이 이내 차분하게 가라앉았다. 내 주인은 호락호락한 사람이 아니다. 가장 큰 무기를 잃었는데도 이유를 고민하느라 시간을 낭비하지 않는다. 순식간에 상황에 대응한다. 번개는 후 하고 숨을 내쉬고는 돌연 서리를 향해 달려들었다.

"네가 설사 가속을 막는 데 성공한다 한들 끝이 아냐."

두 시간 반 전, 나는 지하철 손잡이에 매달려 흔들흔들하며 앞에 앉은 서리에게 말했다. 서리는 열심히 내 말에 집중했다. 간혹 주위 사람들이 힐끗거리며 엉망진창인 서리를 보았지만 서리도 나도 신경 쓰지 않았다.

"초능력이 있건 없건 상대는 사람이고 어른 남자야. 보통 사람도 주먹만으로 사람을 죽일 수 있어. 능력이 차단되면 번개는 바로 몸싸움을 시도할 거야."

"그럼 어떻게 해?"

"그럼 어떻게 하나 하는 생각이 들게 하려고."

"?"

"상대가 몸을 쓰면 너도 순간적으로 몸으로 대응하려 할 거야. 물러나거나, 피하거나, 움츠리거나, 막으려 하거나. 하지만 그래선 안 돼. 네 힘은 몸에 있지 않아."

"……."

"겁내선 안 돼. 겁내면 생각이 날아가. 생각이 날아가면 끝이야."

서리를 몸으로 바닥에 넘어뜨리고 깔아뭉갠 번개는 멈칫했다. 입에서 얼어붙은 숨이 새어 나왔고 몸이 사시나무처럼 떨렸다. 이가 딱딱 부딪치고 피부에는 소름이 우둘투둘 돋았다. 서리의 목을 향해 움직이던 손이 덜덜 떨리며 멈췄다. 번개는 숨을 헐떡이며 두 팔로 제 몸을 감싸 안고 웅크렸다.

서리는 그 모습을 끝까지 바라보며 일어나 앉았다.

'잡았어.'

나는 다시 생각했다. 서리가 훌륭하게 냉기를 조절하며 상대가 죽지도 움직이지도 못할 지점을 찾는 것을 알 수 있었다.

번개는 두 팔로 몸을 감싸 안고 웅크리며 이를 딱딱 부딪치다가 히죽 웃었다. 눈에 소름 끼치는 냉기가 비쳤다. 순간 머리가 핑 돌았다. 내가 아니라 서리에게 일어난 일이다. 나는 머리에서부터 피가 아래로 빠져나가는 느낌에 사로잡혔다. 순간 땅이 꺼졌거나 거대한 바윗덩이가 서리를 짓눌렀다고 생각했다.

'현기증? 왜지? 긴장해서인가?'

몸이 천근만근이었다. 서 있을 재간이 없었다. 나는 쿵 하고 엉덩방아를 찧었고 서리도 함께 뒤로 쿵 하고 머리를 찧으며 넘어졌다. 벽이 안쪽으로 끼긱끼긱 기울어졌다. 고무처럼 휘어지다가 쩌적거리며 금이 가고 천장에서 모래가 쏟아져 내렸다. 멀리서 유리창이 압력을 이기지 못하고 쩡 소리를 내며 폭발했다.

'환상? 정신능력?'

나는 고개를 저었다. 초인대결에서 정신을 의심하는 것만큼 위험한 짓거리는 없다. 현상을 사실로 받아들였을 때 결론은 하나뿐이었다.

"중력……."

나는 중얼거렸다. 동료들도 웅성거렸다.

'번개가 능력이 더 있었어?'

'사기 아냐?'

'능력은 사람마다 하나뿐인 거 아니었어?'

"저 자식, 처음부터 중력이었어!"

"무슨 소리야?"

요드가 세상의 바보 수치를 지키는 제 유일한 역할에 몰두하며 물었다.

"같은 힘이야. 온도가 분자의 운동량인 것처럼, 속도와 중력가 속도는 같아. 저 사람, 번개가 아니라 중력이야!"

아무리 온도가 속도고, 속도가 중력이라 해도, 서리가 저 자리에서 온도에서 중력까지 이어진 길을 찾을 가능성은 없다. 나는 결투현장이 한참 떨어져 있다는 것도 잊고 소리쳤다.

"서리야, 거기서 나와! 도망쳐! 넌 못 이겨! 저 자식 능력이 속도가 아냐!"

"잘 들어, 힘은 다 같아."

나는 지하철에서 내려 서리의 잠바를 여며주며 말했다. 종로 밤거리는 한산했다. 시위예고가 있어 거리에 차량이 통제되는 바람에 더 고요했다. 멀찍이서 내려 집으로 귀가하는 사람들만이 간간이 눈에 띄었다.

"통일장 이론 뭐 그런 거야?"

서리는 해시시 웃으며 말했다.

"뭐 비슷해. 열평형, 에너지 보존법칙, 뭐든."

나는 단추를 잠그고 서리의 머리를 매만진 뒤 서리의 입에서 나온 입김을 손에 쥐고 위로 올리는 시늉을 했다.

"뜨거운 공기는 분자의 운동량이 많아서 부피가 늘어나고, 부피가 늘어난 만큼 가벼워져서 위로 올라가. 차가운 공기는 반대로 무거워져서 아래로 내려오지. 그게 대기의 이동이고, 그게 바람이야."

서리가 고개를 갸웃했다.

"네가 힘을 어떻게 쓰느냐에 따라 네 이름이 '바람'이 되었을 수도 있어."

나는 말을 이었다.

"온도가 분자의 운동량을 줄이고, 늘리고, 그래서 대기 크기를 줄이고, 늘리고, 그래서 대기를 가볍게 만들고, 무겁게 만들고, 그래서 기압을 낮추고, 높이고, 그래서 바람이 불고, 대기가 움직이고, 이건 다 같은 소리야. 무슨 말인지 알겠어?"

"모르겠는데."

서리는 못살겠다는 듯 웃었다.

"네 힘은 '열'이고, '돌풍'이야. 네 적이 차가운 물건을 만지게 하면 피부의 수분이 급속 냉각해서 접착제가 될 거야. 차가운 것을 만졌을 때 손이 붙어버린 적 있지? 그럼 네 능력은 '접착제'야. 같은 물건 안에서 온도 차를 크게 만들면 서로 크기가 달라져서 깨지고 부서질 거야. 유리잔에 뜨거운 물을 부으면 잔이 깨지는 것처럼. 그럼 네 능력은 '파괴'야."

나는 서리의 어깨에 손을 얹으며 말했다.

"명심해, 네 힘이 무엇이든, 그 힘은 모든 것이야."

서리는 천천히 내려앉는 바닥에 납작 드러누운 채 끼긱거리며 금이 가는 천장을 올려다보았다. 나는 서리가 공간 한가운데에 거대한 눈덩이를 떠올리는 것을 보았다. 한 덩이의 차가운 공간이 둘 사이에 놓인 드럼통 위로 생겨났다.

그러자 깨진 창으로 돌풍이 밀려 들어왔다.

먼지가 솟구치고 쌓여 있던 자재가 휘청이며 무너졌다. 드럼통이 구르며 안의 장작을 쏟아내었다. 모래알처럼 부서진 유리 조각이 차가운 건물 안에 휘몰아쳤다. 유리 조각이 번개와 서리의 몸을 스치며 상처를 내었다. 시멘트 포대가 터지며 시멘트 가루가 자욱하게 퍼졌다.

번개는 모래바람 속에서 휘청거리며 뒤로 밀려났다. 바닥이 내려앉다가 멈췄다. 기울던 벽이 막힌 숨을 토해내듯 제자리로 돌아갔다. 서리는 짓눌렸던 숨을 헉 하고 내쉬며 그 자리에서 굴러 나와 기침을 했다.

내 뒤에서 탄성이 일었다. '1분 지났어?', '신기록이지?' 하며 웅성이는 소리도 연이어 들렸다.

'생각의 속도는 빛의 속도가 아냐. 번개라고 해도.'

나는 난간에 기대어 생각했다.

'번개가 능력을 발동하려면 생각을 해야 해. 생각을 못 하게 만들어. 계속 몰아세워.'

서리가 주머니에서 플라스틱 물병을 꺼내 번개를 향해 던졌다. 서리의 약한 팔 힘으로 날아간 물병은 땅에 한 번 부딪쳤다가 튀었다. 땅에 부딪히는 순간 물병에 서리가 끼며 안이 급속도로 얼었고, 얼음의 팽창과 부딪친 충격이 더해 병은 박살이 났다. 다음 순간 얼음이 증기를 일으키며 녹아 끓는 물이 되어 사방에 튀었다.

번개는 돌풍에 밀려 벽 귀퉁이에서 양팔로 벽을 짚고 겨우 균형을 잡았다. 안과 밖의 기온이 비슷해지자 바람은 이내 잦아들었다. 다시 움직이려던 번개는 멈칫했다. 번개의 시선이 손을 향했다. 젖은 벽 표면에서 얼음이 자라나 번개의 몸을 단단히 붙들었다.

번개의 입에 웃음이 깃들었다. 오늘 재미있는 꼴은 다 본다는 듯이.

물병을 하나 더 꺼내던 서리의 몸이 풍선처럼 둥 하고 떠올랐다. 널브러진 자재와 드럼통과 시멘트 가루가 물에 잠긴 것처럼 둥실 떠올랐다. 서리는 떠오르는 물병을 붙잡으려다가 놓쳤고, 다시 잡고도 도로 미끄러졌다.

"왜 저래?"

요드가 물었다. 내가 앞에서 이 녀석은 이름도 기억하지 말라고 하지 않았던가. 나는 침을 꿀꺽 삼켰다.

'마찰력도 중력이 있어야 생겨. 중력이 없으면 물건을 집기가 어려워.'

서리의 손에서 떨어져 나간 물병이 깃털처럼 둥둥 떠서 떨어져 나갔다. 서리는 허공에서 허우적거렸다. 물속이라면 헤엄치는 것으로 몸을 움직일 수 있겠지만, 공기는 손으로 밀어내는 정도로 움직일 동력을 얻기에는 너무 밀도가 낮다. 공중에 묶어둔 것이나 다름이 없었다. 서리가 잡으려 버둥거리는 힘을 받은 탓에 물병은 점점 더 멀리 날아갔다.

번개는 말없이 벽에서 몸을 확 떼어내었다. 피부가 떨어져 나갔고 손과 팔에서 피가 맺혀 뚝뚝 떨어졌다. 번개는 신경 쓰지 않고 다가왔다. 이제 진심으로 꼭지가 돈 듯했다.

'물.'

나는 생각했고 감추지 못하고 중얼거렸다.

"물이 있어야 해."

동료들 누구도 내 말에 의문을 갖거나 저항하지 않았다. 몇은 밤하늘을 올려다보았고 서로 속닥이며 '수도꼭지' 같은 능력자는 없는지 서로 물었다. 몇은 단수된 수도를 다시 이을 방법이나 소화전을 폭파시키자는 대화를 나눴지만 뭐든 시간이 없었다.

번개는 공중을 떠도는 물병을 잡아 창밖으로 내던졌다. 서리가 이를 악물었다.

번개의 발아래에서부터 눈꽃이 자라났고 대기 중의 습기가 얼어붙어 뿌옇게 내려앉았다. 번개의 몸에 난 땀이 얼어붙어 작은 고드름이 되었다. 냉기가 번개의 몸속에 침투하는 것은 보였지만 여전히 느렸다. 서리가 번개를 급속 냉동시켜버린다면 한순간에 끝나겠지만, 서리에게 바랄 일이 아니었다.

번개의 발이 공중에 살짝 뜨는 것이 눈에 들어왔다. 동시에 서리의 몸이 바닥에 쿵 하고 내던져졌다. 내던져지는 속도가 빨랐다. 바닥에 금이 쩌억 갔다. 번개와 서리 사이의 바닥에 금이 가더니 큰 바윗덩이를 내던진 것처럼 푹 꺼졌다.

서리는 바닥을 긁었지만 그대로 미끄러져 내려갔다. 끌려들어가는 것은 기울기 이전의 문제였다. 블랙홀처럼 바닥이 서리를 잡아당겼다. 이어 귀가 멍멍한 파열음과 함께 바닥이 꺼져 내렸다.

나는 눈을 감고 주먹을 꽉 쥐었다.

절망하는 내 머리 위로 톡, 톡, 물방울이 떨어졌다.

이내 차가운 물줄기가 후둑후둑 쏟아졌다. 나는 어리둥절해서 고개를 들었다. 동료들이 허둥허둥하며 뭐 우산능력자 없느냐고 서로 찾았다. 우산을 가져오면 되지 우산 능력은 왜 찾느냐는 김빠지는 소리도 돌았다.

나는 가까이에서 바보 수치가 치솟는 것을 느끼며 불안스레 옆을 돌아보았다.

"야, 너,"

요드가 엄지를 쓰윽 들어 보이며 말했다.

"구름에 요오드화은 뿌리면 어떻게 되는지 알아?"

6

구멍 난 천장에서 비가 사정없이 쏟아졌다.

번개는 감았던 눈을 떴다. 내려앉아 갈라진 건물 틈으로 종로거리가 훤히 눈에 들어왔다. 자욱하게 솟구친 연기가 비에 씻겨 가라앉았다. 투둑투둑 경쾌한 소리를 내며 쏟아지는 비가 돌무더기 아래로 개울을 이루었다.

내려앉은 콘크리트 더미를 얼어붙은 빗줄기가 실처럼 이어 고정시켰다. 천장에서 흘러내리는 비의 개울이 종유석처럼 이어지며 단단하게 구조물 전체를 붙들어 매었다. 얼음실로 이어진 콘크리트 더미는 새로 만들어진 작은 얼음성처럼 보였다.

번개는 반짝이는 얼음성 안에 갇혀 있었다. 거미줄 같은 얼음이 번개의 몸을 콘크리트에 단단히 묶어두고 있다. 그대로 처연한 눈으로 밖을 보았다.

군중이 거리에 들어차 있다. 피켓을 들고 띠를 두른 사람들이 거리를 행진했다. '괴물들', '돌연변이', '비정상인', '위험분자', '테러범들'. 분노와 희열이 함께 출렁였다. 드러난 이, 분노에 까 뒤집어진 눈, 초점이 없는 어두컴컴한 눈동자, 험악하게 구겨진 얼굴. 확신에 찬 증오. 정의라는 이름하에 자행되는 학살, 집기를 부수고 창을 깨고 사람을 끌어낸다. 두들기고 찌르기 시작한다. 피가, 살점이, 죽음이, 공포가.

역사상 수도 없이 있었지만 지워져서 기억되지 않는 일들. 앞으로 1년 새에 일어날 일, 시간 왜곡이 보여주는 미래의 풍경.

"잡았어."

눈앞에서 어린 소녀의 말소리가 들렸다.

"내가 이겼어, 번개. 넌 잡혔어. 법정에 서서 심판받고 죄의 대가를 치러."

번개는 은빛 실로 이루어진 얼음성에 앉아 있는 소녀를 멍하니 바라보았다. 네온사인이 비쳐 얼음이 보석처럼 반짝였다. 하염없이 쏟아지는 비가 예술 조각처럼, 가느다란 석순처럼, 종유석처럼 사방에서 자라났다.

"네가 졌어."

내 옆에는 이제 모두 오밀조밀 모여 있었다. 가운데에서 발열 능력자가 열심히 발열로 모두의 옷을 말리고 있어서기도 했지만. 한 명이 '와' 하며 입을 열었고 누군가가 '쉿' 하고 입을 막았다.

그때, 나는 번개의 시야에 담긴 풍경이 변하는 것을 보았다. 세 상이 몸을 비틀고 시간선이 뒤틀리는 것을 보았다.

거리에 사람들이 모여들었다. 조금 전 거리를 걷던 바로 그 사 람들이다. 하지만 들고 있는 피켓은 달랐다. 표정도 달랐다.

사람들이 광장을 가득 메웠다. 수십, 수백, 수천, 수만, 백만…… 이 나라 사람들이 다 모였다. 시야에 닿는 모든 곳에 사람들이다. 아이에서부터 어른까지, 초인이든 비초인이든 가리지 않고.

서리는 군중 한가운데에 있다. 명랑한 얼굴이다. 나와 요드도 옆에서 실랑이하며 수다를 떤다. 다른 초인 친구들도 주위에 모 여 있다. 소풍이라도 나온 것처럼 신이 났다. 곳곳에 각자 자기 상 징이 그려진 깃대를 자랑스럽게 흔들며 행진한다. 번개의 상징도 그 가운데 눈에 띈다.

우리는 군중에 묻혀 있다. 아무도 우리를 주목하지 않는다. 누 구도 그 애가 시작인지 모른다. 어떤 정보원도 기자도 역사가도 상상하지 못한다. 서리 자신도 모른다. 오직 나와 번개만이 안다. 힘의 파동이 그 애에게서 시작한다는 것을, 다른 모든 파동을 삼 키고, 강한 물결을 일으켜 세상이 하나의 동심원을 그리게 만든 최초의 지점이라는 것을. 그 애가 우리의 새 파원(波源)이라는 것을.

세상은 곧 무너져 내릴 것이다. 그 애로부터. 내 이전 주인은, 이전의 파원은 생각도 못 했던 방식으로.

번개는 한참 바깥을 보았다. 그러다 조용히 미소를 지었다.

서리는 눈을 감았다 떴다. 갑작스레 찾아온 고요함에 잠시 생각을 놓친 듯했다. 빗줄기가 실처럼 가늘어졌다. 별처럼 빛나는 네온사인이 건물 틈새로 스며들었다. 서리가 잠깐 고요한 밤거리에 눈을 두었다 돌아보니 번개는 사라지고 없었다.

어디선가 군중의 우렁찬 함성이 진군의 북소리처럼 울려 퍼졌다.

* 이 작품은 중단편집 「이웃집 슈퍼히어로」(2015, 황금가지)에 실린 「세상에서 가장 빠른 사람」과 이어지는 소설입니다.

기획의 말

김보영

중단편집 『이웃집 슈퍼 히어로』가 나온 지 3년이 지났다.

이 책은 그 해 알라딘 서점 장르소설 순위 9위에 올랐는데, 한국 작품으로는 2위에 해당했다. 이 책에 실린 듀나 작가의 「아퀼라의 그림자」와 김보영 작가의 「세상에서 가장 빠른 사람」은 그해 SF어워드 우수상을 수상했고, 김이환 작가의 「초인은 지금」은 장편으로 개작되어 두 해 뒤 마찬가지로 우수상을 수상했다. dcdc 작가의 「월간영웅홍양전」은 낭독공연으로 만들어지기도 했으니, 중단편집 하나로는 탁월한 성과가 아닌가 한다.

그사이에 한국은 격변을 겪었다. 촛불혁명이 있었고 탄핵도 있었고 정권도 바뀌었다. 당시만 해도 세상에 몇 편쯤 있는 좀 특이한 영화였던 히어로 영화는 이제 영화관을 도배하고 있다. 서로 이어지며 세계를 점점 넓혀가는 히어로 영화들처럼 이 책도 두

318

번째 권을 선보이게 되었다.

전편의 작가 중 dcdc, 김보영, 듀나, 이수현 작가 네 명이 다시 참여해 전작과 세계관이 같은 연작소설, 혹은 프리퀄과 속편을 썼다. 독립 작품으로 보아도 무방하고, 전편과 함께 읽으면 또한 즐거울 것이다. 전편을 기획할 때 물망에 있었지만 지면 관계상 섭외하지 못했던 곽재식, 임태운 작가가 함께 했고, 주로 활동하는 영역과는 별개로 늘 탁월한 장르소설을 쓰는 구병모, 장강명 작가가 새로 합류했다. 전편과 마찬가지로 모두가 자신만의 개성을 뽐내며 다양한 히어로들을 선보여 주었다.

책 속에서는 히어로들이 초능력을 쓰고, 날아다니고, 결투를 벌이지만, 여전히 이들의 삶은 현대 한국과 우리가 당면한 문제들을 반영한다. 세상이 변화하면 히어로들의 고민도 변화한다. 싸워야 할 적과 문제도 변화한다. 변하지 않는 것이 있다면, 그들은 여전히 열심히 싸우고 있다는 점이다.

근방에 히어로가 너무 많사오니

1판 1쇄 펴냄 2018년 9월 5일
1판 2쇄 펴냄 2019년 3월 20일

지은이 | 장강명, 임태운, 이수현, 구병모, 곽재식, 듀나, dcdc, 김보영
발행인 | 박근섭
편집인 | 김준혁
펴낸곳 | 황금가지

출판등록 | 2009. 10. 8 (제2009-000273호)
주소 | 06027 서울 강남구 도산대로 1길 62 강남출판문화센터 5층
전화 | 영업부 515-2000 편집부 3446-8774 팩시밀리 515-2007
홈페이지 | www.goldenbough.co.kr

도서 파본 등의 이유로 반송이 필요할 경우에는 구매처에서 교환하시고
출판사 교환이 필요할 경우에는 아래 주소로 반송 사유를 적어 도서와 함께 보내주세요.
06027 서울 강남구 도산대로 1길 62 강남출판문화센터 6층 민음인 마케팅부

© 황금가지, 2018. Printed in Seoul, Korea

ISBN 979-11-5888-431-4 03810

㈜민음인은 민음사 출판 그룹의 자회사입니다.
황금가지는 ㈜민음인의 픽션 전문 출간 브랜드입니다.